ANTHONY BRUNO
sieben

Nach dem Drehbuch von
ANDREW KEVIN WALKER

Aus dem Amerikanischen
von W. M. Riegel

GOLDMANN VERLAG

Die amerikanische Originalausgabe erschien 1995
unter dem Titel »Seven«
bei St. Martin's Press, New York

Umwelthinweis:
Alle bedruckten Materialien dieses Taschenbuches
sind chlorfrei und umweltschonend.
Das Papier enthält Recycling-Anteile.

Der Goldmann Verlag
ist ein Unternehmen der Verlagsgruppe Bertelsmann

Deutsche Erstveröffentlichung 11/95
Copyright © der Originalausgabe 1995 by Anthony Bruno
Copyright © MCMXCV New Line Productions, Inc. All rights reserved.
Copyright © der deutschsprachigen Ausgabe 1995 by
Wilhelm Goldmann Verlag, München
Umschlaggestaltung: Design Team München
Umschlagfoto: Neue Constantin Film, München
Satz: deutsch-türkischer fotosatz, Berlin
Druck: Elsnerdruck, Berlin
Verlagsnummer: 43424
SN-Redaktion: Dr. Klaus Kamberger
Herstellung: Sebastian Strohmaier
Made in Germany
ISBN 3-442-43424-6

1 3 5 7 9 10 8 6 4 2

1

Irgendwo draußen auf der Straße heulte eine Autoalarmanlage los, im Dauerton, penetrant und unüberhörbar. Somerset sah auf die Digitaluhr auf seinem Nachttisch. Es war knapp zwei Uhr morgens. Er lag zwar schon seit über einer Stunde im Bett, aber geschlafen hatte er noch keine Minute. Er hatte über zu vieles nachzudenken.

Er versuchte, den aufdringlichen Alarm draußen auf der Straße zu ignorieren und sich statt dessen auf das tickende Metronom auf seinem Nachttisch zu konzentrieren, das er sich dort unter die Leselampe gestellt hatte. Er sah zu, wie das Pendel des Instruments hin und her schlug. Tick, tick, tick, tick.

Diese kleine Holzpyramide war seine beste Anschaffung überhaupt gewesen, dachte er. Nach dreiundzwanzig Jahren bei der Polizei und nachdem er alles mögliche probiert hatte, Ehefrauen und Freundinnen, Alkohol und Tabletten, Seelenklempner und Prediger, Meditation und Yoga, war dies am Ende das einzige, was ihn überhaupt einigermaßen beruhigte und in den Schlaf lullte. Ein kleines mechanisches Gerät. Man brauchte es einfach nur auf einen gleichmäßigen Rhythmus einzustellen – wie bei einer Cellosuite von Bach, beispielsweise – und nur noch zuzusehen, wie es tickte, hin, her, tick, tick, tick, tick, bis dann der eigene Herzschlag allmählich langsamer wurde, sich anglich und einen einschlafen ließ.

Er benutzte das verdammte Ding so häufig, daß er sich wunderte, warum es immer noch funktionierte. Es kam nur noch selten vor, daß er es nicht benötigte, um den ganzen Kram, mit dem er sich tagsüber herumschlagen mußte, hinter sich zu lassen und ein paar Stunden Schlaf zu finden. Dreiundzwanzig Jahre Polizei, davon siebzehn bei der Mordkommission – da war einem nichts Menschliches mehr fremd. Man hatte soviel Widerliches gesehen, daß es ein Wunder war, wenn man überhaupt noch schlafen konnte. Nirgends trifft man so unvermittelt auf die schlimmsten Seiten der Menschheit wie bei der Mordkommission. Mord und Totschlag, Prügeleien, Quälen und Foltern, Demütigungen und niederste Triebe aller Art. Ehemänner bringen ihre Frauen um und Ehefrauen ihre Männer, Kinder töten ihre Eltern, und Eltern prügeln ihre Babys zu Tode. Freunde erschießen ihre Freunde und Fremde andere Fremde. Und alles aus keinem oder bestenfalls nichtigem Grund. Nicht mehr als plötzliche Aufwallungen und Anfälle. Verbrechen aus Leidenschaft. Sinnlose Gewalttätigkeit. Jähzorn aus heiterem Himmel. Eine Kugel in den Kopf, weil irgendwem die Nase irgendeines anderen nicht paßte oder, wie der ihn ansah. Ein Schuß ins Herz bei einem Streit um einen Parkplatz. Ein Pfeil ins Auge, weil einer beim Monopoly mogelt. Zehnjährige knallen Elfjährige nieder, weil sie deren Schuhe haben wollen. Ein mit Drogen Vollgepumpter ballert in die nächstbeste Menge, weil ihm grade danach ist.

Längst hatte sich in Somerset die Ansicht gebildet, daß seine Stadt die Zukunft repräsentierte: den totalen Niedergang, die völlige Dekadenz. Die Menschheit auf dem Weg zurück in die Stcinzeit. Der Homo sapiens wird wieder zum hirnlosen Affen.

Er schloß die Augen und verbarg das Gesicht hinter den langen Fingern seiner Hände. Er hatte zuviel gesehen. Er wollte nichts mehr sehen. Er konzentrierte sich mit geschlossenen Lidern wieder auf sein Metronom auf dem Nachttisch, auf das monotone Klicken aus dem Dunkeln, während die heulende

Alarmanlage draußen sich allmählich aus seinem Bewußtsein ausblendete. Erstaunlich, fand er, daß er dazu noch immer imstande war, nach diesen dreiundzwanzig Jahren. Doch vielleicht bald nicht mehr, wenn er noch länger weitermachte. Der ganze Müll, der sich da in seinem Kopf angesammelt hatte, lagerte sich ja auch ab, und das konnte am Ende leicht mal böse enden. Bis jetzt aber schaffte er es noch, am Ende des Tages alles von sich zu schieben. Zumindest einen Teil davon. Irgendwann jedoch mußte es mal vollständig weg. Einfach runterspülen den ganzen Dreck wie ins Klo. Und ihn auf immer und ewig vergessen, endgültig, ein für allemal. Als wäre alles überhaupt nie passiert. Zugegeben, die Chancen standen nicht besonders gut. Aber den Vorsatz hatte er. Spätestens, wenn er sich zur Ruhe setzte. Und bis dahin waren es ja auch nur noch sieben kurze Tage! Sieben winzige Tage, Somerset, und du gehörst zur Vergangenheit in dieser Stadt! Himmel noch mal, sieben Tage!

Er nahm die Hände vom Gesicht und starrte an die nackten Wände seines Schlafzimmers. Die Bilder waren alle weg, und auch die Hälfte der Bücher aus den Regalen waren schon eingepackt. Er hatte versucht, dies und das auszusondern, um ein bißchen Luft zu schaffen. Aber sich von vertrauten Büchern zu trennen, war nicht leicht. Ein Anzug, ein Sportsakko, zwei Hosen, zwei Krawatten und sieben saubere Hemden waren noch im Wandschrank, alles andere auch schon im Karton. Sein Blick wanderte die kahlen Wände entlang. Zwischen ihnen waren seine beiden Ehen zu Ende gegangen. In der Stadt war eine Wohnung mit Mietpreisbindung fast mehr wert als eine gute Ehefrau. Und Unterhalt zu zahlen war ebenfalls immer noch besser, als eine gemeinsame Wohnung zu unterhalten. Irgendwie hatte er ja auch beide Male eigentlich Glück gehabt. Beide Ex-Ehefrauen hatten nach der Trennung wieder ein neues Leben angefangen. Das hatte ihn ehrlich gefreut. Und überdies mußte er sich nicht mit dem Unterhalt für Kinder herumschlagen und mit dem Sorgerecht. Er hatte überhaupt nie Kinder gewollt.

Das heißt, einmal schon. Aber er wollte sie nicht in der Stadt haben. Er wußte zu gut, was das Leben in der Stadt Kindern antat. Es hatte durchaus die eine und andere Zeit gegeben, da er sich wenigstens insgeheim gewünscht hatte, eine seiner Frauen möge ihn einfach überraschen und ihm eröffnen, daß sie ein Kind bekam. Das hätte ihn dann schlicht dazu gezwungen, in seinem Leben einiges zu ändern und vielleicht sogar aus dieser verdammten Stadt wegzuziehen. Doch seine erste Frau Michelle hatte sich zwar sehnlichst ein Kind gewünscht, aber keines bekommen, und seine zweite, Ella, war nicht sonderlich darauf erpicht gewesen und er deswegen auch nicht übermäßig. Er hatte es also mit der Zeit einfach aus seinen Überlegungen gestrichen und sich die Überzeugung zurechtgelegt, daß es nun mal so war, wie es war. So ungewöhnlich waren kinderlose Ehepaare heutzutage nun auch wieder nicht, zumal in der Stadt. Im Gegenteil, es war fast schon der Normalzustand. Was nicht verhinderte, daß er tief im Innern genau wußte, daß es eben nicht normal war, ganz und gar nicht. Und selbst mit fünfundvierzig, dachte er nun, war er doch nicht zu alt, um noch Vater zu werden. Auch in diesem Alter konnte man ohne weiteres noch lernen, Windeln zu wechseln. Es war keineswegs schon zu spät, wieso denn? Er konnte immer noch eine Frau finden. Vielleicht jedenfalls. Nicht, daß er ausdrücklich damit rechnete und es darauf anlegte. Aber möglich war es schließlich. Es war überhaupt alles noch möglich, verdammt. Wenn er nur erst einmal dies alles hier hinter sich hatte.

Sein Magen verkrampfte sich auf einmal. Er mußte die Zähne zusammenbeißen. In Wirklichkeit war er noch gar nicht mit sich im reinen, was seinen Entschluß anging. Wer sagte ihm denn, daß es nicht ein großer Fehler war? Sein ganzes Leben hatte er hier in dieser Stadt verbracht. Wenn ihm nun das Leben draußen auf dem Land erst recht nicht gefiel? Und ihn dort die Langeweile auffraß? Wenn sich herausstellte, daß er wie eine Stadttaube war, die sich schließlich auch nur in den Mülltonnen der Stadt wohl fühlte, dort und aus ihnen leben konnte und gar nicht imstande war, sich anderswo ihr Futter zu besorgen?

Er beobachtete wieder sein Metronom und folgte dem hin und her schwingenden Pendel mit den Augen, konzentrierte sich auf den gleichmäßigen Rhythmus und zwang sich, nicht mehr pausenlos zu denken. Lieber entspannen. Das würde schon klappen, sagte er sich. Das würde sich schon alles einrenken, wenn er sich nur nicht dagegen wehrte und es an sich herankommen ließ. Nur noch sieben Tage dieser Scheiß, mehr nicht, dann war er frei und konnte ein neues Leben anfangen. Total neu. Und zwar den guten Teil davon. Wäre doch gelacht.

Um das Metronom lag auf dem Nachttisch verstreut der Inhalt seiner Hosentaschen. Schlüsselring, braune Lederbrieftasche, schwarze Ledertasche für die goldene Polizeimarke, perlmuttbesetztes Klappmesser. Am Rand, gerade, daß es nicht hinunterfiel, lag *Wem die Stunde schlägt* von Hemingway. Das Buch war ihm beim Packen in den Händen geblieben, und er hatte angefangen, es wieder zu lesen. Jetzt griff er danach und schlug es an dem Eselsohr auf, was er vor fast zwanzig Jahren beim ersten Lesen eingeknickt hatte. Da war ein Satz mit Bleistift unterstrichen. »Die Welt ist schön, und es lohnt sich, für sie zu kämpfen.«

Daß er nicht lachte. Hatte ihm dieser Satz damals wirklich so viel bedeutet, daß er ihn gleich unterstreichen mußte? Damals hatte er gerade bei der Mordkommission angefangen. Ja, und damals war es ihm ja wirklich noch so vorgekommen, als sei die Welt schön und es lohne sich, für sie zu kämpfen. Nur hatte sich seit dem guten Hemingway eine Menge ziemlich verändert. Der liebe Papa hatte sich sichtlich gar nicht vorstellen können, wie sehr die Welt herunterkommen konnte.

Er blätterte ein wenig bis zu der Seite, die er am Nachmittag mit einem Stück Tapete als Lesezeichen markiert hatte. Auf dem Tapetenstück prangte eine Rose. Er hatte sie jetzt erst entdeckt. Die Rosentapete klebte nämlich im Vorraum unter der neueren goldgeschnörkelten. Die hatte er stückweise abgezogen. Dann hatte er mit der Hand den gelben trockenen Kleister von der Rose gerubbelt und zuletzt mit dem Taschenmesser diese eine Rose herausgeschnitten.

Todd, der Makler, war sofort nervös geworden. Er hatte wohl gefürchtet, daß er es sich vielleicht noch einmal anders überlege.

»Stimmt was nicht, Mr. Somerset?« hatte er gefragt und dabei am Kragen seines königsblauen Blazers herumgefummelt – dem mit dem Emblem seiner Maklerfirma auf der Brusttasche –, um sich nicht anmerken zu lassen, daß er kurz vor einem Panikanfall stand.

Er hatte ihm nicht geantwortet und immer nur abwesend auf die Tapetenrose gestarrt, ganz verwundert, wie perfekt sie gemacht war, richtig künstlerisch, mit tiefen roten Schatten und orangefarbenem Lichtschimmer. Ganz erstaunlich, welche Detailfülle sich in dieser Tapete fand! Gab es tatsächlich mal eine so hohe Tapetenkunst? Ja, früher gab es das alles wirklich. Er redete sich zwanghaft ein, daß es dergleichen heute einfach nicht mehr gab.

»Ist etwas, Mr. Somerset?« hatte Todd noch einmal nachgeforscht.

Da hatte er die Tapetenrose in die Tasche gesteckt und war

hinaus auf die Veranda gegangen. Es war eine große Veranda. Sie lief rund um das Haus. Seine Schritte dröhnten auf ihren morschen Brettern wie Trommelschlag. Er blickte hinaus auf das vernachlässigte Farmland rundherum und auf die wohlbestellten Felder des Nachbarn jenseits der Straße. Links hinten begannen die Berge und der Wald. Am Himmel war keine Wolke zu sehen, und man konnte fast hören, wie die Sonne herunterknallte. Das Schild *Zu Verkaufen* schaukelte sanft in einer leichten Brise.

Todd kam zögernd hinter ihm her und drückte die quietschende Gittertür auf. »Mr. Somerset?«

Aber er ging weiter, die Stufen der Veranda hinunter, drehte sich dann um und blickte zum Blechdach hinauf und zu den verschossenen Dachpappeflecken, mit denen es da und dort repariert war.

»Wenn Sie noch Fragen haben, Mr. Somerset ... Im Kaufpreis ist auch eine Jahresgarantie für den Heizofen eingeschlossen und für alle Installationen. Wenn Sie also in dieser Hinsicht Befürchtungen haben sollten ...«

»Nein, nein, schon gut, das spielt keine Rolle. Es ist schließlich ein altes Haus, das weiß ich ja. Das ist auch gar nicht das Problem. Nein, wissen Sie, es ist vielmehr ... es ist einfach nur, daß alles so ... eigenartig aussieht.«

»Eigenartig? Ich verstehe nicht recht. Ich meine, ich kann nichts ›Eigenartiges‹ an dem Haus entdecken. Gut, es muß ein wenig aufgemöbelt werden, natürlich, aber ...«

»Nicht doch, nein. Es gefällt mir ja, so wie es ist. Das ganze Grundstück hier. Die ganze ... Idee hier gefällt mir.«

Todd war sichtlich erleichtert und rang sich ein Lächeln ab. »Ich meinte auch nur, es ist ein ganz normales Haus.«

Somerset blickte hinüber zum Wald. »Eben deswegen will ich hierherziehen. Weil ich etwas Normales will.«

Doch da hatte Todd schon nicht mehr zugehört. Er beeilte sich, das Schild *Zu Verkaufen* im Vorgarten zu entfernen.

Tick, tick, tick, tick. Sein Blick fiel auf das Pendel des Metronoms, wie es hin und her ging. Dann betrachtete er wieder die Tapetenrose in seiner Hand. Das Haus fehlte ihm bereits. Und dabei war er noch nicht einmal eingezogen. Es fehlte ihm, weil es so ganz und gar unwirklich zu sein schien. So weit weg von hier. Ihn schauderte ein wenig. Und wenn er es nun doch nicht schaffte da hinaus? Sieben Tage noch bis zum »Normalzustand«. Aber in sieben Tagen konnte noch eine Menge passieren. Wenn nun doch noch etwas dazwischenkam?

Er starrte auf das Metronom und konzentrierte sich auf das Ticken, um dieses Panikgefühl zu vertreiben. Aber das regelmäßige Ticken erinnerte ihn nur an das rhythmische Rollen des Zugs, der ihn am Nachmittag wieder zurück in die Stadt gebracht hatte. Anfangs war es ein wunderbares Erlebnis gewesen vom gemütlichen, sonnenbeschienenen Sitz aus all die Farmen und Felder draußen am Zugfenster vorüberziehen zu sehen, dazu Hemingway zu lesen und Zigarettenrauch in die Luft zu blasen. Bis dann die Dauersonne lästig geworden war und ihn vom Betrachten der Landschaft ablenkte. Und auch die wurde kahler, und die Farmen verwandelten sich in Wüsten. Dann kamen bald die Autofriedhöfe und die Müllhalden, und das war das Zeichen, daß sie in die Stadt zurückkamen. Fabriken und Gewerbegebiete tauchten aus dem Nichts auf wie Landestationen auf dem Mond. Und dann gingen die eintönigen Vorstädte los, ein Häuschen wie das andere wie mit der Backform ausgestochene Plätzchen, mit ihrem unnatürlich grünen Rasen darum herum, der pausenlos bewässert werden mußte, damit er in der sengenden Hitze nicht sofort verdorrte. Stupide und absurd das alles. Lebenswichtiges Wasser, sinnlos verschwendet. Idiotisch. Aber was war in diesem ganzen Staat schon besonders sinnvoll, jedenfalls soweit er es beurteilen konnte. Als der Zug von Norden in die Stadt zurückkam, sah er die Smog-Dunstwolken über ihr hängen. Sie kamen ihm vor wie die rächende Hand Gottes.

Nach der Ankunft im Bahnhof hatte er gar nicht aussteigen wollen. Einfach sitzen bleiben, bis er ihn wieder zu seinem neuen Haus zurückfuhr. Aber die Pflicht rief, und schließlich waren sieben Tage nur eine Woche. Eine Woche hielt er es jederzeit noch aus, sagte er sich. Was waren schon sieben Tage nach dreiundzwanzig Jahren?

Doch als er dann draußen auf der Straße auf ein Taxi wartete, hatte ihn die Realität der Stadt doch wieder voll in ihren Pranken. Quietschende Autoreifen, heulende Sirenen, schreiende Leute, niemand, der sich um irgend etwas kümmerte. Ein übergeschnappter Obdachloser rangelte mit einem Touristen um dessen Koffer. »Ich besorg' Ihnen doch ein Taxi, guter Mann«, versicherte er dem Touristen hartnäckig, »ich weiß, wie man das macht. Ich besorg' Ihnen eines. Sie kriegen von mir das beste beschissene Taxi der Stadt.« Der Tourist jedoch, Frau und zwei Töchter hilfslos im Schlepptau, legte keinen Wert auf die Hilfe des Obdachlosen. Somerset wollte sich schon einmischen, brachte dann aber doch nicht die Energie auf. Wenn er sich hier heraushielt und zusah, daß er wegkam, konnte er auch für nichts mehr verantwortlich gemacht werden. Die Leute sollten ihre Probleme gefälligst selbst regeln. Er stieg in das nächste Taxi, das vorfuhr, und gab dem Fahrer die Adresse seiner Wohnung.

Im Wegfahren sah er eine Ambulanz und zwei Streifenwagen mit Blaulicht heranpreschen. In beiden Richtungen hatte sich schon ein Stau gebildet. Die Autofahrer hupten wütend und schimpften zu den Seitenfenstern heraus über die Behinderung. Als sein Taxi sich der Stelle näherte, sah er zwei Polizisten, die

die bereits zusammengelaufene Gaffermenge zurückhielten. Auf dem Gehsteig lag jemand. Somerset konnte nur einen kurzen Blick auf das blutige Gesicht werfen und fragte sich, warum sie ihm keinen Sauerstoff gaben, wenn er noch lebte. Wieder verspürte er den Impuls, auszusteigen und zu helfen, hielt sich aber zurück und bat den Fahrer nicht anzuhalten. Schließlich waren ja schon die Uniformierten da, und schließlich bestand auch die Mordkommission der Stadt nicht nur aus ihm. Ganz zu schweigen davon, daß dies hier gar nicht sein Bezirk war. Sollten doch die sich damit befassen, die dafür zuständig waren. Sein Bier war das doch nicht. Bestimmt spätestens in einer Woche nicht mehr.

Als sich endlich wieder etwas bewegte und das Auto vor ihnen nicht gleich in die Kreuzung einfuhr, hupte sein Fahrer gleich ausdauernd. »Scheiße noch mal!« knurrte er und hieb auf das Lenkrad.

Somerset suchte über den Rückspiegel seinen Blick. »Berührt Sie das denn gar nicht?« fragte er ihn mit einer Kopfbewegung zu dem auf dem Gehsteig liegenden Mann.

»Und wie mich das berührt«, knurrte der Taxifahrer. »Jede Minute, die ich im Stau stehe, verliere ich Geld.«

Somerset schenkte sich eine Antwort.

An der nächsten Ecke prügelten sich zwei junge Burschen um etwas, umringt von einer johlenden und anfeuernden Zuschauermenge. Auch hier stoppte bereits ein Streifenwagen, und zwei Polizisten sprangen heraus. Der eine versuchte, zwischen die beiden Streithähne zu gehen, der andere ging daran, die blutdürstige Menge auseinanderzutreiben. Beider Bemühungen waren von wenig Erfolg gekrönt.

Und wieder hatte Somerset die Hand schon am Türgriff, um hinauszuspringen und zu helfen, doch der Taxifahrer trat, als ahne er es, gleich das Gaspedal durch, kurvte um die Gaffer, die auch hier den Verkehr schon wieder behinderten, herum und zog auf der falschen Straßenseite an ihnen vorbei.

»Verrücktes Volk!« schimpfte er. Als er schließlich wieder auf der richtigen Fahrbahn war, seufzte Somerset vernehmlich und lehnte sich im Sitz zurück. Er schloß die Augen, damit er nicht jedes schmierige Kino und jeden neonerleuchteten Pornoladen sehen mußte, an dem sie vorbeifuhren.

»Wo wollten Sie noch mal hin?« fragte der Fahrer.

Somerset machte die Augen wieder auf. »Weit, weit weg.«

Ja, dachte er, das stimmt. Weit, weit weg ...

Seine Metronom ging nun doch in dem Lärm der Autoalarmanlage draußen unter und brachte ihn zurück in die Realität. Er betrachtete das Pendel stirnrunzelnd, starrte es an und wollte es zwingen, ihm weiter zu Willen zu sein.

Tick, tick, tick, tick, tick, tick.

Er schloß die Augen, um sich noch besser auf das Metronom konzentrieren zu können.

Tick, tick, tick, tick, tick, tick.

Die Alarmhupe wurde schwächer, das Metronom drang wieder nach vorne.

Tick, tick, tick, tick, tick, tick.

Seine Atemzüge wurden tiefer. Er überließ sich dem hypnotisierenden Schlagen.

Tick, tick, tick, tick, tick, tick.

Das Telefon läutete. Er fuhr schon beim ersten Klingeln aus tiefem Schlaf hoch und sah nach dem Wecker. Es war 6.19 Uhr. Das Metronom stand, es war abgelaufen. Das Zimmer lag im grauen Frühdämmerlicht.

»Ach, Scheiße ...«, stöhnte er. Das war noch nicht genug Schlaf gewesen. Er griff nach dem Telefon. »Was ist?« krächzte er hinein.

»Auf, auf zum fröhlichen Jagen, es graut schon der Tag!« Das war Taylor, ein Kollege der Mordkommission von der Nachtschicht. »Wir haben was Neues. Ich muß erst ein Auto sicherstellen lassen, sonst würde ich es ja selbst tun. Aber die Leitung sagte, ich sollte dich rufen. Sorry.«

»Schon gut, du kannst ja nichts dafür.« Er griff nach Block und Schreibstift. »Wo ist es?«

»Vierzehn-dreiunddreißig Kennedy. Apartment im Kellergeschoß vorne raus.«

»Okay. Ich bin gleich da.«

Er warf den Hörer auf die Gabel und strampelte die Bettdecke zurück. Sein Buch fiel polternd auf den nackten Fußboden. Er starrte hinunter. Die Seite mit dem Eselsohr lag offen, die Tapetenrose ragte heraus. Und da war wieder diese Zeile, die er damals, vor so langer Zeit, unterstrichen hatte. »Die Welt ist schön, und es lohnt sich, für sie zu kämpfen.«

Er beugte sich hinunter und hob das Buch auf. Bis zu einem gewissen Grad, dachte er, war er vielleicht doch noch der Überzeugung, daß es sich lohnte, für die Welt zu kämpfen. Zum Teufel, irgendwer mußte schließlich die Bösen in Schach halten, oder?

Er quälte sich aus dem Bett und dachte: wenn ich mich nur nicht immer um so verdammt viel kümmern würde. Das würde die ganzen nächsten sieben Tage viel leichter machen.

2

Mit seinem buschigen Bart sah Detective Taylor ein wenig aus wie ein in einen Trenchcoat eingewickelter Bär. Er stand da und blickte auf seinen Schreibblock, um sicher zu sein, daß er Somerset alles gesagt hatte, was er selbst wußte. Die Vorstellung, daß die Mordkommission auch einen Bären beschäftigte, ging Somerset nicht aus dem Kopf. Er kannte Taylor nun schon viele Jahre, und doch war ihm dieses Bild von einem Bären jetzt zum ersten Mal gekommen.

Womöglich war die Vorstellung gar nicht mal so albern, wie sie sich anhörte, dachte er, während er sich den Tatort ansah. Tiere, die es mit Tieren zu tun haben.

Das Keller-Apartment 1433 Kennedy Avenue lag im Halbdunkel, aber die Blutspritzer an den Wänden des Wohnzimmers waren ohne Schwierigkeiten erkennbar. Dämmerlicht hin, Halbdunkel her. Die Leiche unter dem Tuch auf dem Boden wartete auf den Abtransport. Die Tatortfotos waren gemacht, nur die beiden Spurensicherer hatten gerade erst angefangen. Eine der beiden war Midge, eine ständig miesepetrige kleine Brünette. Sie pinselte Pulver für Fingerabdrücke. Die Kollegen hatten aus ihrem Namen, natürlich nur hinter ihrem Rücken, Smudge gemacht, Schmutzfink.

»Laut Vermieterin«, sagte Taylor, »waren die beiden nicht verheiratet, lebten hier aber zusammen seit Dezember 91. Er arbeitete in einer dieser chemischen Fabriken draußen in der Wüste, und sie hatte einen Nachtjob an einer Kasse der Autobahnmautstelle. Die ganze Nacht Geld wechseln, das muß einen ja verrückt machen. Ich wette, darauf baut ihr Anwalt ihre Verteidigung auf. Unzurechnungsfähig und so. Durchgedreht.«

Somerset starrte auf das Gewehr auf dem Teppich neben der Leiche.

»Fassen Sie das bloß nicht an«, bellte Smudge sofort. »Das muß erst noch behandelt werden.«

Somerset nickte nur. Es war noch zu früh, sich mit Smudge zu streiten, und außerdem lohnte es sich auch gar nicht mehr. Wo er gerade noch eine Woche da war.

»Wie viele Schüsse waren es?« fragte er Taylor.

»Beide Läufe. Die Nachbarn haben es gehört.«

»Haben sie sonst auch noch was gehört?«

»Ja, daß die beiden sich angeschrien haben. Der Mann im hinteren Apartment sagt, das muß an die zwei Stunden gegangen sein. Was aber für die beiden Liebenden nicht ungewöhnlich gewesen sei.«

»Hat sich denn bisher niemand über sie beschwert?«

»Alle anderen sagen, bis nach oben hörte man es gar nicht, wenn man nicht ausdrücklich darauf horchte. Und der Mann im hinteren Apartment arbeitet die zweite Nachtschicht im Postamt, so daß er es deshalb normalerweise nie mitbekam.«

»Und wieso war er heute nacht zu Hause?«

»Sein freier Tag. Oder besser gesagt, seine freie Nacht, nehme ich an.«

Somerset stieg über die Leiche und versuchte abzuschätzen, wo sich die Frau wohl befunden hatte, als sie schoß.

»Hat sie schon gestanden?«

»Mehr oder weniger. Der erste Polizist, der da war, sagt, sie heulte und schluchzte derart, daß gar nicht richtig zu verstehen war, was sie von sich gab. Sie kniete am Boden und versuchte, seinen Kopf wieder zusammenzusetzen.«

Somerset betrachtete kopfschüttelnd den Toten. »Warum muß das immer und ewig so sein? Immer erst, wenn sie ihre Opfer über den Haufen geknallt haben, fällt ihnen ein, daß die von nun an nicht mehr leben und bei ihnen sind.«

»Verbrechen aus Leidenschaft!« sagte Taylor achselzuckend. »Schon mal gehört? Muß ich dir erst einen Vortrag darüber halten?«

»Schon gut, ich weiß ja. Da an der Wand kannst du die ganze Leidenschaft hingespritzt sehen. Der reine Rorschach-Test.«

Taylor sah ihn ausdruckslos an. Er wußte nicht, wovon Somerset sprach. Rorschach-Test, nie gehört. Smudge dagegen hob abrupt den Kopf und funkelte ihn an. Na, immerhin sie weiß es, dachte Somerset. Sie mochte ja eine grausame Nervensäge sein, aber immerhin hatte sie etwas Ahnung.

»Gut, ich bin dann weg«, sagte Taylor und steckte seinen Notizblock ein.

Somerset nickte abwesend. Sein Blick blieb an einem Malbuch auf dem Kaffeetischchen und der großen Schachtel Malkreiden daneben hängen. Er nahm seinen Schreibstift zu Hilfe, um in dem Buch zu blättern. Nicht besonders gut ausgemalt. Das Kind hatte seine Schwierigkeiten, nicht über die Linien hinauszufahren.

»Wie viele Kinder haben sie denn?« fragte er Taylor.

»Nur eines. Ein Junge. Sechs Jahre alt, sagt die Vermieterin.«

»Hat er es mitangesehen?«

»Keine Ahnung.« Taylor sah ihn plötzlich verdrossen an. »Was ist das überhaupt für eine blöde Frage?«

Somerset betrachtete weiterhin das Malbuch. An einem Bild von einem Elefanten hatte das Kind wie verrückt mit einem schwarzen Bleistift herumgeschmiert. Er sah es direkt vor sich, wie der Junge den Stift in der kleinen Faust hielt und ihn ins Papier drückte, so heftig es nur ging. Zornig und wütend.

Taylor beugte sich über ihn. »Soll ich dir mal was sagen, Somerset? Ich bin wirklich scheißfroh, daß du endlich weggehst. Und soll ich dir noch was sagen, lieber Freund? Mit der Ansicht bin ich bei weitem nicht der einzige.«

Somerset ignorierte das einfach und konzentrierte sich weiter auf das Malbuch, bis Taylor es plötzlich packte und an die Wand schleuderte.

»He, he!« rief Smudge sogleich. »Laß das mal ...«

»Halt's Maul!« fuhr Taylor sie an, ehe er sich wieder an Somerset wandte. »Was, zum Teufel, ist mir dir los, Somerset?

Ständig diese blöden Fragen. ›Hat das Kind es mitangesehen?‹ Wen kratzt das, möchte ich wissen, ob der Junge es mitangesehen hat oder nicht? Der Staatsanwalt wird nicht einen sechsjährigen Knaben gegen die eigene Mutter in den Zeugenstand holen, oder?« Er deutete auf die Leiche am Boden. »Der ist tot, Mann! Seine Olle hat ihn abgeknallt. Und damit hat es sich, und alles andere hat mit nichts was zu tun. Aber das ist ja immer schon dein blödes Problem gewesen. Du willst immer der Seelenklempner von allem und jedem sein. Häng dir doch ein Schild raus, wenn du pensioniert bist: Hier Seelenklempner, kommt alle rein.«

Somerset stand auf. Er blickte Taylor unverwandt an, bis er fertig war. Nicht, daß der ihm etwas sagte, was er nicht selbst längst wußte. Über die Jahre hatte er sich nicht gerade wenig Feinde gemacht.

Die Träger von der Gerichtsmedizin kamen herein, eine stämmige farbige Frau und ein kleiner Hispano-Muskelprotz in ihren engen und strammen Khakiuniformhemden. Die Rollbahre hatten sie draußen gelassen. Die Frau hatte einen grünen Leichensack über der Schulter. Der kleine Bodybuilder fragte Taylor: »Kann er weg?«

Taylor raunzte nur: »Fragt ihn, er ist zuständig.«

Der Hispano sah Somerset an. »Also, können wir ihn mitnehmen?«

Somerset blickte seinerseits fragend Smudge an. »Braucht ihr ihn noch?«

»Nein«, knurrte Smudge ihrerseits. Sie sah nicht einmal hoch. Sie war immer noch damit beschäftigt, die leeren, eingesammelten Patronenhülsen in einer Schachtel auf dem Tisch nach Fingerabdrücken einzupinseln. Falls sie womöglich dankbar war für Somersets Höflichkeit, sie ausdrücklich zu fragen, zeigte sie es jedenfalls nicht.

Somerset nickte den Trägern also zu, die Frau legte den Sack auf dem Boden aus, der kleine Muskelprotz holte inzwischen die Rollbahre von draußen.

Ein jüngerer Mann kam herein. Mit seinem schon etwas langewachsenen Stoppelhaarschnitt sah er aus wie um die dreißig. Somerset wollte gerade scharf werden und sagen, er solle gefälligst verschwinden, das hier sei ein Tatort, an dem er nichts zu suchen habe. Er schloß im ersten Augenblick aus der lässigen Aufmachung des Ankömmlings mit seiner schwarzen Lederjacke auf einen Reporter. Dann aber sah er die Goldmarke an einer Kette um seinen Hals.

»Lieutenant Somerset?« sagte der Mann zu Taylor.

Taylor war auf dem Weg hinaus und deutete mit dem Daumen über die Schulter auf Somerset. »Nein, weiß Gott nicht. Der da.«

Der Neue streckte Somerset die Hand hin. »Lieutenant. Ich bin David Mills. Das ist heute mein erster Tag bei der Mordkommission.«

Smudge gab einen abfälligen Seufzer von sich.

Lieutenant Somerset schüttelte Mills zwar die Hand und nickte, redete aber kein Wort. Mills lächelte trotzdem höflichkeitshalber. Der Lieutenant war offensichtlich zerstreut und schien ihn gar nicht richtig zur Kenntnis zu nehmen. Er sah ihm zu, wie er im Raum herumging. Ein schlanker Typ, mittleren Alters, schwere Säcke unter den Augen, ein weltüberdrüssiges Bassetgesicht. Bewegte sich langsam, doch es war etwas an ihm, das Mills an einen alten trägen Tiger erinnerte, den er mal als Kind im Zoo gesehen hatte. Rührte sich kaum, aber es war klar, das Biest konnte einem, wenn es nur wollte, in Sekundenschnelle die Kehle durchbeißen. Er fragte sich noch immer, warum alle im Revier heute morgen so komisch gegrinst und die Augen verdreht hatten, als er ihnen erzählte, der Captain habe ihn für den Anfang Lieutenant Somerset zugeteilt.

Die Leichenträger legten den Toten inzwischen in den grünen Leichensack auf dem Boden. Somerset war in die intensive Betrachtung des danebenliegenden Gewehrs versunken. Mills wußte nicht, ob er auch irgend etwas tun sollte, und wenn ja, was. Er konnte nicht gut von sich aus aktiv werden. Schließlich war er nur ein einfacher neuer Detective und Somerset Lieutenant.

»Einen grünen Leichensack habe ich noch nie gesehen«, sagte er zu den Trägern, damit es nicht ganz so aussah, als gehöre er lediglich zur Einrichtung hier. »Wo ich bisher arbeitete, hatten sie nur schwarze.«

»Wir haben alle möglichen Farben«, sagte die Frau, während ihr kleiner Kollege Muskelprotz den Reißverschluß zuzog.

»Tatsächlich? Hatte keine Ahnung, daß es die in allen Farben gibt.«

»Man kann sie so leichter auseinanderhalten«, sagte die farbige Frau. »Wir kriegen eine Menge Leichen. Samstags gibt's im Leichenschauhaus nur noch Stehplätze. Da helfen verschiedene Farben.«

Mills nickte verstehend, während sie den schweren Toten auf ihre Rollbahre aus rostfreiem Stahl hievten. »Und was bedeutet Grün?«

Die Frau sah ihn an, als sei er hinter dem Mond.

»Ich meine«, sagte er, »bedeuten die Farben irgend etwas?«

»Sie bedeuten«, sagte Somerset plötzlich, »daß einer tot ist.«

Mills lachte gezwungen, weil man Scherze von Vorgesetzten nun mal zu belachen hat, aber der sarkastische Unterton, mit dem Somerset es gesagt hatte, gefiel ihm gar nicht. Er mochte neu in der Stadt sein, aber deswegen war er noch lange kein grüner Junge, und das wollte er Somerset auch gleich klarmachen.

»Ich bin erst gestern abend hier angekommen«, sagte er, weiter bemüht, vorerst noch höflich und freundlich zu sein. »Es ist hier etwas anders als da, wo ich bisher war.«

»Wo waren Sie denn bisher?«

»Oben in Springfield.«

Somerset nickte. »Kenne ich, ja. Und was haben Sie da gemacht?«

»Ich war bei der Mordkommission.«

»Und wie viele Morde pro Jahr habt ihr da oben so gehabt?«

»Na ja, an die sechzig, siebzig, in der Gegend.«

Die Kleinwüchsige, die weiter ihre Fingerabdrücke pinselte, lachte auf. »Das haben wir hier im Monat«, sagte sie.

»Dafür waren wir da oben auch nur drei Leute bei der Mordkommission.« Mills versuchte geduldig, nicht schon nach zehn Minuten im neuen Job zu streiten, aber sie hatte genau den Nerv getroffen. Genau dies war der Grund gewesen, warum er von Springfield weggegangen war. Weil er das Gefühl hatte, dort am Arsch der Welt zu versauern. Seine Kollegen da oben waren so langsam und so konservativ gewesen wie die Banker. Er aber sehnte sich nach »wirklicher« Polizeiarbeit und »richtigen« Ermittlungen. Er wollte das Gefühl haben, etwas Sinnvolles zu tun, das auch wirklich von Bedeutung war.

»Siebzig Fälle pro Jahr und drei Detectives«, sagte Somerset, während er sich hinkniete und den Teppich dort, wo der Tote gelegen hatte, aus der Nähe inspizierte. »Das macht an die dreiundzwanzig Fälle pro Mann. Fünfzig Wochen pro Jahr, das läßt gut zwei Wochen Zeit pro Fall.«

»Das klingt wie Ferien«, nölte Fingerabdruck-Smudge wieder abfällig.

Die Leichtenträger kicherten. Sie rollten ihren Toten nach draußen.

Somerset blieb von allem unbeeindruckt. Schließlich stand er auf und musterte Mills. »Also, Detective Mills, nachdem das Ihr erster Tag hier ist, gehen wir am besten einen Kaffee trinken und unterhalten uns dabei erst mal ein wenig. Danach können wir dann immer noch ...«

»Ach, wissen Sie, wenn es Ihnen nichts ausmacht, möchte ich eigentlich lieber gleich auf der Stelle richtig mit der Arbeit anfangen. Sie müssen sich wirklich nicht die Mühe machen und den ganzen Einführungszirkus mit mir veranstalten. Zumal wir ja doch sicher keine zwei Wochen Zeit für den Fall haben, oder?«

Er blickte auf Smudge, die ihn bereits anfunkelte. Doch er ignorierte das. »Ich möchte einfach so schnell wie möglich ein Gefühl für die Stadt hier kriegen, wenn Sie verstehen, was ich meine, Lieutenant. Alle kennenlernen, mit denen man es zu tun hat, und so. Und wie sie arbeiten, all diese Dinge.«

Somerset starrte ihn nur an. »Darf ich Sie mal was fragen, Detective Mills?«

»Selbstverständlich, Lieutenant, jederzeit.«

»Wieso hier?«

»Ich ... ich fürchte, ich verstehe die Frage nicht.«

»Wieso wollten Sie unbedingt hierher in die Stadt? Sie hatten doch einen guten Job an einem angenehmen Ort? Was treibt sie hierher?«

Mills spürte, daß er Farbe bekennen mußte. »Nun ja, ich bin vermutlich aus dem gleichen Grund hergekommen wie Sie. Um für Ordnung zu sorgen. Um zu verhindern, daß der Abschaum die Oberhand bekommt. Ich meine, es gibt hier sicher auch mehr Möglichkeiten für einen Polizisten und mehr Aufstiegschancen, aber das ist es nicht allein. Wenn ich ganz ehrlich sein soll, dann möchte ich einfach auch etwas Gutes und Nützliches auf der Welt leisten. Ist das nicht auch Ihre Motivation? Oder wenigstens gewesen, bis Sie sich entschlossen, Ihren Abschied zu nehmen?«

Somersets Augen wurden kalt. Der Tiger vor dem Absprung, dachte Mills. Ganz unwillkürlich spannte sich sein Körper.

Aber Somerset musterte ihn nur unverwandt. »Sie haben mich doch gerade erst kennengelernt«, sagte er ganz ruhig.

Mills preßte den Mund zusammen und wurde etwas rot. »Ach, wissen Sie, ich bin einfach langsam allergisch gegen diese ewig gleichen Fragen, warum ich mich entschlossen habe, hierherzukommen. Alle tun so, als wäre ich ein bißchen bescheuert.«

»Ich habe nicht gesagt, daß ich Sie bescheuert finde. Ich habe nur bisher noch keinen einzigen kennengelernt, der das so gesagt hat. Weil die meisten Cops nämlich ganz im Gegenteil aus der Stadt raus wollen.«

»So wie Sie?«

Und wieder wurden Somersets Augen kalt.

»Sehen Sie«, sagte Mills schnell, »ich dachte einfach, ich könnte hier mehr Nützliches vollbringen. Vielleicht bin ich deshalb bescheuert, mag ja sein.« Dann beschloß er, lieber still zu sein, weil er offenbar alles nur noch schlimmer machte und sich sehenden Auges in die Nesseln setzte. »Es wäre mir recht, Lieutenant, wenn wir nicht damit anfingen, einander Tritte zu versetzen. Es ist Ihr Fall hier. Wie Sie ihn angehen wollen, ist Ihre Sache. Sie brauchen mir nur Ihre Anweisungen zu geben.«

Somerset verschränkte die Arme. »Na gut, dann sage ich Ihnen, wie ich es angehen will. Ich will, daß Sie die Augen offen halten und zuhören.«

»Mit allem Respekt, Lieutenant, aber ich war oben in Springfield nicht nur der Postensteher am Tatort. Ich habe fünfeinhalb Jahre Dienst bei der Mordkommission hinter mir.«

»Aber nicht hier.«

»Das ist mir schon klar, aber ...«

»Für die kommenden sieben Tage«, sagte Somerset nachdrücklich, »möchte ich, daß Sie sich das eine merken: Sie sind nicht mehr in Springfield.« Und er ging ohne ein weiteres Wort hinaus.

Mills war so verärgert, daß er wie angewurzelt stehenblieb, mit feuerrotem Gesicht und zusammengebissenen Zähnen. Die Fingerabdruckzwergin lachte auch noch dreckig. Sie hielt das offensichtlich für sehr lustig. Sie kehrte ihm zwar den Rücken zu, aber ihr Schulterzucken war eindeutig.

Somerset rief von draußen: »Mills!«
»Was?«
»Also, wollen Sie nun einen Kaffee oder nicht?«
Die Zwergin konnte sich gar nicht mehr einkriegen.

Am nächsten Tag lag Mills im Morgengrauen schlaflos in seinem Bett, die Hände hinter dem Kopf verschränkt, und starrte zur Decke. Er versuchte noch immer, aus Somerset schlau zu werden. Neben ihm schlief seine Frau Tracy. Ihr blondes Haar fiel auf die Decke. Ihre Brauen waren etwas zusammengezogen. Draußen vor dem Fenster brummte ein Laster die Straße entlang und übertönte kurz den allgemeinen Verkehrslärm auf dem Boulevard. Tracy wurde kurz wach. Sie drehte sich im Halbschlaf mit dem Rücken zum Fenster, wickelte sich in die Decke und rollte sich zusammen.

Er beobachtete ihr Gesicht. Immer war etwas an Tracys ganz normalem Ausdruck, das ihn an ein Waisenkind erinnerte. Große Augen, schmaler Mund, ein Hauch von Traurigkeit. Das machte ihren Mund allerdings dann, wenn er zu einem Lächeln aufblühte, nur um so schöner. Doch ihr Gesichtsausdruck hatte sich verändert, seit sie umgezogen waren, und jetzt waren die Gelegenheiten, wo sie spontan lächelte, selten, jedenfalls soweit er das beurteilen konnte. Irgendwie schien sie jetzt immer angespannt zu sein. Selbst im Schlaf noch sah sie besorgt und bekümmert aus.

Vielleicht war dieser Umzug ja doch ein großer Fehler gewesen, dachte er. Vielleicht hatte Somerset ganz recht gehabt. Vielleicht hätte er tatsächlich in Springfield bleiben sollen.

Er starrte zum Fenster hinaus auf die Ziegelwand gegenüber. Nein, nein. Er hätte eben nicht in Springfield bleiben sollen. Das stand ganz außer Frage. Und was Somerset anging, Gott sei Dank war der ohnehin nur noch eine Woche da, länger hätte er ihn auch nicht ausgehalten. Der hatte ja die herablassende Attitüde eines Priesters. Sagte nicht viel, ließ aber keinen Zweifel an seiner Ablehnung, wenn er, Mills, etwas tat oder äußerte, was nicht seine Billigung fand. Und seine Launenhaftigkeit konnte einen sowieso die Wände hochgehen lassen. Er begriff allmählich schon, warum alle im ganzen Revier nur darauf warteten, daß er endlich ging.

Er sah auf den Boden neben dem Bett, wo Mojo zu ihm aufblickte. Sein Golden Retriever, der ihn erwartungsvoll anhechelte und zur Kenntnis genommen werden wollte. Zum Glück lag der andere Hund, der alte Colliemischling Lucky, auf den noch unausgepackten Kartons noch tief im Schlaf. Mojo war nicht daran gewöhnt, im Haus zu schlafen, wo er nicht sofort jedem kleinsten Geräusch, das er vernahm, nachspüren konnte. Die alte Lucky aber hatte Glück. Sie war schon tatterig und fast taub, da kümmerte die Stadt sie nicht mehr besonders. Mojo tat ihm leid. Schlimm genug, daß er mit diesem Umzug seine Frau belastet hatte. Er hatte damit aber auch das Leben seines Hundes ruiniert, schien es. Er konnte Mojo nicht in die Augen sehen und konzentrierte sich statt dessen auf Luckys Flanken, die sich regemäßig hoben und senkten.

Aus einer Schachtel über Lucky ragte seine Footballtrophäe heraus, eine vergoldete Statue eines Verteidigers in eingefrorener Momentpose auf imitiertem Marmorsockel. Das war seine High-School-Mannschaft gewesen. Sie hatten damals das Staatsturnier gewonnen. Sie, die Springfield Regional, hatten ein renommiertes Großstadtteam geschlagen – mit einem Foul-Strafstoß. Und er selbst hatte drei Touchdowns in diesem Spiel geschafft, von ganz hinten heraus in einem Lauf durch die ganze Monsterblockade der anderen hin, die ihm die Beine unter dem Boden wegzureißen versuchten.

Sein Nachbarsfreund Rick Parsons war in jenem Jahr schon in der Oberklasse gewesen und hatte Lineman gespielt, ein Brocken von einem Kerl, Typ Kühlschrank mit einem Kürbis obendrauf, im Spiel ein fieser Knochen, aber die übrige Zeit eine Ulknudel ersten Ranges, der alles tat, um einen Lacher zu kriegen. Nur hatte Rick ihm nie vergeben, daß er ihn als Absprungbock für diesen einen Touchdown benützt hatte. Dabei konnte er, Mills, bis auf diesen Tag selbst gar nicht sagen, ob das tatsächlich stimmt. Es war ein solches Gewühle gewesen, daß er unmöglich hatte erkennen können, wer alles dabei war. Aber es gab halt immer eine schöne Story ab, speziell in Henley's Bar und Grill nach der Arbeit, wenn Rick aggressiv wurde und sein Hemd hochzog, um dem Mädchen, das er gerade bei sich hatte, die tatsächlich ganz unsichtbare Delle von seinen, Mills', Stollen, zu zeigen. Alte Geschichten. Aber eben bei einer solchen Gelegenheit übrigens hatte er, Mills, seine Frau Tracy kennengelernt.

Er seufzte kopfschüttelnd. Schon in der High School war Rick ein Querkopf gewesen, und das wurde nur noch schlimmer, je älter er wurde. Kein Mensch konnte sich ihn als Polizisten vorstellen, was ihn aber erst richtig für eine Undercover-Arbeit qualifizierte. Und keine Frage, er war sogar der beste

Cop geworden, den es in Springfield je gegeben hatte. Wenn er, Mills, nur so dagewesen wäre für ihn, wie Rick damals bei diesem Turnier für ihn dagewesen war, dann wäre Rick heute noch bei der Polizei.

Er spürte noch immer jedesmal einen Kloß im Hals, wenn er nur an diese verregnete Nacht dachte. Rick draußen auf der Feuerleiter, er von vorne durch die Tür in die Wohnung. Hätte er nur nicht ...

Das Telefon klingelte, und Mojo fing an zu bellen.

Tracy schreckte verschlafen hoch. »Was ist?«

Mills hatte abgehoben, ehe es zum zweiten Mal klingelte, aber Mojo war ganz aus dem Häuschen und bellte weiter.

»Still, Mojo, ruhig!« Er legte Tracy die Hand auf den Rücken. »Es ist nichts, es ist nur das Telefon.«

Sie wurde ganz steif und bekam große Augen. Sie starrte in den unvertrauten Raum. »Wo sind wir denn hier?« Sie flüsterte in Panik.

»Zu Hause, Tracy, zu Hause.« Er meldete sich am Telefon. »Hallo?«

»Guten Morgen.« Es war Somerset. »Kommen Sie, so schnell es geht. 337 Baylor Street. Wissen Sie, wo das ist?«

»Ich finde es schon.« Somersets Kommandoton ärgerte ihn bereits wieder. »Worum handelt es sich?«

»Na, sagen wir mal, Mord.«

»Was meinen Sie mit sagen wir mal?«

Aber Somerset hatte bereits aufgelegt.

Ja, du mich auch, dachte Mills zornig.

Das Telefon tutete laut in seiner Hand und mahnte ihn, aufzulegen. Mojo bellte wieder.

»Du sollst still ein, Mojo!« fuhr er ihn an. »Du weckst ja das ganze Haus auf.«

Tracy setzte sich hoch. »Schon gut, ich bin schon auf.« Sie

blickte sich mit großen Augen und wie ein verunsichertes Kind in dem halbdunklen Raum um. Glücklich sah sie nicht gerade aus.

3

Somerset stand in einer schmalen Durchgangsgasse zwischen zwei Apartmenthäusern und suchte im Kofferraum seines Autos nach der Schachtel mit den Wegwerfgummihandschuhen. Irgendwo mußte sie sein. Er wußte genau, daß er noch welche hatte. Er hatte ständig eine Schachtel davon im Kofferraum. Aber es lag so viel Kram im Kofferraum, daß er sie einfach nicht fand. Davis, der erste Uniformierte am Tatort, stand neben ihm und wartete geduldig. Davis hatte die Figur eines Gewichthebers. Riesiger Brustkasten, schmale Taille, und ungelenk von den breiten Schultern hängende Arme. Somerset suchte und suchte und wurde allmählich ärgerlich. Er konnte schwören, daß er irgendwo noch eine ganz neue Schachtel hatte. Er zog die dunkelblaue Regendecke zurück und grub auch noch unter dem gelben Plastikkasten für die Pannenhilfe. Nichts. Nur noch der Form halber machte er auch den gelben Kasten auf. Und da lagen sie natürlich. Es überraschte ihn. Gleich neben den Fackeln, in der Schleppseilrolle. Wieso, zum Teufel, hatte er sie dorthin gelegt? Noch ein Beweis, offensichtlich, daß es höchste Zeit war, in Pension zu gehen.

»Nehmen Sie lieber auch Ihre Taschenlampe mit, Lieutenant«, sagte Davis. »Es ist kein Strom mehr in der Wohnung.«

Somerset kehrte um und holte aus seinem Pannenhilfekasten die beiden kleinen starken Batterielampen, die man auch zwischen den Zähnen halten kann, wenn man nachts auf offener

Strecke einen Reifen wechseln muß. Dann machte er den Kofferraum zu und hielt auf dem müllübersäten Weg Ausschau nach Mills. Der rasende Roland schien er nicht gerade zu sein, fand er. Er war bereits leicht enttäuscht von Mills. Wie der Mann gestern geredet hatte, konnte man doch annehmen, daß er hier angesaust kam wie aus der Kanone geschossen. War wohl nichts.

Er ließ seinen Blick an einem der Ziegelgebäude aufwärts wandern bis zum obersten Stock. »War jemand von euch in der Wohnung?«

»Nur ich und Eric, der Fotograf«, antwortete Davis. »Aber wir haben nichts angerührt. Alles ist noch so, wie wir es vorgefunden haben.«

Jetzt erschien Mills am Ende des Durchgangs, einen Becher Kaffee in der einen Hand, ein Doughnut in der anderen. Als er näher kam, sah Somerset, daß er noch sehr verschlafen war.

»Morgen«, murmelte Mills kauend. »Was haben wir denn hier?«

Es war ein zermanschter Jelly-Doughnut.

»Ah ... Detective«, sagte Davis und deutete auf das Jelly-Doughnut, »Sie haben ja wohl nicht die Absicht, das da mit hineinzunehmen, oder?«

Mills sah ihn verständnislos an. »Und wieso nicht?«

»Na, Sie werden schon sehen«, sagte Davis. »Hier lang.« Er ging voraus bis zu einer schweren, verrosteten Metalltür, die selbst für einen Gewichtheber nur schwer zu öffnen war. Sie kreischte schlimmer als ein Fingernagel, der eine Wandtafel herunterfährt, als er sich endlich hindurchquetschte und sie aufdrückte.

Der Gang dahinter war dunkel und seit langem vergammelt. Von der Wand blätterte die Farbe, und auf dem verschmutzten Fliesenboden lag eine dicke Schicht Gips und Putz, die von der

Decke heruntergerieselt waren. Somerset hätte jede Wette gehalten, daß die abgeblätterten Partikel auch noch Bleifarben waren. Er besah sich den schmutzigen Boden mit verzogenem Gesicht. Giftbude, dachte er. Wo, zum Teufel, blieben hier eigentlich die Bauinspektoren? Die konnten doch nicht alle bestochen sein? Er schüttelte den Kopf. Unter seinen Füßen knirschte die abgeblätterte Farbe. Wozu das alles, dachte er angewidert.

Es ging die Treppe hinauf. Mills blieb hinter ihnen und fragte Davis: »Schon irgendeine Vermutung über die Tatzeit?«

»Nein«, sagte Davis und schüttelte den Kopf. »Ich sagte ja schon, ich habe den Mann nicht angerührt, aber soviel weiß ich, daß er jetzt seit mindestens einer Dreiviertelstunde mit dem Gesicht in seinem Spaghettiteller liegt.«

»Moment mal, Moment«, sagte Mills von hinten, »wollen Sie damit sagen, Sie haben nicht mal geprüft, ob er noch Lebenszeichen von sich gab?«

Davis warf ihm einen müden Blick über die Schulter zu. »Ich stottere doch nicht, Detective, oder? Sie dürfen mir glauben, der Mann ist tot. Falls er nicht durch die Marinarasoße hindurch atmen kann.«

»Lieber Gott, das erste, was ich gelernt habe, war, daß man an einem Tatort als erstes prüft, ob das Mordopfer noch Lebenszeichen von sich gibt. Oder ist das nur bei uns in der Provinz üblich?«

Somerset zog es vor, diesen Sarkasmus wieder einfach zu ignorieren, und stieg weiter stumm hinter dem Polizisten die Stufen hinauf, bis sie an einem Absatz in einen langen Gang abbogen, der zur Vorderfront des Gebäudes führte. Sie blieben an einer offenen Tür stehen, an der sich bereits ein gelbes Absperrband befand.

Apartment 2 A.

»Sonst noch was, Officer, was Sie nicht getan haben?« grantelte Mills.

Davis funkelte ihn an, und seine Kiefermuskeln traten deutlich hervor. »Hören Sie mal, Detective, ich kenne die Vorschriften und die Prozedur so gut wie Sie. Aber der Mann saß außerdem in seiner eigenen Scheiße, als ich hineinkam. Ich bin ziemlich sicher, er wäre inzwischen aufgestanden und hätte etwas dagegen getan, wenn er nicht tot wäre. Meinen Sie nicht auch?«

Mills sah ihn an, als wolle er etwas entgegnen. Nur hatte er gerade den Mund voller Jelly-Doughnut. Somerset beschloß, sich einzumischen, bevor das mit den beiden noch weiter eskalierte. »Vielen Dank, Officer. Wenn Sie sich zur Verfügung halten wollen, damit wir noch mit Ihnen reden können, nachdem wir uns umgesehen haben.«

»Ja, Sir. Ich bin unten.« Er und Mills musterten einander noch einmal intensiv, ehe Davis sich abwandte und den Gang entlang zurück ging. Mills funkelte hinter ihm her über den Rand seines Kaffeebechers.

Somerset hielt ihm eine seiner beiden Taschenlampen hin. »So ganz ist mir nicht klar, worauf Sie bei diesem Disput mit Davis hinaus wollten.«

Mills nahm die Taschenlampe und sagte: »Und ich frage mich, wie oft er schon Leichen gefunden haben mag, die noch gar nicht ganz tot waren, als er bereits bei seinem Streifenwagen war und es meldete.«

»Lassen Sie das mal.«

»Aber nur für jetzt.«

Somerset zog es ein weiteres Mal vor, diese letzte Antwort einfach zu ignorieren, und streifte sich seine Gummihandschuhe über. Mills setzte seinen Kaffeebecher auf dem Boden vor der Tür ab. Dann duckten sie sich unter das Absperrband, schalteten ihre Taschenlampen ein und betraten die dunkle Wohnung. Weiter hinten zuckten Fotoblitze. Aus den Augenwinkeln nahm Somerset etwas in einer Ecke wahr. Er leuchtete hinein. Neben einem grünen Plastikabfallbehälter lagen da vier Stapel Zeitschriften, ordentlich gebündelt und verschnürt.

Sie suchten mit ihren Taschenlampen den ganzen Raum ab. Auf dem Kaffeetisch lagen ein paar Pornohefte. Die Couch war überladen mit vergilbten Kissen, die wohl einmal weiß gewesen waren. Auf einer Kommode gegenüber der Couch standen zwei kleine Fernseher.

Als sie sich dem Raum näherten, aus dem die Fotoblitze kamen, schlug ihnen ein umwerfender Gestank entgegen. Somerset holte sein Taschentuch heraus und hielt es sich vor Nase und Mund. Er leuchtete in den Raum hinein. Der Strahl traf auf einen Kühlschrank. Es war also die Küche. Neben dem Ausguß am Boden kauerte Eric Goodall, der Polizeifotograf. Er packte gerade seine Ausrüstung zusammen. Er trug eine Chirurgenmaske vor dem Gesicht und hatte sein kleines Blitzgerät mit einem Stirnband befestigt wie ein Arzt seinen Spiegel. Er stand auf und hängte sich die Kameratasche über die Schulter. »Viel Vergnügen«, murmelte er sarkastisch und empfahl sich. Auch er gehörte nicht gerade zu Somersets Fans. Somerset hatte die Angewohnheit, angesichts jeder nur unvollständig getanen Arbeit auf deren ordentlicher Fertigstellung zu bestehen, und Eric Goodall war Spezialist für halbfertige Arbeit.

Somerset suchte die Küche weiter mit der Taschenlampe ab. Der Herd war mit einer Kruste von Essensresten bedeckt, und auf allen Heizplatten standen verschmutzte Pfannen oder Töpfe. Die Anrichte war voll leerer Gläser und Dosen und Lebensmittelverpackungen. Erdnußbutter, Marshmallowreste, schwarze Oliven, gebackene Bohnen, Kühlkostpizzas, Waffeln, Eis, Cola. Die Spüle war bis obenhin voll mit schmutzigem Geschirr und Küchengerät. Schaben liefen überall herum und hatten buchstäblich ein Festessen. Der Schein des über sie hinwandernden Taschenlampenlichts kümmerte sie gar nicht. Und am schlimmsten war der fürchterliche Gestank.

Somersets Lichtstrahl verfolgte die Spur roter Soße über die Vordertür der Anrichte nach unten und quer über den schmutzigen Boden bis zu einem der verchromten Beine des Küchentischs. Der Tisch war ebenfalls mit Abfall übersät. Schmutzige Teller, Chipstüten, durchsichtige Plastikbehälter mit Resten von Schokoladenkeksen, halbfertige Sandwiches, ein Rest einer Ofenkartoffel mit Sauerrahm und Schnittlauch, eine offene Dose mit Neuengland-Muschelsuppe, ein vertrocknetes Stück Schweizer Käse sowie eine Sortimentsschachtel Doughnuts, schon fast leer.

Mills richtete seine Taschenlampe auf das Ende des Tischs. Dort saß ein übergewichtiger Mann ohne Hemd, in sich zusammengesunken, das Gesicht mitten in seinem Spaghettiteller, an dessen Rändern sich ebenfalls bereits die Schaben gütlich taten. Erst als auch Somersets Lampenstrahl dazukam, wurde deutlich, was für ein unglaublich korpulenter Koloß der tote Mann war. Von seinen Oberarmen hingen die Fettfalten wie Wassersäcke herab, und an seinen Hüften schwabbelten Fettrollen, so dick wie Autoschläuche. Aus dem aufgeplatzten Reißverschluß seiner Hose quoll der Bauch und hing ihm unter dem Tisch bis auf die Knie. Über den Fettwulst in seinem Nacken krabbelte eine einsame Schabe und suchte mit eifrig tätigen Fühlern nach einem Platz, an dem sie sich niederlassen konnte.

Mills schickte einen langen Pfiff durch die Dunkelheit. »Lieber Gott, der ist ja reif fürs Guiness-Buch«, sagte er. »Ein einsamer Rekord.« Er umrundete ihn, beugte sich etwas hinunter und blinzelte in Somersets Taschenlampenstrahl. »Wer hat gesagt, daß dies ein Mord ist?«

»Bis jetzt noch keiner«, sagte Somerset.

»Wozu verschwenden wir dann hier unsere Zeit? Der Mann da muß ein Herz haben so groß wie ein Schinken. Wenn das kein simpler Herzschlag ist, was dann?«

Somerset trat ebenfalls näher heran und richtete seinen Lichtstrahl auf die Beine des Mannes. Er war barfuß. Die Füße quollen nicht, sie explodierten geradezu aus den Hosenbeinen. Somerset beugte sich hinab und zog mit dem Schreibstift den Aufschlag eines Hosenbeins des Toten hoch. Der Fuß war am Knöchel mit dünnem, blankem Draht an das verchromte Tischbein gebunden. Der Draht hatte sich tief in die schon verkrustete offene Wunde, die er geschnitten hatte, eingegraben. Die Umgebung der Wunde war rundum purpurrot und angeschwollen.

Somerset sah Mills an. »Wenn Sie vielleicht Ihre Ansicht noch einmal überdenken möchten?«

Mills ließ seinen Lichtstrahl über die ebenfalls angeschwollenen Hände im Schoß des Mannes wandern. Sie waren mit Wäscheleinen gefesselt.

»Nun ja«, meinte Mills, »er könnte sich auch selbst gefesselt haben. Damit es aussieht wie Mord. Wir hatten in Springfield mal einen, der seiner Familie seine Lebensversicherung zukommen lassen wollte. Den haben wir mit einem Messer im Rücken gefunden und kamen zu der Ansicht, es müsse sich wohl um einen mißglückten Einbruch handeln. Ich brauchte eine ganze Weile, bis ich schließlich herausbekam, wie es vor sich gegangen war. Der Mann hatte sich an die Wand gestellt, das Messer mit der Spitze voraus über den Kopf zwischen die Schulterblätter gehalten und sich dann selbst gegen die Wand hineingerammt.«

Somerset hatte Kopfschmerzen. »Könnten Sie vielleicht auch mal eine Weile nichts sagen?«

»Oh, Entschuldigung ...«

Somerset hatte einfach keine Lust, von den alten Heldentaten seines neuen Kollegen zu hören. Er wollte sich konzentrieren, um sich darüber klar zu werden, was, zum Teufel, hier tatsächlich vorgegangen war.

Er studierte die purpurnen Schwellungen an den Knöcheln des Toten und überlegte, was das alles zu bedeuten hatte. Verdammt noch mal, wie war das hier gelaufen? Und vor allem, warum?

Mills riß ihn wieder heraus. »Haben Sie das da gesehen?«

»Was?«

»Hier.« Mills leuchtete auf einen Metalleimer unter dem Tisch. Er beugte sich näher hin und fuhr entsetzt zurück. »O mein Gott!«

»Was ist denn?«

»Kotze.« Mills richtete sich auf und wich so weit zurück, wie es nur ging. »Ein ganzer Eimer voller Kotze.«

»Blut dabei?«

»Keine Ahnung. Tun Sie sich keinen Zwang an, Sie dürfen gern selbst nachsehen. Ich will Sie keineswegs daran hindern.«

Somerset leuchtete ihm direkt ins Gesicht, um sich zu vergewissern, wie es ihm ging. Am Ende würde Mills noch das Jelly-Doughnut hochkommen. Die Spurensicherer wären sicher hocherfreut, wenn er ihnen den ganzen Tatort vollspie. »Wenn Ihnen nicht gut ist, Mills, gehen Sie raus.«

»Ich bin okay.«

»Ganz sicher?«

»Ja. Ich habe schon Schlimmeres gesehen.«

»Oben in Springfield?«

Mills würdigte ihn keiner Antwort.

An der Tür knipste jemand ungeduldig, aber erfolglos am Lichtschalter. Im Türrahmen stand ein Mann um die fünfzig mit buschigem Schnurrbart und dicken Brillengläsern. In der Hand hatte er eine schwere schwarzlederne Tasche.

»Na, wunderbar«, kommentierte er sarkastisch den fehlenden Strom. Das Morgenlicht war jetzt aber hell genug, daß Somerset Dr. O'Neill, den Gerichtsmediziner, erkannte.

O'Neill trat ein, ohne ausdrücklich Kenntnis von Somerset oder Mills zu nehmen, und stellte seine Tasche neben dem fetten Toten ab. Dann bückte er sich und öffnete sie. Sie erinnerte eher an den Werkzeugkoffer eines Monteurs als an die Instrumententasche eines Arztes. Er fummelte darin herum und führte murmelnd Selbstgespräche. Als gewinnende Persönlichkeit war Dr. O'Neill nicht gerade bekannt.

Somerset merkte, daß Mills darauf wartete, offiziell bekannt gemacht zu werden. Mills wußte natürlich noch nicht, daß Dr. O'Neill sie beide so oder so erst zur Kenntnis nehmen würde, wenn er selbst bereit war zu reden, was aber durchaus auch gar nicht der Fall sein konnte. So war das nun mal. Vor langer Zeit hatte er Somerset einmal anvertraut, daß ihm Tote allemal lieber seien als die Lebendigen, weil er sich wenigstens bei ihnen darauf verlassen konnte, daß sie den Mund hielten, während er arbeitete.

Mills machte die Kühlschranktür auf. Dessen Innenlicht beleuchtete die eine Seite des Toten wie die Sonne ihre Planeten. Der Kühlschrank war leer. Er enthielt nicht den kleinsten Krümel.

»Glauben Sie, daß es Gift war?« fragte er den Arzt.

O'Neill reagierte überhaupt nicht.

Somerset öffnete seinerseits das Backrohr des Herdes und leuchtete hinein. »Glauben heißt nichts wissen, Mills«, sagte er, »ist also sinnlos.« Auf dem Backblech war eine zentimeterdicke ranzige Fettschicht.

Neben dem Kühlschrank quoll ein Abfalleimer über vor Dosen und Verpackungen. Mills stocherte mit seinem Schreibstift darin herum.

Dr. O'Neill zog Gummihandschuhe an. »Meine Hilfstruppe wartet draußen«, sagte er, »und steht sich schon die Beine in den Bauch. Meint ihr, wir haben hier alle Platz?«

»Übergenug«, sagte Mills. »Was uns nur fehlt, ist Licht.«

Somerset sah sich im Raum um. Er konnte sich lebhaft vorstellen, wie in dem Gedränge einer über den Eimer mit der Kotze stolperte. Zwei Detectives waren wirklich nicht nötig. »Gehen Sie doch mal und helfen den Polizisten bei der Befragung der Nachbarn, Mills«, sagte er.

Doch Mills war bockig. »Ich möchte lieber am Tatort bleiben, Lieutenant.«

Somerset hielt den Lichtstrahl seiner Lampe auf die Leiche gerichtet, während der Arzt begann, seine ersten Feststellungen in sein Taschenaufnahmegerät zu sprechen, und sagte, als hätte er nichts gehört: »Und schicken Sie dann auch gleich meine Assistenten rein, wenn Sie hinausgehen.«

»Lieutenant ...«

»Nun gehen Sie schon.«

Mills leuchtete ihm direkt ins Gesicht. Somerset blinzelte, wandte sich aber nicht ab und wartete ungerührt darauf, daß Mills seiner dienstlichen Anordnung Folge leistete. Der Knabe muß erst noch lernen, dachte er bei sich, nicht jeden Dreck persönlich zu nehmen. Und sich selbst nicht so wichtig. Das war ohnehin überhaupt das ganze Geheimnis, um in diesem Job zu überleben. Schlimm genug, daß er selbst das nie gelernt hatte.

Nach einer halben Ewigkeit schaltete Mills endlich seine Taschenlampe aus und stakste beleidigt davon.

Dr. O'Neill beugte sich vor, faßte den Toten am Kinn und hob sein Gesicht aus den Spaghetti. Es war so aufgedunsen, daß es aussah, als habe der Mann Mühe gehabt, die Augen noch weit genug aufzukriegen, um etwas zu sehen.

»Also«, sagte O'Neill, »tot ist er. Das wissen wir schon mal ganz sicher.«

»Vielen herzlichen Dank, Doktor.«

»Leuchten Sie ihm mal auf den Mund.«

Somerset kam näher und richtete den Lichtstrahl auf das Gesicht. »Und was sehen Sie?«

»Tja ... Erkennen Sie diese Flecken da neben seinem Mund?«

»Ja?«

»Sie sind blau.«

»Und?«

»Kennen Sie blaue Speisen? Blaubeeren gelten nicht, die sind in Wirklichkeit violett.«

Somerset trat noch näher und sah genau hin. Es waren tatsächlich kleine blaue Flecken in der Spaghettisoße, die jetzt noch von dem Mund des Toten tropfte.

»Also, worum handelt es sich da?«

»Fragen Sie mich was Leichteres«, knurrte O'Neill und ließ den Kopf des Mannes wieder in den Spaghettiteller zurücksinken.

4

Mills starrte geradeaus durch die Windschutzscheibe auf den dichten Verkehr vor ihnen auf der Kennedy Avenue. Somerset fuhr; er trug ein gelassenes, beinahe gelangweiltes Gesicht zur Schau. Mills hatte kein einziges Wort gesagt, seit er eingestiegen war, aber es kochte in ihm. Er vertrug es nicht, wenn man ihn wie einen Lehrjungen behandelte. Und genau das tat Somerset. Gut, zugegeben, er war Lieutenant und er, Mills, der Neue. Aber deswegen war er noch lange kein blutiger Anfänger; ganz und gar nicht. Und das wollte er Somerset klarmachen. Nur wußte er nicht, wie er anfangen sollte, ohne dabei den Eindruck einer Heulsuse zu erwecken. Aber wenn er schwieg, handelte er sich mit Sicherheit ein Magengeschwür ein.

Vor ihnen stand ein brauner Lieferwagen. Er parkte in der zweiten Reihe und behinderte den Verkehr. Mills verstand nicht, warum Somerset nicht einfach Sirene und Blinklicht einschaltete und sich so freie Fahrt durch den zähen Verkehr verschaffte. Aber Somerset hatte offensichtlich eine Geduld wie Gott der Allmächtige persönlich. Es schien ihn keineswegs zu stören, daß sie genauso wie alle normalen Autofahrer nur im Schrittempo vorankamen.

»Warum schalten Sie denn die Sirene nicht ein?« sagte er endlich doch.

»Was würde das denn nützen?«

»Wieso?«

»Ist doch nirgends eine Gelegenheit zum Ausweichen. Schauen Sie doch selber. Stau bis ganz da vorne zum Boulevard.«

»Ja, machen denn die Leute bei euch hier unten nicht Platz vor einer Sirene?«

Somerset warf ihm einen Seitenblick zu. »Nein, tun sie einfach nicht.«

Mills biß sich auf die Unterlippe. Was war das nun wieder für ein alberner Scherz? Wo er herkam, fuhr jedenfalls jeder sofort rechts oder links zur Seite, wenn er eine Polizeisirene hörte. Aber hier in der großen Metropole hatten es die Stadtherrschaften wohl nicht nötig, diesen Provinzquatsch zu respektieren, wie?

Wäre er nicht so neu gewesen, hätte er das tatsächlich gewußt.

Schließlich konnte er nicht länger an sich halten. »Sie haben doch meine Personalakte gesehen, nicht wahr? Sie haben doch gelesen, was ich bisher gemacht habe, oder?«

Somerset sah weiter geradeaus auf die Straße und schüttelte den Kopf. »Nein.«

In Mills schlug der Jähzorn hoch wie eine Welle. Und wieso hatte der Kerl es nicht mal für nötig gehalten, sich seine Personalakte anzuschauen? »So. Aber wenn Sie es getan hätten, dann wüßten Sie, daß ich genug Außendienst- und Tatorterfahrung habe. Und zwar ziemlich viel und lange.«

Somerset nickte, ohne den Blick zu wenden. »Gut.«

Mills' Magen verkrampfte sich und wurde hart wie ein Stein. »Hören Sie, Lieutenant, auf der Marke in meiner Tasche steht ›Detective‹, genau wie auf der Ihren.«

Somerset blickte endlich zu ihm hinüber. »Schauen Sie, Mills, ich habe einfach eine Entscheidung getroffen. Meine oberste Sorge muß sein, den Tatort unversehrt zu erhalten. Diese Küche war einfach zu klein dafür, daß ein ganzer Haufen Leute sich darin zwangsläufig drängelte und stieß, sich gegenseitig auf die Füße trat und dies und jenes umwarf. Auf die Art werden Beweise und Spuren zerstört. Ich habe keine Zeit und auch keine Lust, mich pausenlos nur darum zu kümmern, ob Sie sich genug respektiert und gewürdigt oder zurückgesetzt und auf den Schlips getreten fühlen. Jedenfalls nicht während einer Ermittlung in einem Mordfall.«

»Das verstehe ich ja auch völlig. Nur ...« Er schlug mit der Hand auf das Armaturenbrett. »Aber behandeln Sie mich nicht dauernd so abfällig, verdammt noch mal! Mehr verlange ich ja gar nicht. Behandeln Sie mich gefälligst wie einen Kollegen!«

Er drehte sich etwas seitwärts und wartete auf eine Antwort. Aber Somerset blickte weiter geradeaus auf die Straße und nickte nur andeutungsweise. Als sich das Schweigen zu dehnen begann, wurde Mills verlegen. Er hätte nicht gleich so hochgehen dürfen.

»Sehen Sie mal, Mills«, sagte Somerset endlich, »wir werden noch eine ganze Zeit miteinander an diesem Fall arbeiten, solange mein Dienst geht. Da kann ich Ihnen noch zeigen, wer Ihre Freunde sind und wer Ihre Feinde. Ich kann ihnen Tips geben, wie Sie mit der Bürokratie und dem ganzen blödsinnigen Papierkram fertig werden. Und ich kann Ihnen zeigen, wie man sich, mit dem Captain zu sprechen, ›integriert‹. Aber...« Er räusperte sich und warf Mills wieder einen Seitenblick zu. »Aber ›so behandeln‹, das müssen Sie schon mit sich selber machen.«

Mills brauchte eine Weile, bis er begriff, daß Somerset ihn auf den Arm nahm.

Auf Somersets Gesicht erschien eine leise Andeutung von Lächeln. »Ich finde, wir sollten nicht so miteinander umgehen. Wir würden nur über die blödesten Kleinigkeiten streiten.«

Mills mußte nun doch lachen. Er konnte es kaum glauben. Dieser Somerset hatte tatsächlich einen gewissen Sinn für Humor. Er schüttelte den Kopf. Vielleicht war Somerset gar nicht dieser Sturschädel, als der er ihm allseits geschildert worden war. Vielleicht hatte er sogar recht mit allem.

Doch dann sah er wieder hinaus auf den Verkehrsstau und knirschte mit den Zähnen. Warum tat der Blödmann nichts, um sie da rauszubringen, verdammt?

Obwohl die Wandfliesen blitzten und blinkten und die Tische aus rostfreiem Stahl fleckenlos glänzten, roch es im Autopsieraum der Gerichtsmedizin dennoch wie in einer ungepflegten Tierhandlung. Aber das war es eigentlich gar nicht, was Mills

Unbehagen bereitete, sondern der Anblick des fetten toten Mannes, der vom Hals bis zum Schambein aufgeschlitzt dalag.

Er hieß Peter Eubanks und hatte in einer Druckerei gearbeitet. Sein Chef hatte ihn vergangenen Donnerstag zuletzt gesehen. Freitags war er nicht zur Arbeit erschienen, doch das war bei ihm nicht weiter ungewöhnlich gewesen. Er war schon immer nach Auskunft seiner Chefs übergewichtig gewesen. Hundertzehn, hundertzwanzig Kilo bei einsachtzig Größe, wenn auch nicht annähernd so schwer, wie man ihn tot gefunden hatte. Über hundertvierzig Kilo. Offenbar hatte er an diesem einen Wochenende noch eine ganze Menge zugenommen. Nach Dr. Santiagos Befund hätten sich seine Knochen unter seinem Gewicht schon gebogen.

Man hatte zwei Stahltische zusammenschieben müssen, um dem buchstäblich auseinanderfließenden Fleisch des Peter Eubanks samt den daraus nach allen Seiten hervorquellenden Eingeweiden genug Unterlage zu verschaffen. Mills bemühte sich, nicht das Gesicht des Toten anzusehen. Bei einer Autopsie war es immer am schlimmsten, in das Gesicht des Sezierten zu blicken, das wußte er aus Erfahrung. Sah man ihnen nicht ins Gesicht, sahen Sezierte einfach aus wie Rinderhälften. Das Gesicht war es, das einen drastisch an die Tatsache erinnerte, daß es eben keine Rinderhälften waren, sondern ein Mensch. In diesem Fall war es aber gar nicht so leicht, dem Toten ins Gesicht zu sehen. Er war nämlich nicht nur von oben bis unten aufgeschlitzt, sondern überdies die reine Karikatur eines Fettwanstes. Auch als er trotzdem einen direkten Blick in sein Gesicht wagte, konnte er fast nicht glauben, daß ein Mensch sich dies alles tatsächlich selbst antun konnte.

Er schaute kurz über die Schulter zum benachbarten Seziertisch, wo ein anderer Pathologe dabei war, eine weitere Leiche zu zersäbeln. Bis er merkte, daß dieser tote Leib dort mit den winzigen leblosen Ärmchen einem kleinen Kind gehört hatte. Hastig sah er zurück auf seinen fetten Toten. Wenn ein Anblick noch schwerer erträglich war als dieser hier, dann der eines toten aufgeschlitzten Babys.

Der Pathologe an seinem Tisch war Dr. Herman Santiago. Er stand gegenüber auf der anderen Seite. Sein wasserblauer Laborkittel war voller angetrockneter Blutspritzer. Sein dichtes schwarzes Haar war ölig und glatt zurückgekämmt. Dazu trug er eine dicke Hornbrille. »Unser Freund hier«, sagte er, »ist schon ziemlich lange tot.«

Somerset, der neben ihm stand, nickte bedächtig und genauso ausdruckslos wie der Doktor.

Mills versuchte sich auf das zu konzentrieren, was Dr. Santiago sagte, aber immer wieder zog es seinen Blick zu dem Gesicht des Toten, und jedesmal wurde ihm etwas mulmiger dabei. »Meinen Sie, es war Gift?« fragte er nun auch Santiago und gab sich Mühe, nicht auf das Gesicht zu blicken.

»Das wird gerade in der Serologie geklärt«, sagte Dr. Santiago. »Aber ich glaube es nicht. Es fehlen alle üblichen Symptome dafür.« Er griff in die Bauchhöhle des Toten und schob etwas Fett zur Seite. Es ploppte laut. »Sehen Sie?« Er hielt ein großes Stück Eingeweide in der Hand, Mills hatte keine Ahnung, was für eines. »In den meisten Fällen wäre es rot, wenn er vergiftet worden wäre, aber wie Sie sehen, ist es das nicht. Kommen Sie doch herüber, Detective, dann sehen Sie es besser.«

Mills verzog das Gesicht, kam zwar ein wenig näher, achtete aber noch auf Distanz. Geräuscheffekte mit Menschenleibern brauchte er jetzt nicht mehr.

Dr. Santiago zog die Nase zusammen, um seine Brille nach oben zu schieben. »Geht es Ihnen noch gut, Detective?«

»Ja, ja.«

»Das ist nicht Ihre erste Autopsie, oder?«

»Nein, ich war schon bei einer ganzen Menge dabei, Doktor.«

»Aber Sie sehen nicht sehr gut aus.«

»Mir geht es gut, keine Sorge. Es ist nur ...«

»Nur was?« fragte Somerset.

»Nur, daß ... Ich meine, wie kann sich jemand nur derart gehen lassen wie dieser Mensch hier? Sich so zu einem wandelnden Fettkloß anzufressen. Finden Sie das nicht ein wenig abstoßend?«

Der Doktor kam mit einem schiefen Lächeln dazwischen. »Wußten Sie, daß wir vier Mann gebraucht haben, um ihn auf den Tisch zu hieven?«

»Und Sie haben sich alle vier einen Bruch dabei gehoben, wie?« sagte Mills, und dabei war ihm nicht mal nach Scherzen zumute.

Somerset war inzwischen zu einem Ausgußbecken gegangen, das ebenfalls aus rostfreiem Stahl war. Daneben lagen Häufchen von rötlichen und gelblichen Tupfern auf Papiertüchern. Von der Decke hing eine alte Kaufmannswaage. In der Wiegeschale lag ein aufgedunsenes, rotes Organ. Die Waage zeigte ein Gewicht von über fünf Kilo an. Auf einem Regal über dem Ausguß standen Reagenzgläser. Somerset studierte auch sie eingehend.

Mills starrte in die inzwischen praktisch leere Bauchhöhle des Toten und konnte, wiewohl kopfschüttelnd, den Blick nicht davon losreißen. »Wie, um Himmels willen, kam denn dieser Fettkloß überhaupt noch durch seine Wohnungstür?«

»Also bitte«, unterbrach ihn Somerset ungehalten. »Wir wissen doch, daß der Mann dort offensichtlich eingeschlossen worden war.«

»Sehen Sie sich mal das hier an«, sagte der Arzt. Er drehte etwas Schwammiges im Leib des Toten auf die andere Seite, da-

mit sie es sahen, aber Mills hatte keine Ahnung, was es war.
»Das ist der vordere Teil des Magens«, sagte Dr. Santiago. »Sehen Sie, wie groß das ist?«

Die beiden Detectives beugten sich näher. Der Magen sah ziemlich groß aus, aber Mills sagte das wenig. Er wußte nicht, wie groß oder klein ein normaler Magen war.

Dr. Santiago wies auf die deutlich sichtbaren roten Streifen. »Da. Das sind Dehnungsstreifen. Hier auch.« Er drehte den Magen herum, und wieder schwappte und quietschte es. »Noch mehr Dehnungsstreifen. Kommt von dem ganzen Essen, das der Mann vor seinem Tod in sich hineingestopft hat.«

Mills zwang sich, näher hinzusehen. »Ich kann nicht erkennen, wovon sie reden.«

»Na, hier, schauen Sie, da und da.« Wieder quietschte es. »Über den ganzen Magen laufen sie, überall diese Dehnungsstreifen. Und da, sehen Sie? Der Magen begann sogar schon zu reißen.«

Somerset fragte stirnrunzelnd: »Wenn ich Sie also recht verstehe, fraß der Mann buchstäblich, bis er platzte?«

»Nicht direkt, nein. Er platzte nicht wirklich. Jedenfalls nicht ganz. Allerdings hatten durch die Überlastung schon erhebliche innere Blutungen begonnen, und auch außen gab es ein Hämatom.« Er hob die schwere Bauchdecke an und zeigte ihnen eine hochrote Blase auf der Außenseite, groß wie eine Rübe. »Ich kann mich nicht erinnern, jemals ein größeres Hämatom gesehen zu haben.«

Mills sah Somerset aus einer Schachtel auf dem Regal ein Paar Gummihandschuhe nehmen. Er zog sie über und trat ans Kopfende des Tisches. »Also, wie lautet nun Ihr Resümee, Doktor? Starb der Mann daran, daß er sich überfressen hatte?«

»Ja, genau das glaube ich.«

»Aber was ist mit den Verletzungen?« sagte Somerset und

drehte den Kopf des Toten zur Seite. Der Hinterkopf war rasiert worden und wies eine Anzahl münzengroßer kreis- und halbkreisförmiger blauer Flecke auf. »Wo tun Sie die hin?«

»Weiß ich nicht, kann ich nicht sagen. Bis zu denen bin ich ja auch noch gar nicht gekommen.«

»Die sehen aus, als wäre ihm die Mündung einer Waffe ins Genick gepreßt worden«, sagte Somerset.

Dr. Santiago zog wieder die Nase zusammen, sah es sich an und nickte. »Gut möglich, ja. Wenn die Waffe kräftig genug hineingedrückt wurde, durchaus.«

Mills sah es sich ebenfalls aus der Nähe an. Dann sagte er: »Sehen Sie mal da.« Er deutete mit dem kleinen Finger hin, ohne es zu berühren. Über einigen der Kreise war eine kurze Linie, fast senkrecht darüber. »Die könnten auch von einem Revolverlauf stammen. Das Korn. Vielleicht sollten wir die Ballistiker einschalten. Möglicherweise können die uns eine Liste geben, welche Waffen konkret für diese Spuren in Frage kommen.« Mills war froh, daß er dieses Detail vor den beiden anderen entdeckt hatte. Schließlich hatte er Somerset nicht umsonst klargemacht, daß er kein Anfänger war. »Meine Damen und Herren«, sagte er demonstrativ, »das dürfte wohl eindeutig darauf hinweisen, daß wir es hier mit einem Mord zu tun haben.«

Somerset sah ihn nur wortlos an. Sein Gesichtsausdruck ließ eher erkennen, daß er diesem Urteil noch keineswegs folgen konnte.

Mills' Hochgefühl schwand gleich wieder. Das mindeste, was er erwartet hatte, war wenigstens eine andeutungsweise leise Anerkennung seiner scharfen Beobachtung durch den Lieutenant.

Statt dessen ging Somerset zurück zum Ausguß und sagte zu Santiago: »Doktor, ich hätte da eine Frage zu einer dieser Proben hier.« Er griff nach einem der Reagenzgläser. Am Boden der

klaren Flüssigkeit befanden sich einige winzige blaue Partikel.
»Stammen diese blauen Partikel vom Mund des Toten?«

»Nein.« Dr. Santiago nahm ein anderes Reagenzglas zur Hand. »Diese hier sind von seinem Mund abgenommen. Was Sie da haben, stammt aus dem Mageninhalt.«

Somerset hielt Mills das Glas hin. Die Partikel sahen aus wie Kunststoff und schwebten in der Flüssigkeit wie künstlicher Schnee in Schüttelgläsern.

»Irgend eine Idee, was das ist?« fragte er.

Der Arzt schüttelte den Kopf. »Hab's noch nicht ins Labor runtergeschickt.«

»Und wenn Sie einfach mal nur raten?«

»Keine Ahnung. Schauen Sie, ich habe heute morgen vier Leichen hereinbekommen, da sind wir ein bißchen überlastet. Sie können sich darauf verlassen, daß sie sofort Bescheid kriegen, sobald jemand Zeit hatte, es zu analysieren.«

Mills musterte die blauen Partikel seinerseits stirnrunzelnd. Ob sie irgendwie mit etwas Eßbarem in Verbindung zu bringen waren.

»Na?« ermunterte ihn Somerset.

»Ist vielleicht gar nichts Eßbares«, sagte Mills achselzuckend. Sein Blick schweifte über die Innereien aus dem aufgedunsenen Leib. »Vielleicht stammt es von einer Verpackung oder so. Der Mann hatte ja offensichtlich nicht die pingeligsten Eßmanieren.«

Somerset stellte das Glas ins Regal zurück und zog die Gummihandschuhe aus. »Verständigen Sie mich auf jeden Fall sofort, wenn Sie nur etwas wissen, Doktor, ja?« sagte er zu Santiago. Er warf die Gummihandschuhe in den Mülleimer und ging ohne ein weiteres Wort zur Tür.

Mills folgte ihm mißmutig. Kollege, dachte er, Partner. Daß ich nicht lache.

5

Am Nachmittag saß der Captain auf dem Revier an seinem Schreibtisch vor dem Bericht über den »Fetten«. Der Mann hieß bereits für niemanden mehr, wie er wirklich geheißen hatte. Er war inzwischen generell nur noch »der Fette«. Mills merkte, daß auch er sich diesem zynischen Sprachgebrauch wie von selbst angepaßt hatte. Dabei hatten sie den Mann erst heute morgen gefunden. Doch schon war er seiner Identität verlustig gegangen. Sie war tot und begraben. An Killer erinnerten sich die Leute. Aber Opfer gerieten im Handumdrehen in Vergessenheit.

Mills wartete, während der Captain den ersten Bericht aus der Gerichtsmedizin las. Der Captain mochte Ende vierzig sein oder Anfang fünfzig. Auch er hatte dicke Tränensäcke unter den Augen. Seine Haare waren nach der Fasson festgeklatscht, wie sie vor dreißig Jahren Mode gewesen war. Er hatte eine ungesunde Gesichtsfarbe.

Mills versuchte, dem Captain nicht zu auffällig ins Gesicht zu starren, wo eine aufgeworfene Stelle pulsierte, wann immer er seine Kiefermuskeln spannte. Und diese Angewohnheit hatte der Captain, wenn er gerade nicht sprach.

Das Büro des Captain war größer, wenn auch nicht wesentlich, als alle anderen im ganzen Haus. Es hatte drei Fenster, allerdings mit wenig reizvollem Ausblick – Bürohäuser und städtisches Gewirr. Die Innenwände waren ab Hüfthöhe aus Glas. Jalousien verhinderten die totale Sicht von den Räumen des Reviers her.

Mills lehnte an einem niedrigen Aktenschrank, Somerset saß mit übergeschlagenen Beinen auf einem Stuhl vor dem Schreibtisch des Captain und rauchte lässig eine Zigarette, als warte er gerade nur auf die nächste Bahn.

Dieser Somerset war schon ein etwas eigenartiger Zeitgenosse, fand Mills. Doch er hatte auch etwas, das Mills durchaus gefiel. Da war einmal die Tatsache, daß ihm bei Mordfällen zweifellos niemand etwas vormachen konnte. Gerade vor acht Stunden hatten sie den Fetten gefunden, aber schon liefen die Ermittlungen auf vollen Touren. Somerset hatte den ganzen Tag nicht lockergelassen, sich zielbewußt an die richtigen Leute gehalten und ihnen aus der Nase gezogen, was immer sie wußten. Kurz, er hatte gezeigt, daß es bei ihm ruckzuck voranging. Allein für den ganzen Papierkram, der gerade vor dem Captain auf dem Tisch lag, hätte er oben in Springfield eine Woche gebraucht.

Natürlich, Somerset war alles andere als diplomatisch. Es war ihm auch völlig egal, was man von ihm hielt oder über ihn dachte. Schon auf dem Rückweg vom Tatort hatte er Mills zum ersten Mal angeblafft, aber das spielte keine Rolle. Der Mann war gut, da gab es keinen Zweifel, und Mills war klar, daß er sogar noch eine Menge von ihm lernen konnte. Nicht das Offizielle, die korrekten Verhaltensweisen und Regeln, die man auf der Polizeiakademie eingebleut bekam. Die kannte er ohnehin auswendig. Nein, was man von Somerset lernen konnte, war genau das, was er lernen wollte: den Instinkt. Es war unübersehbar, daß Somerset ihn besaß. Niemals schien er zu zögern oder unsicher zu sein, was zu tun war, jedenfalls hatte er bisher nichts dergleichen entdecken können. Und auch wenn er mal einen Fehler machte, blieb er daran nicht hängen, sondern ging einfach darüber hinweg. Und wenn er irgendwem auf die Zehen trat? Na und? Das verging schon wieder. Wichtig war allein, in einem Fall weiterzukommen.

Er sah ihn an, wie er an seiner Zigarrette zog, und dachte, wie er, Somerset, sich wohl verhalten hätte in jener Nacht in Springfield, als Rick Parsons ...

Er starrte aus dem Fenster auf die Häuser gegenüber. Sein Puls raste plötzlich. Die Erinnerung an jene Nacht kam wieder wie ein Anfall über ihn, wie stets.

Sie hatten genau nach den Regeln gehandelt, er und Rick, mit aller vorgeschriebenen Sorgfalt. Eine reine Routinefestnahme. Beide hatten sie uniformierte Polizisten bei sich, und die Beschreibung des Verdächtigen schien auch keine besonderen Maßnahmen zu erfordern: Russell Gundersen, 47 Jahre alt, Elektroingenieur. Er hatte in einer Aufwallung von Verzweiflung seine Ex-Frau erschossen, als sie eines Nachts aus einer Bar kam. Sie hatte sich von ihm scheiden lassen, auch das Sorgerecht für die Kinder erhalten und wollte nun irgendeinen Kerl an der Ostküste heiraten. Gundersen befürchtete, seine Kinder nie wieder zu sehen.

Kein eiskalter Killer also. Er hatte eines dieser Verbrechen aus Leidenschaft beziehungsweise Verzweiflung begangen. Trotzdem hatten sie beide keinerlei Vorsicht außer acht gelassen. Gundersen wohnte in der oberen Etage eines dreistöckigen Hauses ohne Aufzug. Rick war die Feuerleiter hinaufgeklettert und er selbst direkt zur Wohnungstür gegangen. Es war drei Uhr morgens. Sie wollten ihn überrumpeln, ganz nach Lehrbuch. Punkt zehn nach drei klopfe er an die Tür, wie verabredet. Er hatte sich, genau wie vorgeschrieben, als Polizeibeamter gemeldet. Als Gundersen nicht öffnete, wies er seine uniformierten Begleiter an, die Tür mit dem Rammbock aufzubrechen. Als erster drang er gleich hinter den Uniformierten mit ein. Die Stereoanlage war an, aber so leise, daß sie kaum zu hören war. Wiener Walzer. Und Russell Gundersen lag auch nicht im Bett und machte sich vor Angst in die Hosen, wie man es vor einem harmlosen, einfachen, anständigen Elektroingenieur erwarten konnte.

Im Gegenteil, er stand da im Mondschein, voll angekleidet,

die Pistole mit beiden Händen im Anschlag. Er zielte direkt auf Rick draußen auf der Feuerleiter, der damit überhaupt nicht gerechnet hatte. »Waffe weg!« schrie Mills, zückte die eigene und zielte auf Gundersens Rücken. »Fallen lassen, Mann!«

Und genau das war sein Fehler gewesen. Daß er zögerte. Er hätte einfach sofort schießen müssen, um Gundersen zu erledigen, bevor dieser selbst wild zu ballern anfing. Sechs Schuß konnte er noch abfeuern, bevor sie ihn überwältigt hatten. Nur mit einem einzigen davon traf er wirklich, aber der hatte seine fatalen Folgen. Rick Parsons bekam ihn in die linke Hüfte, an sich kein tödlicher Treffer. Aber er riß ihn herum. Rick verlor die Balance. Er stürzte auf die Eckkante einer stählernen Mülltonne, bevor er auf der Straße aufschlug. Querschnittslähmung. Unheilbar.

Rick war seitdem und für den Rest seines Lebens ein Krüppel im Rollstuhl. Von der Hüfte abwärts gefühllos. Als Preis dafür, daß er selbst, Mills, mit dieser Geschichte die Karriereleiter hinaufgefallen war. Rick hatte zwei Jungs, beide Footballspieler, und konnte ihnen dazu nun nie mehr etwas beibringen. Alles nur, weil er, Mills, damals die entscheidenden Sekunden gezögert hatte. Wegen seines Mitleids mit diesem Russell Gundersen. Und weil er genau nach Vorschrift handelte. Und daran dachte, wie übel dem Mann seine geschiedene Frau doch mitgespielt haben mußte, und daß er doch sicher normal und vernünftig genug war, sich einer ordnungsgemäßen polizeilichen Festnahme nicht zu entziehen, schon gar nicht mit Irrsinnshandlungen. Der Fall war einfach nicht danach gewesen, sich anders zu entwickeln, als man erwarten konnte.

Hatte es aber doch getan. Und ganz egal, was sie auch alle gesagt hatten, Rick selbst, Tracy, die Rückenmarksspezialisten im Krankenhaus, seine Vorgesetzten, am Ende noch der Bürgermeister – es war nun mal alles seine Schuld.

Somerset, dachte er, hätte mit Sicherheit nicht gezögert, sondern einfach geschossen. Ganz instinktiv hätte er gewußt, daß er jetzt schießen mußte und ihm gar nichts anderes übrigblieb. Ein Verdächtiger mit einer Waffe im Anschlag hatte kein Recht mehr auf Zweifel zu seinen Gunsten. So einen schoß man nieder, ehe er selbst dazu kam, jemanden abzuknallen. Da durfte man nicht einen Augenblick nachdenken. Somerset hätte mit Sicherheit keine Sekunde gezögert. Er besaß einfach den Instinkt, er hatte das im Gefühl, im kleinen Finger. Wie ein Raubtier seinen Jagdtrieb. Er hätte einfach getan, was getan werden mußte. Soviel stand fest.

Und genau dorthin mußte er auch gelangen, dachte er. Genau deshalb hatte er sich hierher in die Stadt versetzen lassen. Um von den wirklichen Profis zu lernen, von den echten Cops. Von denen, die jeden Tag der Woche mit dem Schlimmsten konfrontiert waren und sich dabei bewährten. Denn nach Rick Parsons Lähmung hatte er sich geschworen, daß ihm so etwas nie wieder passieren sollte. Nie mehr. Daß er nie mehr eine Sekunde zu lange zweifelte. Und daß er aus sich selbst den gottverdammt besten Polizisten machen wollte, den es je gegeben hatte. Weil ein Rick Parsons im Leben eines Mannes genau einer zuviel ist. Mehr, als erträglich ist. Nie wieder durfte er so etwas zulassen. Nie wieder.

Als er zu sich kam und merkte, wo er sich befand, spürte er, wie ihm die Hände in den Taschen seiner Lederjacke zitterten. Er zog heftig den Atem ein, verdrängte seine Erinnerungen und hoffte, daß weder Somerset noch der Captain etwas von seiner vorübergehenden geistigen Abwesenheit und seinen Gefühlen bemerkt hätten.

Der Captain las weiter unverwandt den Bericht. Er schüttelte ungläubig den Kopf. »Entschuldigen Sie schon, aber das ist doch ein wenig hart zu schlucken. Kauft ihr denen das wirklich ab?«

Somerset nickte bedächtig. »Das Opfer«, sagte er, »hatte nur eine Wahl. Entweder er fraß alles, oder er bekam das Gehirn weggepustet. Also fraß er und wurde gezwungen, damit immer weiterzumachen.« Er stand auf und streckte sich. »Der Killer stellte ihm pausenlos neues Futter hin. Und ließ sich Zeit damit. Nach Dr. Santiagos Meinung dauerte das zwölf Stunden und mehr. Der Hals des Opfers war bereits angeschwollen, wahrscheinlich von der Anstrengung, das alles hinunterzuwürgen. Und dann trat eindeutig der Punkt ein, wo er nicht mehr konnte und ohnmächtig wurde. Da versetzte der Mörder ihm einen Tritt, vermutlich um ihn wieder aufzuwecken, damit er ihn zum Weiterschlingen zwingen konnte.«

»Der gottverdammte Sadist«, knurrte Mills.

»Das Ganze war penibel geplant und vorbereitet«, sagte Somerset. »Eine andere Schlußfolgerung ist gar nicht möglich. Will man einen beiseite räumen, dann geht man normalerweise hin und knallt ihn ab. Man macht sich nicht die Mühe und geht das Risiko ein, das in solchen Methoden steckt. Wenn man es doch tut, dann hat es ganz offensichtlich einen ganz bestimmten Sinn. Es hat also seine Bewandtnis damit.«

»Moment mal«, sagte der Captain. »Vielleicht hatte jemand einfach nur ein Hühnchen mit dem Fetten zu rupfen und wollte ihn auf diese Weise ein wenig quälen und foltern.«

Somerset winkte ab. »Wir haben zwei Quittungen von einem Lebensmittelladen gefunden«, sagte er. »Das heißt, der Killer ist mittendrin losgefahren und hat eine zweite Tüte voll eingekauft. Er hat also sehr wohl einen genauen Plan verfolgt und nicht einfach nur spontan gehandelt.«

Der Captain knirschte wieder einmal mit seinen Kiefern, und über seiner Nasenwurzel erschienen zwei tiefe Falten. Mills begriff, wie der Captain sich fühlen mußte. Er selbst hatte ja auch seine Mühe gehabt, es zu glauben.

Somerset brach das Schweigen. »Wenn Sie mich fragen, ist das erst der Anfang.«

»Ach, das ist doch reine Spekulation«, fuhr ihn der Captain an. »Wir haben *einen* Toten, nicht drei oder vier. Nicht einmal zwei.«

Somerset setzte sich zurück und blickte seinen Captain müde an. »Gut, aber was ist dann das Motiv?«

Der Captain explodierte. »Fangen Sie nicht wieder an, Somerset, ja? Kommen Sie mir nicht wieder mal mit Vermutungen und Schlußfolgerungen, bevor es Anhaltspunkte dafür gibt. Daß sie das gern tun, wissen wir alle. Aber wir haben nun mal nur wenig Leute. Ich kann es mir nicht leisten, jetzt schon gleich wieder eine Sonderkommission für den Fall einzusetzen. Und ganz bestimmt bin ich auch nicht scharf darauf, jedesmal beim Ein- oder Aussteigen ganze Scharen von Kameras auf mein Auto gerichtet zu sehen. Haben Sie mich verstanden?«

Somerset steckte sich eine neue Zigarette in den Mund. »Entbinden Sie mich von dem Fall.«

Mills bekam ganz große Augen. »He, he, he, was wäre denn das?« Er wollte ganz entschieden keinen neuen Partner. Er wollte mit Somerset zusammenarbeiten, solange es nur ging. Um von ihm zu lernen.

Aber das konnte er natürlich nicht gut so offen sagen.

Der Captain gab einen müden Seufzer von sich. »Was reden Sie denn jetzt wieder, Somerset? Sie sind doch sowieso nur noch eine Woche lang da. Was macht das denn da für einen Unterschied?«

Somerset zündete seine Zigarette an. »Es macht den Unterschied, daß dies nicht gut mein letzter Fall sein kann. Der zieht sich mit Sicherheit noch hin, und es geht mir gegen den Strich, halbfertige Fälle zu hinterlassen, wenn ich gehe.«

Der Captain preßte den Mund zusammen und rang sichtlich

um Selbstbeherrschung. Es war nicht zu übersehen, daß er mit Somerset Kummer gewöhnt war. »Schön, Sie gehen in Pension, lieber Gott, in sechs Tagen sind sie weg hier, für immer. Und von wegen. Es wäre keineswegs der erste Fall, den sie unerledigt hinterlassen.«

Somerset zwinkerte gegen den aufsteigenden Zigarettenrauch aus seinem Mund an und widersprach mit erhobenem Zeigefinger. »Jeder meiner Fälle wurde so weit geführt, wie es nur menschenmöglich war. Und außerdem, wenn ich mal ganz offen sprechen darf ...«

»Aber selbstverständlich doch«, sagte der Captain augenrollend und resignierend, »wir sind doch alle gute Freunde hier.«

Somerset deutete unbeeindruckt auf Mills. »Wenn Sie meine Ansicht hören wollen, dann sollte der Fall nicht sein erster hier werden.«

Mills fuhr von dem Fensterbrett hoch, auf dem er saß. »Was soll das nun wieder? Verdammt noch mal, Sie sturer Bock, das ist mitnichten mein erster Fall, wie Sie ganz genau wissen!«

Aber Somerset ignorierte ihn auch diesmal wieder. »Es ist zu früh für ihn«, sagte er zum Captain. »Für so einen Fall ist er noch nicht soweit.«

»He, ich stehe hier!« erregte sich Mills, der spürte, wie seine Schläfen pulsierten. »Sagen Sie es mir ruhig selbst direkt ins Gesicht.«

»Ruhe, und setzen Sie sich hin, Mills!« befahl ihm der Captain.

Aber Mills hatte nicht die Absicht, sich gehorsam hinzusetzen. Er fühlte sich ungerecht behandelt. Ausgerechnet der Detective, von dem er lernen wollte, wollte ihn abservieren und erklärte ihn für unfähig, den »Fetten-Fall« zu bearbeiten.

»Kann ich Sie unter vier Augen sprechen, Captain?« sagte er. »Ich meine, wenn er partout nicht mit mir arbeiten will, bitte, das ist seine Sache. Ich habe ja auch nicht darum gebettelt, mit ihm ...«

»Sie sollen sich hinsetzen, habe ich gesagt!« beschied ihn der Captain jedoch lautstark und deutete gebieterisch zum Fensterbrett.

Mills gehorchte betont widerwillig, indem er sich demonstrativ lediglich gegen das Fensterbrett lehnte. Er funkelte Somerset wütend an, der seinen Blick jedoch ganz kühl und gelassen ohne jede Emotion erwiderte.

Scher dich doch zum Teufel, dachte Mills wütend. Auf dich angewiesen bin ich auch nicht.

Der Captain knackte mit den Fingerknöcheln und seufzte ungehalten. Seine Kiefermuskeln waren in lebhafter Bewegung. »Schauen Sie, Somerset«, sagte er schließlich, »ich habe sonst niemanden, den ich auf den Fall ansetzen könnte, und das wissen Sie ganz genau. Wir haben Personalmangel, und außerdem wird mit Sicherheit keiner bereit sein, mit Ihnen zu tauschen. Mit Ihnen schon gar nicht.«

Mills schoß das Blut in den Kopf. »Sie können mir den Fetten-Fall durchaus allein anvertrauen, Captain. Den schaffe ich schon.«

Der Captain machte ganz enge Augen. »Wie war das?«

»Wenn er partout raus will, lassen Sie ihn doch, und geben Sie mir den Fall allein.«

Der Captain blickte, als habe er immer noch nicht richtig gehört, zwischen Mills und Somerset hin und her. Aber er schien es sich tatsächlich zu überlegen.

Mills hatte eine Stinkwut. Er wollte den Fall behalten, um zu beweisen, was er konnte, aber er wollte auch Somerset auf keinen Fall verlieren, und wenn er noch so ein fieser Hund war.

Der Captain beugte sich vor und fixierte Somerset intensiv.

»Das mit ihrem Killer ist also Ihr voller Ernst? Sie glauben wirklich, der läuft sich erst richtig warm?«

Somerset nickte stumm mit geschlossenen Augen.

»Scheiße, Mensch!« schimpfte der Captain. »Sooft ich mir wünschte, daß Sie falsch liegen mit Ihren berühmten Vermutungen aus dem Bauch heraus, so selten ging es mir in Erfüllung. Und genau deswegen bleiben Sie jetzt auch an dem Fetten-Fall, Somerset. Als Rückversicherung. Nur tun Sie mir den einen Gefallen und donnern Sie ihn nicht mehr auf, als drin ist. Tun Sie einfach nichts weiter als Ihr Bestes, den Fall in der kurzen Zeit, die Sie noch da sind, zu lösen. Habe ich mich klar genug ausgedrückt?«

Somerset starrte nur stumm auf den Boden und blies Rauch aus der Nase.

»Und Sie, Mills«, sagte der Captain, »teile ich für einen anderen Fall ein.«

»Aber das ...«

»Keine Widerrede, das ist eine dienstliche Anordnung! Ich mische meine Akten hier durcheinander und finde einen anderen Partner für Sie. Falls in dieser Geschichte die zweite Ladung nicht vor heute abend passiert, können Sie davon ausgehen, daß Sie noch vor Mitternacht an einem anderen Mordfall sitzen.«

»Aber Captain!«

»Das ist alles. Sie können gehen.«

Mills hatte gute Lust, sich den nächstbesten Stuhl zu greifen und ihn durch die Fensterscheibe zu pfeffern, so wütend war er. Das war nun wirklich nicht, was er gewollt hatte. Er wollte mit Somerset zusammenbleiben, wenn er sich auch andererseits nicht wie ein Trottel behandeln lassen wollte. Aber das quengelnde Baby wollte er auch nicht spielen. Er hatte einfach dem Captain nur zeigen wollen, daß er auch gut an einem Fall allein arbeiten konnte. Auch an einem großen.

»Haben Sie nicht gehört?« sagte der Captain im Befehlston. »Entfernen Sie sich!«

Mills biß sich auf die Lippe, als er dem Luftsog von Somersets Zigarettenrauch folgte. Somerset war schon weg.

6

Am nächsten Morgen stand ein Mann mit einfältig-heiterem Gesicht im weißen Overall und mit einer Malermütze vor Somersets Bürotür. Er ließ sich gemächlich Zeit damit, Somersets Namen von der Glasscheibe abzukratzen. Somerset saß drinnen an seiner Schreibmaschine und versuchte, sich auf das Ausfüllen all der Formulare zu konzentrieren, die für den »Fetten-Fall« nötig und vorgeschrieben waren. Der Schriftenmaler draußen vor der Tür aber machte ihn wütend, und nicht nur deshalb, weil er langsam und faul war. In seinen Augen war er symptomatisch für alles, was auf dieser Welt nicht mehr in Ordnung war. Früher mal hatten die Leute sich mit dem, was sie taten, Mühe gegeben. Heutzutage schien sich keiner mehr wegen irgend etwas anzustrengen, nach dem Motto: Ob man sich wegen eines beschissenen Jobs nun ein Bein ausriß oder nicht, sein Geld bekam man so oder so. So wie die Gewerkschaften mit der Zeit heruntergekommen waren, hatten manche Leute ohnehin kaum noch etwas zu tun in ihren Jobs, obwohl sie nach wie vor voll bezahlt wurden. Alles höchst unbefriedigend. Es hatte nur dazu geführt, daß die Leute für immer mehr Geld immer weniger tun wollten. Warum denn zum Beispiel Farbe abkratzen für neun Eier pro Stunde, wenn man mit Stoff verkaufen leicht einen Riesen pro Woche machen konnte? Und obendrein gemütlich von zu Hause aus. Das Schlimmste daran war, daß sich diese Art Logik sogar schwer widerlegen ließ.

Er zog an seiner Zigarette und sah zum Fenster hinaus. Sein Blick fiel auf eine Reklametafel mit einer Werbung für einen schnittigen japanischen Sportwagen, ein Mann mit scharfem Blick am Steuer, neben sich eine Klasse-Blondine. Ein Wägelchen dieser Art, überlegte er, kostete neu gut und gerne dreißig Riesen. Mindestens. Davon und von Blondinen dieser Sorte konnten Leute mit einem Stundenlohn von neun Dollar nur träumen. Aber man mutete ihnen diese Träume zu, man hielt sie ihnen tagtäglich vor die Nase. Was Wunder, daß so mancher nicht widerstehen konnte, auf die Dauer. Und das alles haben mußte. Wegen seines sogenannten Selbstwertgefühls. Und also auch alles tat, was nötig war, damit er es kriegte.

Er zog noch einmal an seiner Zigarette, legte sie auf dem Aschenbecher ab, und widmete sich wieder seinem Formular in vierfacher Ausfertigung, das er in seine alte mechanische Schreibmaschine eingezogen hatte. Er tippte im Zweifingersystem, allerdings ganz geübt und geschickt, und hämmerte seine Beschreibung des Tatorts und der Art, wie er bei seiner Ankunft die Leiche vorgefunden hatte. »... tiefe Ligaturen im Bereich der blutverkrusteten Fußknöchel ...«

Ein scharfes Klopfen an der Tür ließ ihn aufschrecken.

»Wenn Sie mal kurz entschuldigen«, sagte der Captain draußen zu dem Schriftenmaler, öffnete die Tür und sagte zu Somerset: »Haben Sie einen Moment Zeit?«

»Soll ich etwa nein sagen?«

Der Captain schlängelte sich an den Packkartons vorbei, die Somersets kleines Büro verstellten. Auf der Hälfte von ihnen stand der Name von Mills, der das Büro übernehmen sollte. Für den Rest dieser Woche mußten die beiden es sich jedoch noch teilen.

Der Captain setzte sich auf den Schreibtischrand und stützte seinen Fuß auf einen der Kartons. Er verschränkte die Arme. Seine Kiefermuskeln arbeiteten wieder einmal beträchtlich. Offenbar suchte er nach einem Anfang. Gerade, als er beginnen wollte, fing draußen auch der Schriftenmaler quietschend zu kratzen an, was den Captain nur veranlaßte, das Gesicht zu verziehen und seine Kaumuskeln noch heftiger spielen zu lassen.

»Mann, gehen Sie doch einen Kaffee trinken!« rief der Captain nach draußen.

»Was?« fragte der Maler, indem er sich die Hand ans Ohr hielt.

»Nun machen Sie schon!« rief der Captain ein paar Dezibel lauter. »Wir haben hier was zu besprechen!«

Der Mann lächelte freundlich, nickte und verschwand. Was konnte ihm Besseres passieren, als daß seine schwere Arbeit durch einen Pausenbefehl verlängert wurde?

»Wissen Sie es schon?« fragte der Captain.

Somerset sah ihn an. »Was?«

»Eli Gould ist letzte Nacht ermordet worden.«

Somerset lehnte sich von seiner Schreibmaschine zurück und war sich nicht ganz sicher, wie er auf die Nachricht reagieren sollte. Gould war immerhin Rechtsanwalt.

»Es ist in sein Büro eingebrochen worden. Man hat ihn verbluten lassen«, sagte der Captain. »Und mit seinem Blut stand das Wort *Gier* an die Decke geschmiert.«

Somerset griff nach seiner Zigarette. »Gier?« Da wußte er eine Menge schlimmerer Dinge, die sich über Eli Gould sagen ließen.

»Ich werde den Fall Mills zuteilen. Ich habe ihm ja eröffnet, wie Sie wissen, daß sich im Handumdrehen ein neuer Fall finden würde. Allerdings wäre mir auch hier ein etwas weniger aufsehenerregender Fall lieber gewesen.«

Somerset nickte mit der Zigarette im Mund und widmete sich wieder seiner Schreibmaschine. »Er macht das bestimmt ganz ordentlich.«

»Natürlich, natürlich. Da habe ich gar keine Angst.«

»Na, dann ist es ja gut«, sagte Somerset. Er hackte ein paar Wörter in die Maschine und wartete sichtlich, daß der Captain wieder ging. Doch er sah, wie dessen Kaumuskeln noch immer arbeiteten.

»Was machen Sie denn eigentlich, wenn Sie jetzt bald frei sind, Somerset?« fragte er. »Haben Sie sich das wirklich alles gut genug überlegt?«

Somerset lehnte sich wieder zurück und blickte zu ihm auf. »Ach, wissen Sie, ich hab' schon was zu tun. Vielleicht sogar Ackerbau. Auf meinem eigenen Land. Aber allein schon an dem Haus gibt es eine Menge zu tun. Langweilen werde ich mich jedenfalls nicht, wenn Sie das meinen.«

Der Captain begleitete das mit zunehmendem Kopfschütteln. »Und Sie haben gar nicht dieses Kribbeln?«

»Was?«

»Na, dieses Magenkribbeln. Daß Sie mit einemmal kein Cop mehr sind.«

»Aber das ist doch der Sinn der Sache.«

»Ach, kommen Sie, Somerset. Machen Sie sich nichts vor. Sie gehen nicht wirklich weg. Sie glauben doch momentan nur, daß Sie das könnten.«

Somerset blickte ihn fest an. »Gestern abend, Captain, führte ein Mann seinen Hund Gassi. Dabei wurde er überfallen, und man nahm ihm Brieftasche und Uhr ab. Und während er noch hilflos und bewußtlos auf dem Gehsteig lag, beschloß die Bestie von Mensch, die ihn überfallen hatte, auch noch, ihm mit einem Klappmesser beide Augen auszustechen. Gestern abend, kurz nach neun, keine vier Blocks von hier.«

»Ja, ist mir bekannt. Und es ist schrecklich. Ganz schrecklich, daß so etwas passiert. Aber wir haben den Kerl. Heute morgen ist er gefaßt worden. Ein Drogensüchtiger.«

»Genau wegen solcher Dinge kann ich hier nicht mehr leben. Ich bringe für die einfach kein Verständnis mehr auf.«

»Ach, kommen Sie. Als wenn das nicht immer schon so gewesen wäre.«

»Glauben Sie?«

»Aber gewiß doch.«

»Nein, da irren Sie sich. Gut, es gab immer Leute, die andere umgebracht haben, aber aus irgendeinem Grund, auch wenn es ein idiotischer war. Heutzutage jedoch ... Sie tun es einfach, weil es ihnen gerade so einfällt, um nicht zu sagen, aus Spaß. Einfach nur, weil sie sehen wollen, wie es ist und was dann passiert. Wissen Sie auch, was dieser Dreckskerl sagte, als er gefragt wurde, warum er dem Mann dann auch noch die Augen ausgestochen hat? Daß er sehen wollte, was passiert! Ob Blut aus den Augen käme oder bloß Flüssigkeit oder sonst was.« Er starrte abwesend auf den Mann in dem japanischen Luxusauto draußen auf dem Riesenplakat. »Nein, ich will hier nicht mehr leben.«

Der Captain griff nach den Blättern neben Somersets Schreibmaschine und klopfte sie gerade. Noch eine seiner nervösen Angewohnheiten. »Aber Sie wissen doch, wie man diese Arbeit hier macht. Sie sind dazu geboren, und sagen Sie ja nicht, das wüßten Sie nicht selbst am besten. Ehrlich, ich kann Sie mir nicht besonders gut vorstellen, wie sie mit Werkzeugkasten und Angel draußen auf dem Land herumrennen.« Er sah ihn lange nachdenklich an und meinte schließlich: »Na gut, mag ja sein, daß ich mich irre.«

Somerset sagte schulterzuckend: »Nun ja, wenn Sie es ganz genau wissen wollen, bin ich mir tatsächlich selbst auch nicht so sicher, was das betrifft. Nur, ich kann hier wirklich nicht mehr leben. Ich habe zuviel menschliche Gedankenlosigkeit und Sinnlosigkeit, zuviel Niedrigkeit und Niedertracht erlebt. Mehr, als einer allein aushalten kann, als man einem allein zumuten kann. Ich weiß, daß es Leute gibt, die ihr ganzes Leben lang Außendienst machen. Aber ich kann es jetzt nicht mehr. Sonst schnappe ich über. Es muß noch etwas anderes im Leben geben, als nur durch Dreck zu waten.«

Der Captain gab einen tiefen Seufzer von sich. »Ich verstehe Sie ja ganz gut. Aber Tatsache ist genauso, daß ich sie einfach nicht verlieren will, verstehen Sie? Cops, wie Sie einer sind, gibt es heute nicht mehr.«

»Sie kriegen doch den Mills. Der wird sich schon ganz gut entwickeln.«

»Und doch kann er Sie nicht ersetzen.«

Soll er auch lieber nicht, wenn er klug ist, dachte Somerset. Der soll lieber noch etwas anderes anfangen mit seinem Leben, solange er jung genug ist. Einfach etwas anderes. Wo er die besseren Seiten des Lebens kennenlernt.

Der Captain ging zur Tür, blieb aber noch einmal stehen und griff in seine Jackentasche. »Hätte ich fast vergessen. Das ist vom Labor für Sie gekommen.« Er reichte ihm die Plastiktüte, in der sich ein Stück Papier und eine kleine Glasphiole befanden.

Somerset nahm sie. Es waren die blauen Partikel in der glasklaren Flüssigkeit.

»Das sind die aus dem Magen des Toten, wie?« sagte der Captain.

»Ja.«

»Dr. Santiago glaubt, sie sind dem Mann mit Gewalt eingeführt worden.«

»Zusammen mit dem anderen.«

»Laut Labor sollen es Partikel von den Bodenfliesen sein.«
»Von den Bodenfliesen?«

»Linoleumfliesen.« Der Captain öffnete die Tür und ging.

Somerset holte das Gläschen heraus und hielt es ins Licht. Er schüttelte es und beobachtete, wie die blauen Partikel sich bewegten. »Linoleum ...« Er versuchte, sich zu erinnern, welche Farbe der Bodenbelag in Peter Eubanks Küche hatte. »Linoleum, was?«

Und wieder schreckte ihn das quietschende Geräusch aus seinen Gedanken auf. Der Schriftenmaler war zurück, mit einem dampfenden Becher Kaffee in der anderen Hand.

Somerset stand genervt auf, zog seine Jacke von der Stuhllehne, schlüpfte hinein, steckte die Glasphiole ein und öffnete die Tür. »Wie wär's, wenn Sie die Ellenbogen ein wenig schmieren würden?« brummte er dem Maler zu, der ihm ausdruckslos nachstarrte, als er den Gang entlang davonging.

Vor der Wohnung des »Fetten« holte Somerset sein perlmuttbesetztes Taschenmesser heraus und öffnete die Klinge. Er durchschnitt das Tatortsiegel an der Tür, zeichnete das an die Wand gepinnte Formular ab und ging hinein. Die ganze Wohnung roch noch immer nach ranzigem Essen und Insektenspray. In der Küche war nichts angefaßt worden, aber die Gerichtsmediziner hatten es für angemessen gehalten, die ganze Wohnung auszusprühen, damit die Schaben nicht alle noch vorhandenen Beweismittel wegfraßen.

Er ging ins Wohnzimmer und blieb an der Tür zur Küche stehen. Es war totenstill, ganz im Gegensatz zu der Unruhe gestern und dem Hin und Her, in dem alle allen auf die Nerven gegangen waren, während sie ihre jeweilige Arbeit zu tun versuchten. Er starrte auf den jetzt leeren kunststoffbezogenen Chromküchenstuhl, auf dem Peter Eubanks, »der Fette«, wie er jetzt im Polizeijargon nur noch hieß, gesessen hatte. Mills fiel ihm wieder ein: wie sauer er war, als er ihn weggeschickt hatte. Er dachte eine Weile über ihn nach. Ob er sich wirklich so gut machen würde, wie der Captain es erhoffte? Er schien ein wenig übereifrig zu sein, vor allem aber viel zu emotional für diese Arbeit. Übersensible Leute gaben normalerweise keine guten Polizisten ab. Bei einer Mordkommission dagegen war es nur von Vorteil, wenn man nicht zuviel nachdachte. Emotional half es einem jedenfalls weiter.

Er streifte sich Gummihandschuhe über. Für seinen Start hatte Mills da einen ganz schönen Problemfall am Hals. Ausgerechnet Eli Gould, den vermutlich kriminellsten und korruptesten Anwalt in der ganzen Stadt. Dem kein Abschaum zu mies gewesen war, ihn zu vertreten. Wenn man sich seine Honorarrechnungen leisten konnte, hätte er auch nackt auf dem Marktplatz gesteppt, um einen freizubekommen. Es ging ja das Gerücht, daß er Jeffrey Dahmer, den »berühmten« kannibalischen Massenmörder, geradezu angebettelt habe, sich von ihm vertreten zu lassen. Sogar umsonst habe er es tun wollen, nur gegen die Exklusivrechte für die Buch- und Filmvermarktung seines Falls. Daumer war wenigstens so intelligent gewesen, ihm zu sagen, er solle gefälligst in den Wind schießen, so verrückt sei er nun wieder nicht.

Als er in die Küche trat, fiel ihm auch noch ein anderer notorischer Mandant Eli Goulds ein, Ed Zalinski. Den würde Somerset sein Leben lang nicht vergessen. Die Zeitungen hatten ihn zum »Badeschönheitsmörder« ernannt. Noch ein Massenmörder, der fünf junge Frauen im Bezirk umgebracht hatte, ehe sie ihn faßten. Seinen Spitznamen bekam er deswegen, weil er seine Opfer ausbluten ließ und in ihrem Blut buchstäblich badete. Wie krank konnte man eigentlich noch im Kopf sein. Nie vergaß er seinen Gesichtsausdruck, als sie in sein Haus eindrangen und ihn vorfanden. Ein schäbiges, heruntergekommenes zweistöckiges Haus im Norden der Stadt. Zalinski hatte es von seinen Eltern geerbt und bewohnte es nun ganz allein. Er, Somerset, hatte die Festnahme geleitet und dafür gesorgt, daß das Haus völlig von uniformierter Polizei umstellt war, bevor sie hineingingen. Eine verrückte Nacht. Die ganze Stadt war inzwischen in Panik wegen des »Badeschönheitenmörders«, und auch bei der Polizei waren die Nerven zum Zerreißen gespannt. Die Mordkommission hatte an dem Fall schon seit einiger Zeit rund um die Uhr gearbeitet, und alle waren begierig, ihn schnellstens hochzunehmen, als sie den Kreis der Verdächtigen endlich auf ihn eingegrenzt hatten. Ed Zalinski. Buchstäblich mit Blut an seinen Händen wollten sie ihn sich schnappen, das verdammte Dreckstück, so daß keine Jury noch eine andere Möglichkeit haben sollte, als ihn auf den elektrischen Stuhl zu schicken. Und er selbst hatte sich das genauso gewünscht wie alle anderen. Aber wie das so geht mit den frommen Wünschen!

Sie brachen die Türen auf, gleichzeitig vorne und hinten, um überhaupt kein Risiko einzugehen. Somerset führte das Team an der Rückseite und drang direkt hinter den beiden Uniformierten ein, die den Rammbock angesetzt hatten. Doch das Haus war groß und verwinkelt, und nichts rührte sich, als die Uniformierten ihr »Polizei!« schrien.

Er setzte sich daraufhin von den anderen ab und stürmte mit der Waffe im Anschlag in die Küche. Offenbar war die leer, aber er ließ sich auf keine Unvorsichtigkeit ein. Auf der gegenüberliegenden Seite befand sich noch eine Tür. Er näherte sich ihr vorsichtig. Sah aus wie eine Schwingtür, die in die Vorratskammer führte. Es war durchaus möglich, daß der Dreckskerl sich dahinter versteckt hielt. Er stieß sie auf, immer die Waffe im Anschlag, und blieb überrascht stehen. Er befand sich in einem schmalen Gang, in dem offenbar seit Jahren nicht benutzte Zeitungen, Flaschen, Dosen, Mops, Besen und Eimer bis an die Decke gestapelt waren. Ganz hinten war ein offener Durchgang. Er arbeitete sich bis dorthin vor und sah, daß er in den Keller führte. Er stieg die Treppe hinunter, eine Stufe nach der anderen, geduckt und nach wie vor mit der Waffe im Anschlag. Unten hing eine nackte Glühbirne von der Decke, die gespenstische Schatten hinter den Heizungsofen und den Wasserboiler warf. Am Ende des Kellers an der Vorderfront des Hauses entdeckte er einen Lichtschimmer unter einer weiteren Tür. Dort schien sich unter der Kellertreppe noch ein Raum zu befinden.

Der Betonboden war rauh. Er mußte vorsichtig auftreten, um so lautlos wie nur möglich zu bleiben. Das Herz schlug ihm bis zum Hals. Was lauerte wohl hinter dieser Tür? Er versuchte, wenn auch ganz erfolglos, sich schon im voraus gegen diese Vorstellung zu wappnen.

An der Tür stellte er sich in Position, auf alles gefaßt. Ob hinter der Tür überhaupt etwas war? Doch alles, was er hörte, war das Rauschen des eigenen Blutstroms im Kopf. Schließlich holte er tief Atem und rief: »Polizei!« Gleichzeitig trat er die Tür ein und stürmte mit vorgehaltener Waffe in den Raum, bereit, auf alles zu schießen, was sich bewegte.

Was er dann tatsächlich sah, machte ihn einfach nur vor Verblüffung sprachlos. Der Anblick überstieg jede Vorstellungskraft.

Das Seltsamste war der indignierte Blick Zalinskis selbst. Der Mann war doch tatsächlich ungehalten, daß jemand die Frechheit besaß, bei ihm einzudringen! Er saß in einer Wanne voller Blut, das aus einem toten deutschen Schäferhund lief, der über ihm an der Duschbrause hing. Gesicht und Brust waren von geronnenem Blut verschmiert. Aber das alles schien ihm überhaupt nichts auszumachen, ganz im Gegensatz zu der Tatsache, daß man es gewagt hatte, in sein Privatleben einzudringen. Das machte ihn zornig. Nicht etwa panisch, schuldbewußt oder reumütig. Nein, ungehalten, aufgebracht.

Auch sein Gesichtsausdruck war der gleiche wie während des ganzen Prozesses, bei dem Eli Gould alle noch so miesen Tricks versuchte, um die Geschworenen davon zu überzeugen, sein Mandant sei das Opfer, von der eigenen Mutter mißbraucht und deshalb für seine Taten nicht verantwortlich. Und der Gipfel von alledem war, daß ihm die Jury das auch noch abnahm und Zalinski statt in die Todszelle in die Nervenheilanstalt schickte! Seitdem gab es alle anderthalb Jahre ein Verwahrungsprüfverfahren, und man konnte darauf wetten, daß ihn dabei irgendwann einmal irgendein Arzt für geheilt erklärte, woraufhin dann der zuständige Richter kaum eine andere Wahl haben würde, als ihn zu entlassen. Fortan würde ein Mann, der das Baden in Blut für etwas ganz Normales hielt, wieder frei herumlaufen. Dank der juristischen Winkelzüge eines Eli Gould ...

Genau der Fall war es, der Eli Gould bekannt machte. Was Somerset anging, so konnte er diesen Namen nie mehr hören, ohne den Gesichtsausdruck Zalinskis vor sich zu sehen. Und er wurde den Gedanken nicht mehr los, daß Gould und Anwälte seines Schlages das Verbrechen in seiner groteskesten Form inzwischen nahezu akzeptabel gemacht hatten.

Mit der Geschichte hatte Mills jetzt ganz schön was am Hals, dachte er. Eli Gould mußte eine Menge Feinde gehabt haben. Aber daß es hier sehr nach Zalinski roch, konnte Mills kaum übersehen. Schließlich hatte einer mit Blut das Wort *Gier* an die Decke gemalt. ...War es dem »Badeschönheitenkiller« etwa gelungen, für ein Weilchen aus seiner Klapsmühle zu verschwinden, um mit seinem Anwalt ein wenig über dessen Honorarrechnung zu diskutieren? Denn nach allem, was man hörte, machte es Gould nicht gerade billig.

»Wäre wirklich besser in Springfield geblieben«, murmelte er vor sich hin.

Er schaltete das Licht in der Küche des Fetten an.

Diesmal funktionierte es. Offensichtlich hatten die Leute von der Gerichtsmedizin eine neue Glühbirne eingeschraubt.

Er ließ seinen Blick über die Anrichte mit den Essensresten wandern und zog zugleich die Phiole mit den Linoleumpartikeln aus der Tasche. Er ging in die Hocke und verglich. Schien wirklich zu passen.

Er richtete sich wieder auf und suchte den Boden nach Schuhabdrücken ab. Eigentlich hätte der Tote mit seinem ungewöhnlichen Gewicht die Chrombeine des Stuhls tief in das Linoleum eindrücken müssen. Doch es gab keine solchen Spuren. Auch unter allen anderen Stühlen am Küchentisch und unter den Tischbeinen selbst waren keinerlei Eindrucksstellen zu entdecken. Er suchte stirnrunzelnd weiter. Wenn das Licht nur etwas heller gewesen wäre! Schließlich bückte er sich noch einmal und begann, die Kanten und Ränder der Schränke abzusuchen und abzutasten. Jede Schramme, jeder Kratzer, jede Spur einer Berührung wurde untersucht. Doch nichts, was er fand, paßte zu den Partikeln in seinem Glas.

Zum Schluß fuhr er noch mit der Hand unter der Vorderseite des Kühlschranks über den Boden. Und dort verliefen von einer Ecke her in einem Bogen tiefe Kratzer. Er sah sie sich genauer an. Dann machte er das Glas auf und holte die beiden größten Partikel heraus, legte sie auf den Boden und versuchte sie dort einzupassen, woher sie stammen konnten. Er drehte sie wie Puzzleteile in alle Richtungen. Sie schienen zu passen, sogar ziemlich genau, aber eben nicht ganz exakt. Er legte sie zurück in das Glas und steckte es wieder ein. Offensichtlich waren die Kratzer am Boden beim Abrücken des Kühlschranks entstanden. Er untersuchte ihn von beiden Seiten, um zu sehen, wie weit er verrückt worden war, und griff schließlich nach der Hinterkante. Der Kühlschrank war ein altes Modell und schwerer, als er vermutet hatte. Er konnte ihn nur rückweise nach vorne ziehen. Es trieb ihm rasch den Schweiß auf die Stirn. Das fehlte ihm ausgerechnet noch, dachte er, eine Woche vor seinem Abschied noch wie ein Möbelpacker zu schuften.

Schließlich stand der Kühlschrank so weit vor, daß er mit verrenktem Hals dahinterblicken konnte.

Und dann riß er die Augen auf.

»Lieber Gott ...«, stammelte er.

Die Wand dahinter war mit einer Staubschicht bedeckt, aber ein großer Fleck war saubergewischt. Und dort stand mit Fett geschrieben: VÖLLEREI. Darunter hing mit Klebstreifen befestigt ein weißer Umschlag.

Somerset erstarrte das Blut in den Adern. Es war das gleiche Gefühl wie damals, als er so überraschend in Zalinskis zugleich blutverschmiertes und indigniertes Gesicht geblickt hatte.

Er griff nach dem Umschlag, aber sein Arm war nicht lang genug.

7

Er warf mit dem Taschenmesser auf die Dartscheibe. Mit einem *Plopp!* fuhr er in das schwarze Einpunktefeld »3«.

Er durchquerte sein karges Wohnzimmer und zog das Messer wieder aus der Korkplatte, kehrte zurück an seinen Standort neben der Couch am anderen Ende des Zimmers und warf erneut. *Plopp!* Die Klinge saß in dem Doppelpunkt-Feld »20«, eineinhalb Zentimeter über dem Bullauge. Er ging hin und zog es heraus.

Von der Dartzielscheibe abgesehen, war die Wand völlig leer. Die eingebauten Bücherregale waren ebenfalls schon fast ganz leer, auf dem blanken Holzfußboden aber stapelten sich die Bücherkartons. Er war mit dem Aussortieren noch nicht durch. Er besaß hunderte Bücher, darunter manche, von denen er wußte, er würde sie nie wieder lesen. Aber sich von ihnen zu trennen, war auch nicht einfach.

Plopp! Diesmal traf die Klinge den Dreierring »17«.

Der fast leere Raum vibrierte von dem Straßenlärm draußen, der durch die offenen Fenster hereinkam. In den Nebengassen kreischten Kinder, fluchten wie Matrosen und wetteiferten miteinander um die größte Lautstärke aus ihren Lautsprechern, aus denen *Gangsta Rap* dröhnte. Er kannte sie alle, die sich dort draußen herumtrieben. Nicht einer von ihnen war älter als zwölf.

Er zog das Messer heraus und begab sich erneut zu seinem Wurfplatz. *Plopp!* Er hatte die »4« getroffen, ganz außen am Rand, weit vom innersten Zielpunkt.

Er dachte über seinen Fund von heute hinter diesem Kühlschrank nach. Vielleicht hätte er besser nichts davon gesagt, dachte er. Er hätte es auch bis zum Ende der Woche für sich behalten können. Bis er endgültig weg war. Dann hätte es ihm auch keine Kopfschmerzen mehr verursachen können. Ach, Quatsch, das war nicht seine Art. Und so saß er nun fest mit *Gier* und *Völlerei*. Hätte er für sich behalten, daß die Mordfälle Eli Gould und Peter Eubanks offensichtlich miteinander zu tun hatten, müßte er sich jetzt nicht weiter damit befassen. Es wäre nicht mehr sein Problem gewesen. Sondern das von Mills.

Er zog das Messer aus der Korkplatte, klappte es zu und legte es auf eine der Armlehnen der Couch, setzte sich selbst auf die andere, ließ die Arme zwischen den Knien baumeln und dachte: Mills, wie? Mills war so einer Sache einfach noch nicht gewachsen. Er glaubte es nur, war es aber tatsächlich nicht. Der Junge wußte doch in Wirklichkeit einen Dreck. Hätte er nur ein wenig Grips im Kopf, wäre er verdammt noch mal in seinem Springfield geblieben. Aber er wollte ja unbedingt in die erste Liga. Ganz groß rauskommen. Tja, Junge, schon bist du da.

Gierig wie ein Wolf war Mills gewesen, als er, Somerset, ins Revier zurückgekommen war und den Zettel vorzeigte, den er hinter dem Kühlschrank des »Fetten« gefunden hatte. Saubere Blockschrift mit Kugelschreiber auf weißem Papier: *Lang ist der Weg und schwer, der aus der Hölle emporführt zum Licht.*

Mills hatte sich gerade Fotovergrößerungen vom Gould-Tatort angesehen, als er ihr nun gemeinsames Büro betreten hatte. Sie lagen auf dem ganzen Schreibtisch ausgebreitet. Der würde ab nächster Woche ganz ihm gehören. Kaum hatte er ihm den Zettel gezeigt, wühlte Mills auch schon wie ein Irrer durch die Fotos nach Nahaufnahmen des Wortes *Gier*. Die hielt er dann neben den Zettel und verglich sie miteinander. Er wollte gleich losrennen und eine Schriftanalyse anfertigen lassen, um ganz sicher zu sein, daß beide Wörter vom selben Urheber stammten. Mein Gott, nur ein weiterer Beweis, wie feucht er noch hinter den Ohren war.

Es lag doch völlig auf der Hand, daß es sich da um ein und denselben Schreiber handelte! Wozu noch eine Analyse? Noch hatte ja die Presse nicht Wind von der Geschichte bekommen, also kam auch kein Nachahmungstäter in Frage. Am schlimmsten aber war, daß Mills den Wald vor lauter Bäumen nicht sah. Den entscheidenden Hinweis hatte er nämlich direkt vor der Nase: den Text, nicht die Handschrift! *Lang ist der Weg und schwer, der aus der Hölle emporführt zum Licht.*

»Glauben Sie, er versucht uns da etwas mitzuteilen?« hatte Mills gefragt. »Klingt wie so ein geheimnistuerischer Kultquatsch.«

Er hatte sehr an sich halten müssen, um nichts zu sagen. Anstatt Mills einen Idioten zu nennen, griff er sich lieber eines der Fotos von dem mit Blut geschriebenen Wort *Gier* und hielt es neben ein Polaroid, das er selbst von dem mit Fett gemalten Wort *Völlerei* gemacht hatte. Dann fragte er Mills: »Schon mal was von den sieben Todsünden gehört?«

»Na, gewiß doch«, meinte Mills achselzuckend.

»Gier oder Geiz, Völlerei, Zorn, Neid, Trägheit des Herzens, Hochmut und Wollust.«

Mills schien es zu dämmern. »Was denn ... Sie meinen, der will sie alle sieben ... für jede einen ...?«

»Sieht doch so aus, oder?«

»Ach du Scheiße«, stammelte Mills.

Richtig, Junge: Scheiße, dachte Somerset. Er lehnte sich zurück und legte den Kopf auf die Couchlehne. Sie mußten in der Tat mit noch weiteren fünf Morden rechnen, falls sie den Kerl nicht vorher schnappten. Die Wahrscheinlichkeit dafür war wohl eher gering, wenn Mills ab nächster Woche erst mal allein an dem Fall saß. Die Chance für den Irren, sein Programm voll abzuspulen, war also groß. Mills hatte einfach nicht die Erfahrung für diese Drecksarbeit. Hier war nun mal nicht Springfield.

Er sah auf sein Taschenmesser auf der anderen Armlehne. Je länger er darüber nachdachte, desto verdrossener wurde er. Sosehr er das alles hinter sich haben wollte, es ging nicht. Nicht jetzt jedenfalls. Er konnte seine Zeitmarke einfach nicht ans Ende der Woche setzen, als gehe ihn alles nichts an. Es half nichts, das hier war sein Fall.

Er richtete sich auf, griff wieder nach seinem Taschenmesser, klappte es auf und schleuderte es quer durch den Raum auf die Dartscheibe. *Plopp!* Die »7«. Dreifachpunkt. Na, Mahlzeit und guten Appetit.

Eine halbe Stunde später hörte er es von Westen her donnern. Er blickte zum Himmel hinauf. Blitze zuckten durch die schweren, nachtschwarzen Gewitterwolken. Es mußte bald da sein. War ein Gewitter erst mal über der Wüste, hielt es nichts mehr auf.

Er ging in der City auf dem Gehsteig, eine Zigarette zwischen den Lippen, den Blick immer auf die parkenden Autos gerichtet. Zwischen ihnen pflegten sich die Ausgeflippten herumzutreiben, denn in der Nähe lag eines der größten Crack-Häuser der Stadt. Für das Geld für einen Schuß schneiden dir Cracksüchtige auch die Kehle durch, ohne einen Gedanken darauf zu verschwenden, was sie da tun.

Ein Feuerwehrauto jaulte mit blinkenden Lichtern vorüber. Ihr Widerschein reflektierte von den geparkten Autos und tauchte die Häuser in einen roten Schimmer.

Ein Stück weiter stand ein Geschäftsmann in ramponiertem Anzug an einer Telefonzelle, brüllte in den Hörer und schlug wild auf die Gabel. »Verdammtes Luder, verdammtes! Verdammtes!« Er leierte es herunter wie eine Litanei und wurde dabei nur noch wütender.

Somerset ging an ihm vorbei zur Granittreppe der Stadtbibliothek. Als er sie hinaufstieg, schnippte er seine Zigarette weg, genau über die Köpfe der Penner, die auf der Treppe hockten oder schliefen. Sie landete im Gebüsch.

»Haste mal 'ne Lulle, Mann?« schnorrte ihn einer der Stadtstreicher sofort an. »'ne Lulle?«

Somerset sah den Mann zu seinen Füßen an. Ein noch junger Bursche, weiß, höchstens dreißig. Wie Mills. Er griff in seine

Tasche und holte das Päckchen heraus, aber es war leer. »Pech gehabt, Junge. Das war meine letzte.«

»Schon gut, Mann, ist ja gut. Null Problemo.«

Somerset passierte die massiven Eingangssäulen und schlug mit der flachen Hand gegen die zugesperrte Glastür. Als niemand öffnete, klopfte er noch einmal und heftiger.

»Nur Ruhe, nur Ruhe, ich bin schon da«, brummte eine muffelnde Stimme hinter dem Glas. Ein Pförtner, schwarz, über sechzig, kam, so schnell er konnte. Er hinkte. Es war George, der Nachtportier. Er schloß auf und ließ Somerset ein. »So, wie geht es denn immer?« fragte er freundlich.

»Ganz gut soweit, George. Und Ihnen?«

»Ich kann nicht klagen.«

Auf dem Weg über den grünen Marmorfußboden des Vestibüls überkam ihn ein vertrautes Gefühl der Ruhe, das die Anspannung in seinen Schultern löste. Er blickte durch die Doppeltür hinter der Abfertigungstheke in den großen Lesesaal mit den grünen Schirmen der Leselampen über den Mahagonitischen. Die Regale an den Wänden standen vom Boden bis zur Decke voller Bücher. Dahinter befanden sich die begehbaren Standregale, Reihe um Reihe, ebenfalls voller Bücher. Und auch oben auf der Galerie gab es weitere Bücherregale. Abertausende Bücher, alles in allem. Ein Paradies für Leute wie ihn. Er hätte hier ohne weiteres leben können.

Pförtner George stieg die Marmorwendeltreppe zur Galerie hinauf. »Setzen Sie sich, wohin Sie wollen, lieber Freund.«

»Vielen Dank, George.«

»Tag, Smiley.«

Somerset blickte hoch. Ein grauer Wollkopf guckte über die Balustrade von oben herab. Das war Silas, der Hauswächter. Hinter ihm tauchten Jake und Kostas, die beiden anderen Wächter der Bibliothek, auf und winkten.

»Hallo, die Herren!« sagte Somerset. »Wie ist das werte Befinden?«

»Nicht schlecht«, sagte Silas, »nicht schlecht.«

Kostas rief nach George: »Wo bleibst du denn, George? Setz deinen Hintern in Bewegung, die Karten werden kalt.«

»Wie Sie sehen«, sagte George zu Somerset über die Schulter mit gespielter Resignation, »die Pflicht ruft. Sind Sie sicher, daß Sie nicht eine kleine Runde mitspielen wollen?«

»Nein, nein, danke«, sagte Somerset kopfschüttelnd. »Ich habe zu tun.«

»Na, dann machen Sie es sich mal bequem. Der ganze Saal gehört Ihnen.«

Somerset winkte ihm lächelnd nach. »Vielen Dank, George.« Er holte einen Notizblock aus der Tasche und begab sich in den großen Lesesaal. Seine Schritte hallten in dem kathedralenhohen Raum. Er zog einen Stuhl heran, knipste die Leselampe über dem Platz an und wollte sich gerade setzen, als ein Donner wie ein Kanonenschlag durch den Saal hallte. Und dann prasselte auch schon ein Gewitterwolkenbruch auf das gläserne Oberlicht.

Oben auf der Galerie hörte er die Wächter bei ihrem Kartenspiel. »Bücher über Bücher«, rief er zu ihnen hinauf, »und ihr sitzt da und pokert nur die ganze Nacht!«

Georges Kopf erschien über der Balustrade. Er stellte einen Lautsprecher auf ihr ab. »Was reden Sie denn da unten? Wir haben schon Kultur. Wir hocken schließlich drauf.«

Seine Kollegen lachten. George stellte Musik an. Ein Klaviersolo perlte durch den großen Raum, erhob sich buchstäblich in die Lüfte, um sich dann über die Tische hinabzusenken wie schwebender Pulverschnee. Somerset schloß die Augen und ließ es auf sich wirken. Eine Bachfuge aus dem Wohltemperierten Klavier.

Oben steckte sich George mit einem Streichholz eine Zigarre an. »Wissen Sie, Somerset, Sie werden uns vermissen, wenn Sie weg sind. Da draußen an Ihrem Waldrand, wo Sie hin wollen, gibt es mit Sicherheit keine Bibliotheken, in die Sie auch nachts rein dürfen.«

»Da könnten Sie recht haben.«

»Sehen Sie? Und wie Sie uns vermissen werden!«

Somerset nickte. »Kann schon sein, ja.«

George kehrte zu seinem Kartenspiel zurück, und Somerset begab sich zum Katalog. Schon auf dem Weg klappte er seinen Notizblock auf. Auf der ersten Seite hatte er die sieben Todsünden notiert. Unmäßigkeit und Gier waren bereits durchgestrichen.

In den Katalogkästen suchte er den Buchstaben S, zog den Schieber heraus, trug ihn zu einem Stehpult nebenan und blätterte eine neue Seite in seinem Notizblock auf. *Purgatorium*, Fegefeuer, Band II, Dante, *Göttliche Komödie*, schrieb er aus dem Gedächtnis. Das mußte er nicht nachschlagen. Über Sünden stand da eine ganze Menge.

Er ging die Katalogkarten auf der Suche nach Büchern über die sieben Todsünden durch und notierte sich Titel und Autoren. Wenn dieser Killer wirklich auf die sieben Todsünden fixiert war, dann mußte er, Somerset, darüber mindestens soviel wissen wie er, das war ihm klar. Nicht nur soviel. Mehr. Dieser Mensch mordete weiter, daran bestand kein Zweifel. Aber wenn man ihn ausrechnen konnte, seine nächsten Handlungen ahnen und vorhersagen, konnte man vielleicht doch ein paar Menschenleben retten, wenigstens die am Ende der Liste. Vielleicht jedenfalls.

Somerset war fest entschlossen, nicht eher zu gehen, als bis er ein Instrument, einen Hebel, einen Ansatzpunkt gegen diesen Killer gefunden hatte. Es widersprach einfach seiner Natur, etwas unerledigt liegen zu lassen. Auch wenn sie den Kerl nicht bis zum Ende seiner, Somersets, Restwoche faßten – daß sie es taten, war sehr unwahrscheinlich, es sei denn, er stellte sich selbst –, mußte Mills wenigstens noch in die richtige Richtung geschickt und nach besten Kräften unterstützt werden. Mills war zu dickköpfig, um zuzugeben, daß er mit seinem dringlichen Wunsch, sich in die Stadt versetzen zu lassen, einen Fehler gemacht hatte. Aber wenn es nun schon geschehen und er nun einmal hier war, dann war es seine Pflicht, empfand Somerset, ihm zu zeigen, wie man eine solche Arbeit ordentlich verrichtete.

Der Melodienbogen der Fuge vermischte sich mit dem Trommeln des Regens auf dem Glasdach. Somerset schrieb weiter Titel und Autoren in seinen Notizblock. Nicht für sich. Für Mills. Wenn Mills sich mit diesem Fall wirklich etablieren wollte, dann mußte er auch gehörig Hausaufgaben dafür machen. Beginnend mit Dante 101.

8

Mills war stark in Versuchung, seine Polizeimarke wegzustecken, um ungeschoren hineinzukommen, als er die Meute der Reporter und Fernsehteams samt ihren grellen Scheinwerfern in der Eingangshalle des Wohnhauses von Eli Gould erblickte. So etwas hatte er noch an keinem Tatort erlebt. Gut, auch in Springfield schnüffelten Reporter an einem Tatort herum. Aber doch nicht gleich eine solche Horde. Zugegeben, in Springfield hielt der Staatsanwalt auch nicht Pressekonferenzen direkt am Tatort ab und trug dazu Armanianzüge und schmale Schicki-Micki-Schuhe aus Italien.

Er blieb am Rand des Auflaufs stehen und studierte Staatsanwalt Martin Talbots Auftritt. Ein Schauspieler und Selbstdarsteller wie aus dem Bilderbuch. Teurer Anzug, handgemaltes Seideneinstecktuch, Messerhaarschnitt. Aus seinem Zahnpastareklamelächeln blitzte obendrein noch ein Goldzahn. Der Mann sah eher aus wie ein Lude und nicht wie ein Staatsanwalt. Es war nicht zu übersehen, wie sehr er es genoß, im Mittelpunkt zu stehen. Er genoß die Aufmerksamkeit sichtlich und spielte mit seinem Publikum wie ein Mick Jagger mit einem Stadion voll blinder Fans. Jede Wette, dachte Mills, daß er irgendwann auch noch als Bürgermeister kandidiert. Und es womöglich sogar wird. Verrückt genug dazu war diese Stadt.

»Einer nach dem anderen«, mahnte Talbot gerade in sein Mikrophon. »Immer nur eine Frage gleichzeitig, Herrschaften!« Er blickte in die Runde, sagte: »Ja, Sie!« und deutete auf eine Blondine in einem feuerwehrroten Blazer. Der große Diamant an seinem kleinen Finger blitzte noch mehr als der Rubin seines Collegerings am Ringfinger.

»Mr. Talbot«, rief ihm die Blondine zu, »können Sie das Gerücht bestätigen, daß Mr. Gould gezwungen wurde, sich selbst zu verstümmeln?«

Talbot schenkte ihr ein kleines Grinsen und schüttelte den Kopf. »Solange die Ermittlungen noch im Gange sind, kann ich natürlich nicht in Einzelheiten gehen. Das wissen Sie doch, Margaret.«

Mills traute seinen Ohren nicht. Der brachte es tatsächlich fertig, bei einer Pressekonferenz in einem Mordfall herumzuflirten! Nicht zu glauben.

»Ja, Sie?« Talbot hatte mittlerweile schon eine farbige Walküre ausgewählt, auf deren Mikrophon groß ein Schild mit dem Logo ihres Fernsehsenders prangte.

»Mr. Talbot, es soll in Ihrer Behörde einen Interessenkonflikt geben wegen der Ermittlungen in einem Fall, wo das Opfer, ein Anwalt, Ihrem Amt mehr als eine bittere und peinliche Niederlage beigebracht hat, ganz speziell im Fall des Badeschönheitenkillers. Möchten Sie sich dazu äußern?«

Talbot schenkte auch ihr das gleiche kleine Grinsen wie zuvor der Blondine, schickte aber gleich einen tadelnden Blick hinterher. »Ach, wissen Sie, Selena, wenn diese Behauptung nicht so lächerlich wäre, müßte man sie für beleidigend halten. Nein, es kann überhaupt keine Rede sein von irgendeinem Interessenkonflikt bei dieser Untersuchung. Und jede Verdächtigung dieser Art oder auch nur die Vermutung, es könnte so sein, ist völlig absurd, um nicht zu sagen, unverantwortlich.«

»Mr. Talbot, Mr. Talbot!« erhob sich allgemeines Rufen. Auch die anderen Reporter wollten ihre Fragen loswerden.

»Augenblick, Moment!« rief Talbot und gebot Ruhe. »Ich bin noch nicht fertig. Ich habe Ihnen noch mitzuteilen, daß ich direkt von einer Besprechung mit dem Polizeipräsidenten komme. Er hat mir versichert, daß er seine allerbesten Leute auf diesen Fall angesetzt hat.«

Mills wurde unwillkürlich rot. Auch wenn offiziell er der Sachbearbeiter des Falles Gould war, so war doch ganz klar, daß Talbot keineswegs ihn mit dieser Eloge meinte, sondern natürlich Somerset. Das ganze Revier hatte heute früh wie ein Bienenstock gesummt über den Zusammenhang zwischen Gould und dem »Fetten« und die *Gier-und-Völlerei*-Geschichte. Und alle waren sich ohne Einschränkung darin einig, daß Somerset jetzt keinesfalls gehen konnte. Dies sei schließlich ein Fall wie für ihn geschaffen. Und daß, wenn es sich hier um einen Massenmörder handle, niemand sonst in Frage komme und imstande sei, ihn zu fassen, als Somerset. Somerset hinten, Somerset vorne. Gut, niemand hatte ausdrücklich erklärt, er, Mills, sei der Sache nicht gewachsen. Jedenfalls hatte er selbst nichts dergleichen vernommen. Aber daß dies letztlich hinter allen Gesprächen und Bemerkungen steckte, unterlag ja wohl keinem Zweifel.

»Und ich stehe nicht an zu behaupten«, fuhr Talbot vorne bereits fort, »daß dieser Fall damit auch zum Inbegriff rascher Sühne und Gerechtigkeit werden wird.«

Rasche Sühne und Gerechtigkeit, dachte Mills, der hat Nerven. Er bahnte sich einen Weg durch die Reportermenge zum Aufzug.

Er hatte kein Glück. Die Blondine im roten Blazer hatte ihn bereits entdeckt. »Detective, Detective!« rief sie hinter ihm her und wühlte sich durch das Gedränge. »Einen Augenblick, haben Sie einen Augenblick Zeit?«

»Nein.«

»Ach ...«

Aber Mills ging stur weiter und trat in den wartenden Aufzug.

»Detective, ich will doch nur ein paar ...«

Mills drückte auf den Türschließknopf, und der Aufzug schloß sich vor ihrer Nase.

Oben im zwölften Stock war der Flur wieder voller Leute, diesmal allerdings waren es nur Polizisten, Spurensicherer und Gerichtsmediziner, die aus Goulds Büro kamen oder hineingingen. Es ging zu wie in einem Taubenschlag. Ein Sozius von Gould, ein Mann Ende fünfzig, die Haare schlecht schwarz nachgefärbt, stritt sich mit einem Sergeant, wann er endlich wieder in seine eigenen Büroräume zurückkönne.

Der Sergeant rief, sobald er ihn erblickt hatte: »Detective Mills, das hier ist Mr. Sanderson ...«

»Ja, wir kennen uns bereits«, sagte Mills und wünschte sich alledem entziehen zu können. Er wollte endlich richtig zu arbeiten anfangen.

Aber Sanderson baute sich gleich vor ihm auf. »Detective, dies hier ist eine Anwaltskanzlei, in der gearbeitet wird. Ich muß wissen, wann ...«

»Wir verschwinden wieder, sobald es nur möglich ist, Mr. Sanderson«, beschied ihn Mills und ging weiter.

»Ja, aber wann ist das, Detective? Ich muß das schon wissen!«

»Das kann ich Ihnen auch noch nicht sagen. Sobald ich es weiß, teile ich es Ihnen mit.« Und er beeilte sich, in das Wartezimmer der Kanzlei zu entkommen, wo er hastig über den waldgrünen Teppichboden eilte. Die Teak-Doppeltür zu Goulds Büro stand offen.

Drinnen stand die Beamtin, die allgemein nur Smudge genannt wurde, auf einer Leiter, um an der Decke mögliche Fingerabdrücke um das dort hingemalte Wort *Gier* abzunehmen.

»... wird es natürlich vergeigen«, sagte sie gerade zu einem ihrer Kollegen, der auf den Knien war und Teppichproben nahm. »Ich meine, wie alt kann er sein, neunundzwanzig, dreißig? Und ist noch grün und unbeleckt.«

Der Kollege auf dem Teppich bemerkte Mills plötzlich und räusperte sich vernehmlich.

Smudge blickte nach unten und musterte Mills träge. »Guten Morgen, Detective.« Wie sie es sagte, klang es genauso, als hätte sie gesagt: »Sie blöder Arsch.«

»Wie sieht es aus?« fragte Mills.

»Noch nichts Konkretes.«

»Bleiben Sie dran.«

»Sicher doch. Sie auch, Detective.«

Mills beschloß, das einfach zu überhören. Lohnte sich nicht, mit einem bissigen Luder aus den unteren Rängen Streit anzufangen. Er suchte in seiner Jackentasche nach seinem Notizblock und brachte mit ihm zusammen ein Taschenbuch zum

Vorschein. Er blickte auf den Umschlag. *Dantes Purgatorium*. Fegefeuer. Er steckte das Buch wieder ein. Wenn er Glück hatte, kam es ihm irgendwann abhanden.

Er überflog seine Notizen, während er in Goulds Büro umherging und hinter dem Rindsledersessel mit der hohen Lehne am Schreibtisch stehenblieb. An der Wand hinter dem Schreibtisch hing ein großes Ölbild – abstrakte Bögen in Rot, Grün und Schwarz. Auf dem Schreibtisch stand neben dem Telefon als Dekoration eine alte Schalenwaage. Die Waagschalen der Gerechtigkeit, dachte er. Schlechter Scherz. Auf dem Messing der Waage waren getrocknete Blutspritzer. Auf dem Telefon auch. Das Blut auf dem Teppich war bereits hart und klebrig. Auch die Blutbuchstaben an der Decke waren schon bräunlich verfärbt.

Er ließ den Blick noch einmal durch den ganzen Raum wandern und versuchte, ihn unbefangen zu sehen. Vielleicht entdeckte er noch etwas, was alle anderen übersehen hatten. Damit könnte er auch beweisen, daß er sehr gut wußte, was er tat. Mochte ja sein, daß Somerset gewisse Hinweise auch in der Bibliothek fand. Er jedenfalls hatte gelernt, daß man Hinweise und Spuren am Tatort zu entdecken hatte.

In der Zimmermitte war auf dem Boden ein kreisrundes Papier ausgelegt und aufgeklebt worden, mit einem großen Punkt aus Klebstreifen in der Mitte.

»Wo ist das Bild?« fragte Mills den Laboranten, der am Teppich arbeitete.

»Da drüben. An der Wand.«

An dem Bodenschrank an der gegenüberliegenden Wand lehnte das 18 × 24 große, goldgerahmte Foto. Es steckte bereits zur Beweissicherung in einer verschließbaren Plastikhülle.

Er besah es sich noch einmal aus der Nähe durch die Plastikhülle. Eine Studioaufnahme einer Frau mittleren Alters.

Gekünsteltes Lächeln, zuviel Make-up, Perlen, unnatürlich rotes Haar. Goulds Sozius Sanderson hatte ihm bereits gestern bestätigt, daß es sich um Goulds Ehefrau handelte. Auf das Rahmenglas des Fotos hatte jemand – der Mörder, aller Vermutung nach – mit Blut Kreise um ihre Augen gezogen. Die Spurensicherer hatten das Foto genau an der Stelle aufgestellt gefunden, die jetzt mit dem Papierkreis samt Punkt gekennzeichnet war.

Der Täter hatte das Foto natürlich aus einem bestimmten Grund dorthin gestellt, dachte Mills. Aber aus welchem? Und warum die Kreise um die Augen? Sollte die Frau etwa das nächste Opfer sein? Oder sah sie etwas? War da etwas, das der Mörder ihnen auf diese Weise zeigen wollte, etwas in der Richtung, in die ihr Foto schaute? Die Spurensicherer hatten alles gründlich untersucht. Was konnten sie trotzdem übersehen haben? Es sei denn, es war etwas, das so groß und so unübersehbar war, daß es eben deshalb von allen übersehen wurde.

Er sah zum Schreibtisch, zum Telefon, zur alten Schalenwaage, zum Ölbild, zum Sessel, zu den blutigen Papieren, den gerahmten Diplomen an der Wand, der Zimmerpflanze – ein Feigenbaum –, den Buchregalen, den Büchern ... Nichts, was sich anbot. Was konnte es sein? Was wollte ihm der Mörder zeigen? Er betrachtete wieder das Gesicht von Mrs. Gould. Was übersah er?

»Ist sie ihr Typ, Detective?« fragte Smudge ironisch von ihrer Leiter herab.

»Nein, bestimmt nicht. Ihrer etwa?«

Ihr ironisches Lächeln war schlagartig weg. »Ach, Sie können mich mal.«

»Bin ich nicht scharf drauf«, sagte Mills.

Am Abend hing Mills zu Hause müde in seinem Sessel. Noch immer standen überall unausgepackte Umzugskartons herum.

Immerhin waren der Fernseher und die Stereoanlage schon aufgebaut und funktionierten. Beide waren an. Im Fernsehen lief ein Basketballspiel, aber der Ton war abgestellt. Letztes Spielviertel, die Sonics waren gegen die Bulls im Rückstand. Aus der Stereoanlage klang langsam und traurig Gitarrenblues.

Er versuchte sich auf das Buch zu konzentrieren, das ihm in den Schoß gesunken war, aber es gelang ihm nicht. Er sah den Sinn der Sache nicht recht ein.

»Scheiß-Dante!« knurrte er und feuerte das Buch in die Ecke. »Blöder Dichter-Schwuler.« *Anmerkungen zur Göttlichen Komödie.* Kokolores.

Er griff nach seinem Kaffeebecher auf einem der unausgepackten Kartons und nippte daran. Der Kaffee war bereits kalt. Er stellte den Becher stirnrunzelnd auf den Boden. Aber so wild auf einen heißen Kaffee war er auch wieder nicht, daß er extra dafür aufstehen und sich neuen machen wollte.

Auf einem anderen der unausgepackten Kartons lag sein Notizblock. Aufgeschlagen war die Seite, auf der er die sieben Todsünden notiert hatte: Gier/Geiz, Völlerei, Zorn, Neid, Trägheit des Herzens, Hochmut, Wollust.

Er warf einen Blick auf das Buch am Boden. Mojo tappste gerade darüber hinweg. Seine Pfoten machten eine Art klickendes Geräusch auf dem noch nackten Holzfußboden. Er schnüffelte kurz an dem Buch und trottete weiter.

Genau, dachte Mills. Genau, was auch ich davon halte. Sehr richtig. Nichts als eine dämliche Zeitverschwendung. Dante lesen für eine Mordfallermittlung, Mann!

Er hatte die *Anmerkungen* zweimal gelesen, ohne schlau daraus zu werden. Lesen, das mochte Somersets Sache sein, seine war es nicht. Er war überhaupt nie ein besonderer Leser gewesen. Aber dieser Somerset war ja so beschissen gescheit. Der fand seinen Killer wahrscheinlich gleich direkt in der Bibliothek. Staatsanwalt Talbot, der Captain, jeder letzte Polizist des Bezirks, selbst die noch, die Somerset nicht ausstehen konnten, überschlugen sich alle geradezu und hielten Somerset für eine Art Genie, so einen verrückten, aber genialen Professor der Kriminalwissenschaft. Na gut, vielleicht war er das ja, wer weiß. Vielleicht schleppte er noch den beschissenen Dante höchstpersönlich in Handschellen an, hier war doch alles möglich. Ja, vielleicht stand Dante wieder von den Toten auf, dem Somerset zuliebe, und fing an, Leute umzubringen! Das würde Somerset so in den Kram passen. Dann konnten die Zeitungen den ollen Dante den Göttlichekomödiekiller nennen. Na, großartig.

Er rieb sich das Genick. Er brauchte Schlaf, aber er war zu aufgedreht zum Schlafen. Es lief alles nicht so, wie geplant. Er hatte von Somerset lernen wollen, ganz ehrlich. Aber doch nicht Epen und Gedichte. Er wollte lernen, wie man hier in der großen Stadt Mordfälle anging und löste. Aber was war? Auf einmal befand er sich in Konkurrenz zu Somerset, im Wettstreit mit ihm. Wurde mit ihm verglichen. Und natürlich stellten sie alle fest, daß er sich nicht annähernd mit dem alten Schlachtroß messen könne. Kunststück. Bei Somersets Reputation hatte er doch nicht den Hauch einer Chance, auch nur einigermaßen gut auszusehen. Es sei denn, er brachte wirklich den Todsündenmörder ganz allein und an der Leine an.

Er schloß die Augen und überließ sich ganz dem Blues aus der Stereoanlage. Nein, er hatte nicht die Absicht aufzugeben. Er würde in diesem Job sein Bestes geben, sein absolut Bestes, darauf konnten sie sich verlassen. Aber sie mußten es ihn auch auf seine eigene Art machen lassen. Er war nun mal nicht Somerset, und er glaubte auch nicht, je ein Somerset zu werden.

Er machte einen Buckel und streckte sich und lauschte auf alle die kleinen Geräusche ringsum, das Knacken und Klicken. Über der Musik und dem Knoten zwischen seinen Schultern merkte er nicht, daß seine Frau Tracy schon eine ganze Weile in der Tür zum Schlafzimmer stand. Sie beobachtete ihn besorgt. Ihr Gesichtsausdruck war kaum weniger angespannt als die Muskeln zwischen seinen Schultern.

9

Am nächsten Morgen saß Somerset an seinem Schreibtisch und füllte immer noch weitere Formulare zum Mordfall *Völlerei* aus, als Mills hereinstürmte, einen Packen seiner eigenen Schreibarbeit unter dem Arm. An der Glastür stand bereits neugemalt sein Name. *Det. David Mills.*

Mußt aufpassen, Junge, dachte Somerset, als die Tür gegen die Schreibtischkante knallte, daß sie nicht gleich am Anfang schon kaputtgeht. Wäre kein gutes Zeichen. Sieben Jahre Pech, du weißt schon. Wie bei den Spiegeln.

Mills ließ sein Aktenpaket auf den Schreibmaschinentisch in der Ecke plumpsen, doch Somerset stand bereits auf und packte seine eigenen Sachen zusammen. »Nicht doch, kommen Sie. Ich bin ja schon weg.«

Mills, achselzuckend, sah übermüdet aus, zu müde, um sich aufs Argumentieren einzulassen. Somerset war auch schon auf dem Weg zum Schreibmaschinentisch, während sich Mills an Somersets bisherigem Schreibtisch niederließ. Somerset beobachtete ihn aus den Augenwinkeln. Mills zog ein dünnes gelbschwarzes Buch aus seinem Stapel und legte es in die unterste Schreibtischschublade. Es sah aus wie die Dante-Kommentare. Ach, holte er wirklich seinen Dante nach?

Somerset widmete sich wieder seinen Formularen, bei denen er gerade gewesen war, und stellte die Skizze der Küche des

»Fetten« fertig, samt Markierung der Stelle, wo der Tote gefunden worden war und wo der Kühlschrank stand. Die Stelle an der Wand, wo er das Wort *Völlerei* entdeckt hatte, versah er mit einem Pfeil.

Als er mit allem fertig war, legte er es beiseite und sah Mills an, der intensiv damit beschäftigt war, die Dutzende Tatortfotos vom *Gier*-Mord zu sortieren. Zu gern wäre er hinübergegangen und hätte sie sich auch angesehen, doch er ließ es lieber bleiben und beschloß, sich nur um seine eigenen Angelegenheiten zu kümmern. Mills war gestern den ganzen Tag miesester Laune gewesen, und Somerset hatte zunehmend das Gefühl, Mills lege immer weniger Wert auf seine »Hilfe«. Aber das war in Ordnung, dagegen war nichts einzuwenden. Mills hatte jedes Recht dazu. Er wollte nicht nur, er mußte sogar auf eigenen Füßen stehen, denn in drei Tagen war er sowieso allein auf sich gestellt und hatte keinen »Berater« Somerset mehr. Der lernt es schon, dachte Somerset und arbeitete an seinem nächsten Formular, das auszufüllen war. Mills mußte sich wohl erst eine Weile durchbeißen und erproben und auch Fehler machen, aber am Ende schaffte er es schon.

Andererseits war die Wahrscheinlichkeit nicht gering, daß noch einige Leute starben, während Mills sich weiter »einarbeitete«. Etwas Hilfe konnte er also durchaus gebrauchen. Und wenn man ihm nur die Richtung vorgab, in die er gehen mußte.

Er legte seinen Schreibstift hin. »Wir haben es hier mit einem Serienkiller zu tun«, sagte er. »Ist Ihnen das klar?«

Mills war sofort beleidigt, und Somerset bereute die Art, wie er sich ausgedrückt hatte. »Sie scheinen mich wirklich für einen kleinen unbedarften Idioten zu halten, was, Lieutenant?«

»Aber nein, das habe ich doch nie gesagt und auch nicht gedacht, wirklich. Ich meinte nur, weil wir diesen Aspekt noch nie angesprochen und diskutiert haben. Und weil ich meine, das sollten wir.«

»Meine ich nicht.«

»Ach. Und warum nicht?«

»Sobald wir damit anfangen, den Burschen einen Serienkiller zu nennen, bekommt das FBI Wind davon, mischt sich ein und zieht den Fall an sich, und wir haben nichts mehr zu sagen und arbeiten nur noch für die.«

»Ja, aber die haben doch die Mittel und Möglichkeiten ...«

»Das können Sie vergessen. Ich will nicht mal darüber reden.«

»Hören Sie mal zu, Mills, Sie können das alles gar nicht ganz allein ...«

Das Telefon klingelte und unterbrach ihn. Sie schwiegen beide. Somerset starrte das Telefon auf dem Schreibtisch an, Mills ebenso.

Somerset deutete hin. »Das ist jetzt Ihr Telefon, Mills. Es gehört zum Inventar. Sie kriegen das Telefon zum ganzen Büro dazu.«

Mills griff nach dem Hörer. »Ich ... ich dachte nur, es wäre noch für Sie.«

Somerset sagte kopfschüttelnd: »Nein, nicht mehr.«

Mills hob ab. »Mills.« Dann furchte er die Stirn und senkte die Stimme. »Hallo, Tracy. Was ist los? Stimmt etwas nicht? Nein, das nicht, aber ... Du weißt doch, ich habe dir gesagt, ruf mich nicht hier im Büro an. Ich arbeite. Was? Wieso?« Er sah plötzlich sehr unschlüssig aus. »Ist das dein Ernst? ... Warum?« Schließlich kapitulierte er. »Okay ... Ja, ich sagte doch, okay ... Augenblick.« Er wandte sich zu Somerset um. »Meine Frau.«

Somerset sah ihn erstaunt an. »Ja, und?«

»Sie will mit Ihnen reden.«

Somerset konnte sich nicht vorstellen, warum. Aber er stand auf, ging hin und nahm den Telefonhörer. »Hallo?«

»Detective Somerset?« sagte die Stimme. »Ich bin Tracy Mills. Davids Frau. Ich dachte, nachdem Sie beide zusammenarbeiten, ob Sie nicht vielleicht heute abend zum Essen zu uns kommen möchten?«

»Das ... Also, das ist sehr freundlich von Ihnen ...« Aber tatsächlich hatte er keinerlei Interesse, mit Mills und seiner Frau private Beziehungen aufzunehmen. Zumal er ja ohnehin dabei war, seine alten Beziehungen zu der Stadt abzubrechen. Neue aufzubauen, hatte er nicht vor.

»Ich koche ganz gut«, sagte Tracy Mills und gab sich wirklich alle Mühe, ihm eine Zusage abzuringen. »David hat mir schon sehr viel von Ihnen erzählt. Ich würde Sie wirklich noch gerne kennenlernen, bevor Sie fortgehen.«

»Das ist wirklich sehr freundlich von Ihnen, Tracy, nur ...«

»Ach, bitte! Wissen Sie, wir haben noch nicht viele angenehme Erfahrungen in der Stadt hier gemacht. Und ich glaube, David könnten wirklich einige gute Ratschläge von jemandem, der sich so auskennt wie Sie und so mit allen Wassern gewaschen ist, sehr helfen.« Sie verfügte über ein unwiderstehliches Lachen.

»Na ja ... Was gibt es denn?«

»Die beste Lasagne, die Sie je gegessen haben. Also, ja?«

Er hatte eigentlich wirklich keine Lust, aber ihr schien tatsächlich viel daran zu liegen.

»Da kann man natürlich nicht mehr nein sagen«, erklärte er. »Ich komme sehr gerne, Tracy. Vielen Dank auch.« Er hoffte nur, daß er das nicht bereute.

»Paßt Ihnen acht Uhr?«

»Aber sicher. Danke.«

»Bis dann also«, sagte sie und klang sehr erleichtert.

»In Ordnung. Bis dann.«

Mills war so verwundert, daß sich seine Stimme überschlug, als er jetzt fragte: »Was war das denn, möchte ich wissen?«

»Sie hat mich zum Abendessen bei euch eingeladen. Für heute abend.«

»Was?«

»Ich komme heute abend zum Essen zu Ihnen nach Hause«, wiederholte Somerset und ging zurück an seinen Schreibmaschinentisch.

Mills brummelte kopfschüttelnd vor sich hin. »Na großartig. Hoffentlich bin ich selber auch eingeladen.«

»Hab' nicht gefragt«, sagte Somerset und beugte sich wieder über seine Formulare.

Mills war ausgesprochen unbehaglich zumute, als er zusammen mit Somerset die Stufen zu seiner Wohnung hinaufstieg. Die neue Ledermappe in seiner Hand schien ihm irgendwie fehl am Platze. Es war eine Geschäftsaktentasche, fester Rahmen, schwarz, Hochglanz. Auch alles andere an ihm erschien rein zweckmäßig und nützlich. Sie gingen schweigend den Flur im zweiten Stock entlang. Irgendwo schrie ein Baby. Durch die geöffneten Fenster des Treppenhauses drang der Verkehrslärm herein. Der Flur war mit sechseckigen schwarzen und weißen Fliesen belegt, so hübsch wie alt und abgenutzt wie das ganze Haus. Es war nicht schwer zu sehen, daß Mills über die Einladung Somersets nicht gerade hocherfreut war, aber warum nicht, war nicht recht erkennbar. Vermutlich, dachte Somerset, war sein Ärger darüber nur ein Teil der Geschichte.

Mills ging voraus und schloß auf. Den größten Teil des überfüllten und engen Wohnraums, in den sie kamen, nahm ein riesiger Eßtisch ein, der aufwendig mit Geschirr und Silber für drei Personen gedeckt war. Zwei große Kerzen brannten in glitzernden Kristallhaltern. Hochzeitsgeschenke vermutlich, dachte Somerset.

»*Hi.*« Tracy Mills kam aus der kleinen Kochnische und überraschte Somerset. Sie war sehr jung. Er hatte angenommen, daß sie vermutlich der Typ attraktives Cheerleader-Mädchen sei, aber das nun hatte er doch nicht erwartet. Sie war von einer viel subtileren Schönheit. Wie sie große Künstler faszinierte. Sie war schmal und blond und hatte die großen, seelenvollen Augen, von denen man nie wußte, ob sie von totaler Unschuld zeugten oder davon, alles zu wissen. Somerset hatte das Gefühl, als sauge sie ihn mit diesen Augen auf und nehme automatisch alles wahr, was es über ihn zu wissen gab.

»Hallo, Männer«, sagte sie mit etwas gesenkter Stimme.

Somerset ließ seine Reserve fahren und entspannte sich. Ihr Lächeln war absolut gewinnend. Wie eine Orchidee zur allerersten Blüte, fand er im stillen.

Mills stellte seine Aktentasche ab und ging zu ihr, um sie mit einem Kuß zu begrüßen. »Darf ich dir Lieutenant Somerset vorstellen, Schatz«, sagte er.

Somerset gab ihr lächelnd die Hand. »Hallo, Tracy.«

»Freut mich sehr, Sie kennenzulernen ... auch persönlich, mein' ich. Mein Mann hat mir schon viel von Ihnen erzählt. Mit Ausnahme Ihres Vornamens.«

»William heiße ich.«

»William«, wiederholte sie und schien es wie hervorragenden Wein auf der Zunge zergehen zu lassen. »William, darf ich Sie mit David bekannt machen. William, David. Ich weiß schon, daß es bei der Polizei üblich ist, lieber beim Familiennamen zu bleiben. Weil es sachlicher und härter klingt und so, nicht wahr? Aber da ihr hier beide nicht im Dienst seid, könnt ihr doch wenigstens für heute abend zu den Vornamen übergehen.«

Mills zwang sich ein leicht verunglücktes Grinsen und Nicken ab. »Wie du meinst, Tracy. Du bist schließlich die Gastgeberin.«

Hinter einer Tür hörte man ein Scharren und Kratzen und Winseln. »Ich komme schon!« rief Mills und entschuldigte sich bei Somerset. »Ich bin gleich wieder da.«

Er machte die Tür auf, und sofort sprangen ihm zwei Hunde entgegen, die ihn freudig begrüßten, an ihm hochsprangen und seine Aufmerksamkeit begehrten. Er beugte sich zu ihnen hinab und nahm sie in die Arme, während ihm der eine das Gesicht ableckte und der andere in seiner Achsel schnüffelte. »Ja, Mojo, ja«, sagte er. »Was ist denn, Lucky?« Und er dirigierte beide wieder zurück in ihr Zimmer und schloß die Tür hinter sich.

»Sie sind ihm sehr zugetan«, sagte Tracy Mills. »Wenn er sich nicht mit ihnen abgibt, sobald er heimkommt, drehen sie völlig durch.«

Somerset nickte abwesend, während er auf die Tür starrte, hinter der Mills verschwunden war. Er und Michelle hatten auch einmal eine Weile lang einen Hund gehabt, bis sie dann gemerkt hatten, daß es eigentlich nicht ging, in der Stadt einen Hund zu halten. Es war ein guter Hund gewesen, soweit er sich erinnerte. Eine Sie, Mischling, sah aber aus wie ein schottischer Border-Collie, schwarz und weiß mit langem seidigem Fell. Er ärgerte sich, daß ihm nicht mal mehr ihr Name einfiel.

»Aber bitte, William, setzen Sie sich doch«, sagte Tracy. »Was möchten Sie trinken?«

Somerset zog seine Jacke aus. »Danke, im Moment nichts.« Und er machte eine Kopfbewegung zur Kochnische hin. »Riecht gut.«

»Oh ... vielen Dank.« Sie starrte auf seine Pistole im Halfter. »Sie können Ihre Jacke da auf die Couch legen. Es sind kaum Hundehaare darauf. Sie müssen entschuldigen, wie es hier aussieht. Wir packen noch immer aus und richten ein, wie Sie sehen. Entschuldigen Sie mich einen Augenblick, ich bin gleich wieder da.« Und sie verschwand in der Kochnische.

Somerset legte seine Jacke über die Couchlehne und konnte den Schreibtisch rechts daneben nicht gut übersehen. Er war voller Papiere und Schreibstifte, offener Briefe und Rechnungen. Was ihm aber speziell ins Auge sprang, war eine Goldmedaille in einer Plastikschatulle.

»Ich habe gehört«, rief er in Richtung Kochnische, während er die Medaille in die Hand nahm und betrachtete, »daß ihr beide schon seit der High School miteinander gegangen seid. Stimmt das tatsächlich?«

»Ja, ja«, rief Tracy aus dem Durchgang zurück, »und die ganze College-Zeit durch ebenfalls. Ganz schön spießig, wie? Aber ich habe vom ersten Date an gewußt, daß er der Mann ist, den ich heiraten werde. Ich wußte es einfach.«

»Ach ja?«

»Er war der lustigste Bursche, den ich je traf. Ist er noch immer.«

»Tatsächlich?« Das zu glauben, fiel ihm nun doch einigermaßen schwer. Er kannte ihn bisher nur entweder brummig oder aggressiv. Er sah sich die Medaille genauer an. Eine Verdienstmedaille der Polizei von Springfield.

»Da seid ihr ja tatsächlich schon so ein richtig altes Ehepaar«, sagte er zur Kochnische hin, »wenn man alles zusammennimmt?«

Sie lachte. »Das könnte man wohl sagen.«

»Das gibt es heutzutage gar nicht mehr so häufig, ist sogar sehr selten geworden.«

Er legte die Medaille wieder auf den Schreibtisch zurück, als Tracy mit einer dampfenden Terrine Lasagne herauskam. Sie setzte sie auf den schmiedeeisernen Untersatz auf dem Tisch und warf noch einmal einen Seitenblick auf seine Pistole. Die machte sie sichtlich nervös. Er legte das Halfter ab.

»Trage ich an sich nie zum Essen«, erklärte er, um der Sache die Spitze zu nehmen. »Miss Manners sagt mir immer, das tut man einfach nicht.«

Tracy versuchte zu lachen, aber es war sehr gezwungen. »Wissen Sie, ich kann mich einfach nicht an die Dinger gewöhnen, sooft ich sie auch sehe.«

»Genau wie ich.« Er wickelte die Halftergurte um die Waffe und steckte alles in seine Jackentasche. Dann zog er seinen Notizblock aus der Brusttasche seines Hemds und steckte ihn auch in die Jacke. Dabei fiel ein Stück Papier heraus und flatterte zu Boden.

Tracy bückte sich und hob es auf. Es war die Tapetenrose. Sie betrachtete sie einen Augenblick lang und reichte sie ihm dann. »Was ist das? Ein Beweisstück?«

Somerset dachte, auf einmal unsicher geworden, daran, ihr eine Geschichte darüber aufzutischen, überlegte es sich aber doch anders. Wozu. »Das ist meine Zukunft«, sagte er statt dessen. »Es stammt aus dem alten Haus auf dem Land, das ich gekauft habe. Meinem Ruhesitz.«

Sie beugte den Kopf und sah ihm ins Gesicht. »Sie haben eine seltsame Art, William. Interessant, meine ich. Es geht mich selbstverständlich nichts an, aber es ist sehr nett, einen Mann kennenzulernen, der …« Sie lächelte mit einem Blick auf die Rose und ließ den Satz unvollständig. »Wenn David das sähe, wissen Sie, was er sagen würde?«

»Was?«

»Daß Sie eine Tunte sind. So ist er nun mal.«

Somerset lachte. »Da zeige ich sie ihm wohl lieber nicht, wie?«

Mills kam zurück. Er zwängte sich durch den Türspalt, damit die Hunde nicht mit herauskonnten. »Sie sind meine Babys«, sagte er zu Somerset wie zur Entschuldigung. »Sie können ohne mich nicht sein.« In der Tat kratzten und winselten die Hunde hinter der Tür bereits wieder. Er ging zur Stereoanlage und öffnete den CD-Player. Der weiche Klang einer Bluesgitarre füllte den Raum, und die Hunde beruhigten sich auf der Stelle. »Wenn sie den Blues hören, wissen sie, daß ich da bin«, erklärte er mit einem Kopfnicken zur Tür.

Tracy füllte die Teller inzwischen mit Lasagne. »Bier oder Wein, William?«

Er blickte auf den Tisch. Eine Flasche Bier stand bereits darauf und ein Glas Rotwein ebenfalls.

»Wein«, sagte er.

Während Tracy noch ein Glas Wein einschenkte, setzten sich die beiden Männer, und Mills begann den Salat auszuteilen. Somerset brach sich ein Stück Knoblauchbrot aus dem Brotkorb, der ebenfalls auf dem Tisch stand, und legte es auf seinen Tellerrand.

Und Tracy fragte ihn, während sie sich setzte: »Warum sind Sie eigentlich nicht verheiratet, William?«

Mills fielen fast die Augen aus dem Kopf. »Aber Tracy! Was stellst du denn da für Fragen, sag mal?«

»Keine Ursache, ist schon in Ordnung«, wiegelte Somerset ab. »Ich war verheiratet. Sogar zweimal. Es funktionierte leider beide Male nicht.« Er nippte achselzuckend an seinem Wein.

»Das überrascht mich aber«, sagte Tracy. »Sehr.«

Somerset mußte lachen. »Ach, wissen Sie, wer auch immer eine gewisse Zeit mit mir zusammen verbringen muß, findet heraus, daß ich ... unausstehlich bin. Fragen Sie Ihren Mann.«

Mills grinste verlegen, konnte aber nicht gut widersprechen. »Da hat er recht«, sagte er statt dessen.

»Und wie lange leben Sie hier schon?« wollte Tracy wissen.

»Zu lange.« Er schnitt in seine Lasagne. »Und wie gefällt es Ihnen hier bis jetzt?«

Tracy warf einen nervösen Blick auf ihren Mann.

»Es dauert seine Zeit«, sagte Mills also hastig, »bis man sich wo eingelebt hat. Sie wissen ja, wie das ist.«

»Ja, sicher. Natürlich.« Somerset merkte, daß er da ein sensibles Thema zwischen den beiden berührt hatte. »Aber vieles schleift sich rasch ab, glauben Sie mir. Sie werden überrascht sein. In jeder Stadt gibt es bestimmte Dinge ...«

Er hielt inne, als es unter seinen Füßen heftig und laut zu rumpeln begann. Es wurde rasch stärker und lauter. Geschirr und Teller begannen zu klirren, und die Hunde bellten. Er warf einen Blick über die Schulter zum Fenster hinaus, wo eben ein U-Bahnzug auf einer Hochbahnstrecke über der Straße in die Haltestelle einfuhr. Er war verblüfft darüber, wie nahe sie war, praktisch direkt draußen vor dem Fenster, keine fünfzehn Meter entfernt. Er hatte das bisher überhaupt nicht wahrgenommen. Mills starrte, plötzlich sichtlich verdrossen, auf seinen Teller. Tracy ihrerseits seufzte hörbar mit geschlossenen Augen.

Als die Bahn wieder anfuhr, klirrten und vibrierten Geschirr und Teller wieder, und die Hunde bellten noch hektischer. Mills schrie sie durch die geschlossene Tür an: »Lucky! Mojo! Ruhig!« Dann widmete er Somerset ein leicht verunglücktes Lächeln und versuchte zu tun, als gebe es nichts weiter Bemerkenswertes.

»Es ist sofort wieder vorbei«, entschuldigte sich Tracy, aber sie wäre sichtlich am liebsten in den Erdboden versunken. Es vibrierte noch stärker, als die abfahrende Bahn draußen schneller wurde, und Somerset hielt vorsichtshalber sein Glas fest. Die Hunde winselten, und in der Kochnische fiel etwas um.

Als das Rumpeln sich nicht rasch genug entfernte, verlor Mills rasch die Beherrschung. »Dieser Ganove von Wohnungsmakler«, schimpfte er. »Ein paarmal hat er uns zur Besichtigung hergeführt. Zuerst dachte ich noch, der Mann ist wirklich gut, der kümmert sich um seine Kunden und zeigt uns alles, obwohl er doch zu tun hat. Aber jedesmal hatte er es eilig. Mehr als fünf Minuten konnten wir nicht hierbleiben.« Er lachte verbittert auf.

»Na ja«, sagte Tracy mit einer Kopfbewegung zum Fenster, »und so fanden wir es eben erst in unserer ersten Nacht hier heraus.«

Somerset versuchte zwar angestrengt, sich das Lachen zu verbeißen, aber es ging am Ende doch nicht. »Immerhin habt ihr so eine Art Heim-Massagegerät. Sanftes, entspannendes Vibrieren.« Er konnte nicht anders als lachen und drückte sich Daumen und Zeigefinger über die Augen. Nun mußten auch Tracy und Mills mitlachen.

Aber Somerset konnte gar nicht mehr aufhören, bis er stammelte: »Entschuldigen Sie, es tut mir leid, ich ...«

»Ach, was soll's, es stimmt ja«, sagte Mills und lachte selbst ebenfalls immer noch. »Eigentlich ist es ja wirklich komisch.«

Somerset trank seinen Schluck Wein und richtete sich auf, um Beherrschung bemüht. Und er sagte, um rasch das Thema zu wechseln: »Ich konnte die Verdienstmedaille da nicht gut übersehen. Wofür haben Sie die gekriegt?«

»Da hat David«, sagte Tracy sogleich, »bei einer Festnahme mitgewirkt, die ...«

Aber Mills unterbrach sie ungehalten. »Ach, laß das doch. Wer will das schon hören.« Plötzlich wirkte er hell aufgebracht. Ganz eindeutig wollte er nicht, daß erwähnt wurde, wofür er die Medaille bekommen hatte.

Die Gabel in Tracys Hand zitterte.

Somerset suchte ihren Blick, aber sie starrte hartnäckig auf ihren Teller. »Entschuldigen Sie mich«, sagte sie dann abrupt und lief hinaus.

Mills schaufelte wütend und zugleich verlegen und peinlich berührt ein großes Stück Lasagne in sich hinein und starrte seinerseits, ohne aufzublicken und Somerset anzusehen, auf seinen Teller.

10

Das schmutzige Geschirr war im Ausguß, Tracy lag im Bett. Über den Tisch verstreut lagen die Tatortfotos aus dem Büro von Eli Gould. Am Rand stand Somersets Kaffeetasse neben der Bierflasche von Mills. Auf der Stereoanlage lief Muddy Waters, allerdings kaum hörbar, damit Tracy nicht aufwachte. Die Hunde lagen unter dem Tisch. Mojo hatte den Kopf auf die Vorderpfoten gelegt, mit wachsamen Augen verfolgte er jede Bewegung seines Herrn. Lucky, das alte Mädchen, dagegen war schnell eingeschlummert, es war längst ihre Schlafenszeit.

Somerset saß zurückgelehnt auf seinem Stuhl und studierte die Fotos von Goulds Schreibtischplatte. Er tat das unbewegt und schon fast geschlagene fünf Minuten lang.

Mills wußte nicht recht, wonach Somerset suchte, hatte aber Hemmungen, ihn zu fragen. Schließlich stand er auf und streckte sich, die Hände in die Hüften gestemmt. Wenn er noch lange auf diese blöden Fotos starrte, würde er anfangen zu schielen.

Aber Somerset hatte Ausdauer und die Konzentrationsfähigkeit eines Zen-Mönchs. Mills griff nach seinem Bier und trank es aus. »Noch Kaffee?« fragte er, einfach nur, um das Schweigen zu brechen.

»Ja, sicher«, sagte Somerset, ohne den Blick eine Sekunde von den Fotos zu wenden.

Mills nahm Somersets Becher und ging in die Kochnische. Er kam mit einer frischen Tasse zurück – »leicht und süß«, wie Somerset den Kaffee zu trinken pflegte – und mit einem neuen kalten Bier für sich selbst. Und noch immer starrte Somerset unverwandt auf dasselbe Foto.

Mills trank einen Schluck aus der Flasche und rollte den Kopf auf den Schultern. »Daumenrückruf«, sagte er.

»Bitte?« fragte Somerset.

»Als Strafe für abscheuliche Verbrechen sollte man die Daumen zurückrufen können.«

»Aha«, sagte Somerset.

Mills ließ sich auf seinen Stuhl fallen. »Einfach zurücknehmen, wissen Sie. ›Bedaure, Sir, aber dies ist ein Verhalten, das eines höheren Primaten unwürdig ist. Sie haben kein Recht mehr auf Daumen.‹ So müßte man das machen.«

Eine Weile lang herrschte Schweigen. Dann sagte Somerset versonnen: »Daumenrückruf, wie?« Er hielt noch immer das Foto in der Hand, aber jetzt sah er Mills an.

Mills grinste. Hab' ich dich doch zum Gucken gebracht, dachte er. »Weil Sie keinen finden werden«, sagte er, »der einem Ganoven ohne Daumen ›ganz unabsichtlich‹ eine Pistole verkaufen würde. Keine Ausreden mehr, wenn er gefaßt würde.«

Somerset trank aus seiner noch dampfenden Kaffeetasse. »Keine Daumen ... Da ist was dran, Junge.«

»Ich meine, wenn man bloß mal darüber nachdenkt«, sagte Mills. »Ohne Daumen kann keiner schießen. Fahren auch nicht, genau genommen. Wäre zumindest schwierig. Und versuchen Sie außerdem mal längere Zeit, ein Telefon ohne Daumen zu halten.«

Somerset starrte ihn an. »Ich glaube fast, Sie meinen das ernst, wie?«

»Und ob.« Mills' Grinsen wurde zu einem lauten Lachen,

doch er meinte es tatsächlich ernst. Daß es möglich sein müßte, die Übeltäter einer Gesellschaft auch äußerlich als solche zu brandmarken. In der Natur war das Raubtier auch allein schon durch seine Krallen gekennzeichnet. Es wäre doch nur angemessen, wenn auch bei den Menschen solche Warnzeichen eingeführt würden.

Somerset legte das Foto auf den Tisch zurück und rieb sich den Nacken. Unter dem Tisch verfolgte Mojo jede seiner Bewegung und blickte zwischen Mills und ihm hin und her. Das arme Tier kam nicht damit zurecht, was der Fremde noch so spät hier tat.

»Sagen Sie mir doch noch einmal knapp, was Sie von der Sache halten«, sagte Somerset. »Wie Gould Ihrer Meinung nach zu Tode kam. Wie der Mord ablief. Mir scheint da etwas entgangen zu sein.«

Mills verspürte augenblicklich, wie sich sein Magen wieder verkrampfte. Was war das nun wieder? Glaubte Somerset, er sehe etwas falsch?

Er sagte zuerst gar nichts. Falls Somerset einen Fehler in seinen Schlußfolgerungen entdeckt hatte, dann wollte er das zuerst mal hören. Er wollte ja von ihm lernen.

Schließlich rang er sich ein eröffnendes »Nun …« ab und meinte: »Wie ich die Sache sehe, hat sich unser Mann Zugang zu Goulds Büro verschafft, bevor das Gebäude abgeschlossen wurde und gesichert war. Außerdem muß Gould an dem Tag bis spät abends gearbeitet haben.«

»Das ist wohl sicher«, sagte Somerset. »Gould war der gefragteste Strafverteidiger der ganzen Stadt, und er steckte mitten in einem Prozeß.«

Mills trank noch einmal einen Schluck aus seiner Bierflasche, ehe er fortfuhr. »Seine Leiche wurde am Dienstagmorgen gefunden, nicht? Gut. Aber: Das Büro war den ganzen Montag geschlossen. Mit anderen Worten, der Mörder könnte sich bereits am Freitag eingeschlichen und gewartet haben, bis alles Personal heimgegangen war. Er könnte den ganzen Samstag zusammen mit Gould verbracht haben, den ganzen Sonntag und sogar noch den ganzen Montag.« Er nahm ein Foto vom Tisch, eine Gesamtansicht von Goulds Büro mit der Leiche in dem Ledersessel mit der hohen Lehne. »Er war gefesselt und völlig unbekleidet, aber einen Arm hat ihm der Mörder freigelassen. Außerdem hat er ihm ein Metzgermesser hingelegt. Wenn Sie sich mal die Schalen der Waage auf dem Schreibtisch ansehen. Die gehörte Gould gar nicht. Die hat der Mörder ohne Zweifel mitgebracht. Und in der einen Schale war ein Pfundgewicht, in der anderen ein Stück Fleisch.«

Somerset blickte auf das Foto. »Ein Pfund Fleisch.«

Mills suchte auf dem Tisch zwischen den Fotos nach der Fotokopie eines handgeschriebenen Zettels. Sie hing mit einer Klammer an einem Foto vom Fundort dieses Zettels: Hinter Goulds Schreibtisch war er an die Wand gepinnt worden. »Er hat uns auch dieses Liebesbrieflein hinterlassen.«

Somerset nahm den Zettel ab und las ihn laut vor. »»Ein Pfund Fleisch, nicht mehr und nicht weniger. Keine Sehnen, keine Knochen, nur Fleisch. Hätte er die Aufgabe erfüllt ..., er wäre frei gewesen.«« Er runzelte die Stirn und las es noch einmal.

Mills sagte: »Goulds Sessel war völlig durchnäßt von Schweiß und Pisse. Er hat da wohl eine ganze Weile gesessen.«

»Samstag, Sonntag und Montag«, sinnierte Somerset grimmig. »Der Mörder hatte offenbar vor, ihn tatsächlich lange da sitzen zu lassen, damit er ausreichend Zeit hatte nachzudenken. Wo schneidet man zuerst? Schneiden mußt du, weil du eine Pistole vor der Nase hast. Welcher Körperteil ist am entbehrlichsten? Ohne was kann man trotzdem weiterleben?«

»Er hat zuerst an der linken Seite geschnitten. Das Hüftfett.«
Somerset suchte ein halbes Dutzend der Fotos heraus und schob die übrigen beiseite. Er legte sie in einer Reihe nebeneinander wie Patiencekarten. »Schauen Sie sich die mal ganz unbefangen an, als hätten Sie sie noch nie gesehen und wüßten gar nichts von der Sache. Lassen Sie sich durch nichts beeinflussen.« Er schob sie so zusammen, daß sie sich leicht überlappten und die Leiche auf drei Aufnahmen nicht mehr zu sehen war. »Selbst wenn Sie wissen, daß da eine Leiche ist, denken Sie mal nicht daran. Blenden Sie den ersten Schock weg. Es gibt immer etwas, das man zuerst nicht wahrnimmt. Das können ein paar kleine Fusseln sein, aber es kann auch groß mitten vor uns stehen, und wir sehen es trotzdem nicht. Konzentrieren Sie sich einfach mal auf Details, bis sie alles nur Mögliche abgesucht haben.«

Mills stellte sich hinter ihn und blickte ihm über die Schulter auf die Fotos, um etwas zu sehen, was er bisher nicht wahrgenommen hatte. Vielleicht etwas auf den Bücherregalen oder auf dem großen abstrakten Ölbild an der Wand. Oder wie das Wort *Gier* mit Blut geschrieben war. Aber er konnte nichts entdecken. Immer sah er nur Goulds Leiche auf den Fotos, auch wo sie nicht zu sehen war.

»Der Mann predigt«, sagte Somerset.

»Sie meinen, er bestraft.«

»Nein, ich meine predigen. Die sieben Todsünden spielten in den Kanzelpredigten des Mittelalters eine beherrschende Rolle. Da gab es eben die sieben Todsünden und die sieben Kardinaltugenden. Man führte sie an, um den Leuten zu zeigen, wie sie vom wahren Gott abfallen können.«

»Wie bei Dante, meinen Sie?«

Somerset blickte zu ihm hoch. »Ah, haben Sie das *Purgatorio* also inzwischen gelesen?«

»Ja doch, ich hab's gelesen. Jedenfalls teilweise. Auch den Teil, wo Dante und sein Kumpan auf diesen großen Berg steigen und alle die Sünder erblicken.«

»Die sieben Terrassen des Fegefeuers.«

»Genau. Aber in dem Buch kommt der Stolz vor der Unmäßigkeit. Wenn unser Mann sich an Dante halten will, dann hat er nicht die richtige Reihenfolge eingehalten.«

»Das stimmt, aber bleiben wir trotzdem einmal vorerst bei der Hypothese, daß er sich von Dante beeinflussen und anregen läßt. Es geht um Sühne für Sünden, und die Morde bisher waren eine sehr drastische Sühne und Buße, eine sehr erzwungene dazu.«

»Erzwungene was?«

»Sühne und Buße. Man tut freiwillig Buße, wenn man seine Sünden bereut. Aber in diesen beiden Fällen wurde nicht gesühnt und gebüßt, weil die Büßenden Gott liebten und aufrichtig bereuten und Buße tun wollten.«

»Sondern, weil ihnen jemand eine Pistolenmündung an den Kopf hielt.«

»Eben.« Somerset streckte sich und rollte ebenfalls den Kopf. »Aber an beiden Tatorten gab es keine Fingerabdrücke.«

»Nein, nichts.«

»Und keinerlei Verbindung zwischen den Opfern.«

»Soweit wir wissen.« Mills setzte sich wieder die Bierflasche an den Mund.

»Und weit und breit keine Spur von Zeugen.«

»Was ich schon gar nicht verstehe. Der Mörder hat doch offensichtlich mit beiden Opfern eine ganze Weile zugebracht. Im Fall Gould mußte er auch wieder aus dem Gebäude hinaus. Da müßte ihn doch irgend jemand gesehen haben.«

»Müßte, aber nicht unbedingt. Sich um seine eigenen Angelegenheiten zu kümmern, ist hier in der Stadt eine Wissenschaft für sich. Du brauchst nur jemanden schief anzuschauen, und schon endest du womöglich mit durchschnittener Kehle. Mich wundert es gar nicht, daß sich noch kein Zeuge gemeldet hat.« Somerset zog seinen Stuhl wieder heran und widmete sich erneut den Fotos auf dem Tisch. »Aber ich wette, er hat noch irgendein Puzzleteilchen hinterlassen. Ich glaube nicht, daß er darauf aus ist, uns zu bald in die Sackgasse zu führen. Er will vielmehr ausdrücklich, daß wir ihm auf der Spur bleiben.«

Mills sah auf die Uhr. Es war halb zwölf. »Ich – ich würde ja gern noch weiter über das alles reden, aber ...«

»Es ist wirklich nur zur Befriedigung meiner Neugier«, sagte Somerset, der den Wink mit dem Zaunpfahl nicht wahrnahm und weiter die Fotos studierte. »Schließlich bin ich am Ende dieser Woche weg.«

»Ja, ja«, sagte Mills. Er griff in seine Aktentasche, die offen auf einem Stuhl stand, und holte ein weiteres Foto daraus hervor. Es war die Aufnahme des gerahmten Porträtfotos von Mrs. Gould mit den bluteingerahmten Augen. »Die teure Gattin«, sagte er. »Vielleicht will der Mörder uns darauf hinweisen, daß sie etwas gesehen hat. Aber ich habe keine Ahnung, was. Sie war zur Tatzeit nicht mal in der Stadt.«

»Es könnte auch eine Drohung sein«, vermutete Somerset.

»Daran habe ich auch schon gedacht. Wir haben sie vorsichtshalber sicher untergebracht.«

Der nächste U-Bahnzug rumpelte draußen in die Hochbahnstation. Die Fenster vibrierten, und Somersets Kaffeetasse hüpfte fast. Er nahm sie, bevor der Kaffee auf die Fotos schwappte, ohne freilich den Blick von dem Foto des gerahmten Porträts von Mrs. Gould zu lassen.

Mills knetete sich den Nacken. Er wünschte, die verdammte U-Bahn würde streiken. Als sie wieder abfuhr und der Lärm verebbte, begann Somerset, die gemalten Kreise um Mrs.

Goulds Augen mit dem Finger abzufahren. »Und wenn sie nun gar nichts gesehen hat«, meinte er, »sondern etwas sehen soll, aber bisher noch keine Gelegenheit dazu hatte?«

»Gut, aber was?«

»Das herauszufinden«, sagte Somerset achselzuckend, »gibt es nur einen Weg.«

Der Ort, wo Mrs. Gould »vorsichtshalber untergebracht« worden war, stellte sich als schäbiges Motel am Stadtrand heraus. Die Neonschrift vorne an der Straße verkündete stolz »In jedem Zimmer Gratis-TV«, aber als Mills und Somerset das Zimmer von Mrs. Gould betraten, kam Mills schon bald das kostenlose Kabelfernsehen nur noch als schwacher Trost vor. Er sah sich im Raum um, sein Gesicht blieb aber ausdruckslos. Die Wände brauchten dringend den Maler, an der Decke war ein feuchter Fleck von der Größe einer Riesenmeeresschildkröte, das Doppelbett war total durchgelegen, und in den Lampen waren die schwächsten Glühbirnen, die es vermutlich gab. Kurz, es sah eher aus wie ein Ort, den nur jemand aufsuchen würde, um Selbstmord zu begehen.

Mrs. Gould saß etwas verloren auf der Bettkante und schniefte in ihr zerknülltes Taschentuch. Ihre feuerroten Haare waren seit Tagen nicht ordentlich frisiert. Sie war blaß, ihr Gesicht verweint. Sie hatte sich auch keine Mühe mit Make-up gemacht und sah eher aus wie eine dieser modernen Punkerpuppen mit ihrem nach allen Seiten abstehenden Strubbelhaar. Dazu hatte sie bloß einen Jogginganzug in Pink und Waldgrün an und war barfuß. Ihr Zehennagellack war dunkelrot, aber ein schöner Anblick waren ihre Füße trotzdem nicht. Dicke blaue Adern drückten sich durch die Haut.

Außer ihrem Dauerschniefen gab es im Zimmer nur noch ein Geräusch – das Wummern eines Gummiballs, der ständig gegen die Wand geworfen wurde. Der Polizist, der draußen im Flur auf Mrs. Gould aufpassen mußte, langweilte sich und spielte Ball mit sich selbst. Pausenlos. Das war, speziell um diese Abendzeit, nicht nur wenig rücksichtsvoll, es trieb Mills einfach auf die Palme. Er war nahe daran, hinauszugehen und dem Kerl seinen blöden Gummiball in den Rachen zu stopfen.

Aber vorerst ignorierte er es noch. Er räusperte sich statt dessen und sagte. »Entschuldigen Sie, Mrs. Gould, daß wir Sie noch so spät stören, aber ...«

»Schon gut«, sagte sie. »Ich habe sowieso nicht geschlafen seit ...« Und dann zerfloß sie erneut, schluchzte und hielt sich die Hand vor den Mund, als versuche sie, sich selbst zu knebeln.

Mills sah Somerset an, aber der blieb völlig ausdruckslos. Sie hatten sich sowieso abgesprochen, daß nur Mills reden sollte, weil es offiziell schließlich sein Fall war. »Mrs. Gould«, begann Mills noch einmal und öffnete seine Aktentasche, der er seine Fotos entnahm, »Sie müßten sich bitte noch einmal ein paar dieser Fotos ansehen.«

Wumm, wumm, wumm.

Der verdammte Ball. Mills war nun wirklich soweit, dem Trottel da draußen seinen dämlichen Ball zu fressen zu geben. »Entschuldigen Sie, ich bin gleich wieder da.«

»Ich mache das schon«, hielt ihn Somerset zurück und war bereits auf dem Weg zur Tür. Er ging hinaus und schloß die Tür hinter sich.

Mills war es gar nicht recht, daß er weggegangen war. Er wollte nicht allein mit der verheulten Witwe sein. Immer schon hatte er einen Horror vor dem Kontakt mit den Angehörigen von Opfern gehabt. Er räusperte sich noch einmal und hielt ihr die Fotos hin. »Werfen Sie noch mal einen Blick darauf und sagen Sie mir, ob Sie etwas entdecken, was ungewöhnlich ist oder nicht an seinem Platz, oder was immer.«

Doch sie nahm die Fotos nicht und jammerte nur. »Ich habe sie jetzt schon tausendmal angesehen, ich will sie nicht mehr sehen, nie mehr.«

Mills preßte die Lippen zusammen. Wenn er etwas nicht ausstehen konnte, dann waren das weinende Frauen. Sie machten ihn immer nur wütend, weil es keine Chance gab, sie zu bremsen. »Bitte, Mrs. Gould. Ich brauche Ihre Hilfe, wenn wir den Täter fassen sollen.«

Sie wischte sich die Augen mit den Fingern und bat ihn stumm und flehentlich, sie doch um Himmels willen in Ruhe zu lassen und wieder zu gehen. Aber so unangenehm es ihm auch war, ihr den Gefallen nicht tun zu können, er hatte keine andere Wahl.

»Bitte, Mrs. Gould. Suchen Sie nach allem, was anders ist als üblich und normal. Alles, auch die kleinste Einzelheit.«

Sie nahm die Fotos schließlich zögernd und widerwillig. Mit einem strafenden Blick auf ihn ging sie sie rasch durch, zu rasch. »Ich sehe nichts.« Und sie hielt ihm den Stapel wieder hin.

»Langsam, Mrs. Gould. Lassen Sie sich doch Zeit damit. Bitte!«

»Da ist nichts«, beharrte sie unwillig. Sie war nicht dazu zu bringen, die Fotos noch einmal durchzusehen.

»Sind Sie ganz sicher? Sehen Sie, es könnte davon abhängen, ob wir diesen Menschen finden oder seine Spur für immer verlieren. Wirklich, Mrs. Gould.«

Somerset kam zurück. Mills hatte nicht mal bemerkt, daß das Wummern an der Wand tatsächlich aufgehört hatte.

Mrs. Gould gab sich sichtlich einen Ruck, noch einmal wenigstens auf das oberste Foto zu schauen, brachte es dann aber doch nicht über sich. »Ich kann das jetzt nicht«, heulte sie. »Bitte!«

Mills sah Somerset hilfeheischend an. »Vielleicht warten wir besser noch eine Weile«, schlug Somerset leise vor. »Es hat auch noch Zeit bis morgen.«

Aber Mills wollte nicht warten. »Auf diesen Fotos, Mrs. Gould«, drängte er weiter, »ist irgend etwas, das wir nicht wahrnehmen und bemerken. Ich glaube, Sie sind die einzige, die uns da helfen kann.«

»O Gott!« stöhnte Mrs. Gould. »Also gut, gut.« Und sie gab sich einen Ruck und nahm die Fotos und sah sie noch einmal nacheinander durch, aber wieder hastig und schnell.

Hat keinen Sinn, dachte Mills. Bringt nichts.

Doch dann blätterte Mrs. Gould plötzlich langsamer. Auf ihrer Stirn erschienen Falten, und sie verglich zwei Aufnahmen mit einer Totalansicht des Büros ihres Mannes vom selben Standpunkt aus mit Blick auf Schreibtisch und Sessel.

Mills spannte sich. »Was sehen Sie?« drängte er.

Sie deutete mit einem ihrer abgenagten lackierten Fingernägel auf den oberen Rand des Fotos. »Das Bild da«, sagte sie.

Mills besah sich das Foto. Hinter Goulds Schreibtisch hing an der Wand ein großes Ölbild, mindestens eins auf einsfünfzig. Ein abstraktes Gemälde, Linien und Spritzer in Schwarz, Rot und Grün.

»Was ist mit dem Bild?« fragte er.

Sie sah beide vorwurfsvoll an. »Wieso hängt es verkehrt herum?«

Mills sah Somerset an. Somerset zog eine Braue hoch und beugte sich über das Foto in Mrs. Goulds Hand.

Verkehrt herum?

Draußen in der Dunkelheit vor Eli Goulds Bürofenster im zwölften Stock sah der Mond nur wie ein kleines Einschußloch aus. Mills schaltete das Licht an, Somerset streifte sich Gummihandschuhe über. »Na, geben Sie sich die Ehre?« fragte Mills mit einer Kopfbewegung zu dem Bild an der Wand.

Somerset sah etwas überrascht drein. »Es ist Ihr Fall.«

»Ja, aber Ihre letzte Woche.«

Somerset ging achselzuckend zu dem Gemälde an der Wand und musterte es eingehend. »Wissen Sie genau, daß es nicht unsere Leute waren, die es umgedreht haben?«

»Selbst wenn. Die Fotos wurden aufgenommen, bevor sie mit der Spurensicherung anfingen.«

Somerset faßte das Bild am Rahmen und hob es vom Haken. Mills war schon darauf gefaßt, daß dahinter wieder irgendein blutiger Schriftzug zum Vorschein käme. Aber da war nichts.

»Mist«, knurrte er. Also nicht der große Coup, den Mrs. Gould etwa entdeckt hatte. »Ich will lieber gar nicht an all den Schlaf denken, den mich das hier schon gekostet hat.«

»Nicht aufgeben, Junge, nicht aufgeben«, mahnte Somerset. Er lehnte das Bild mit der Rückseite nach vorne an den Schreibtisch.

»Sehen Sie mal hier«, sagte er dann und deutete auf die Rahmenschrauben.

Direkt unter den Schrauben waren ein paar leere Bohrlöcher.

»Unser Freund scheint den Hängedraht ausgewechselt zu haben, damit er das Bild verkehrt herum hängen konnte.«

Er griff in die Tasche und suchte etwas. Mills war nicht wenig überrascht, als er ein perlmuttbesetztes Taschenmesser in Somersets Hand erblickte.

Somerset klappte das Messer auf.

Mills mußte einfach etwas sagen. »Was haben Sie denn damit vor, zum Teufel?«

Somerset warf ihm einen Blick über die Schulter zu. »Gibt es die denn bei euch oben in Springfield nicht?«

»Jedenfalls haben die Cops dort keine.«

»Wissen Sie, man braucht einfach Dinge, die funktionieren«, sagte Somerset und schlitzte vorsichtig das auf der Rückseite des Bildes angetackte braune Packpapier am Rahmenrand auf, um in den Hohlraum zwischen Bildleinwand und Packpapier zu gelangen. Als er um alle vier Ecken geschnitten hatte, half ihm Mills, das Papier abzuheben.

Doch auch hier fand sich nichts. Weder am Packpapier noch auf der Rückseite der Leinwand.

»Verdammter Mist«, schimpfte Mills. »Wir verschwenden hier nur unsere Zeit. Ich sollte längst zu Hause im Bett liegen.«

Somerset ließ ihn grummeln. Er drehte das Bild um, schob die Messerspitze unter die Farbschicht und riß eine Ecke auf.

»Ach, kommen Sie, Somerset«, sagte Mills. »Was soll das denn? Selber gemalt hat der Mörder das Bild sicher nicht. Kommen Sie, gehen wir endlich.«

Somerset schnitt dem Bild eine Grimasse. Mills hatte wohl recht. »Verdammt!« sagte er. »Es muß aber doch etwas da sein, das er uns finden lassen will.«

Mills schüttelte den Kopf. »Wir sind mit unserem Latein am Ende! Der macht sich doch nur lustig über uns.«

Aber erneut hörte Somerset nicht hin. Er spielte wieder einmal Sherlock Holmes, war in seiner eigenen Welt und behandelte Mills wie einen etwas begriffsstutzigen Dr. Watson. Blöder Hund, dachte Mills wütend. Der olle Sherlock und seine Angelpartie. Wird schon groß was rauskommen dabei.

Somerset trat inzwischen einen Schritt zurück und betrachtete intensiv die Stelle an der Wand, wo das Bild gehangen hatte. Dann sah er sich prüfend im Büro um und trat noch einen Schritt zurück, blieb stehen, und fixierte die Stelle an der Wand wieder.

Mills begann ärgerlich zu werden. »Was veranstalten Sie denn da dauernd, verdammt noch mal?«

»Ruhe. Ich denke nach.«

Mills war wütend und ballte insgeheim die Faust. Der sollte ihn gefälligst nicht immer wie einen kleinen Idioten behandeln! »Arschloch!« murmelte er in sich hinein und schaltete mit einer heftigen Bewegung hinten das Licht aus.

Somerset holte eine kleine Plastikschachtel aus der Tasche, öffnete sie und entnahm ihr einen kleinen Pinsel und ein Gläschen Graphitpulver.

»Können Sie denn damit umgehen?« fragte Mills skeptisch. So etwas überließ man üblicherweise den Spurensicherern. Die waren dafür zuständig.

Somerset inspizierte prüfend den Pinsel. »Keine Sorge«, sagte er, »ich mache den Job schon eine ganze Weile.« Er suchte sich einen Stuhl, trug ihn zur Wand, bestieg ihn und fing an, die Umgebung des Bilderhakens einzupinseln.

»Meinen Sie das wirklich im Ernst«, fragte ihn Mills, »oder was ist das?«

»Nun warten Sie doch ab.« Somerset stellte sich auf die Zehenspitzen und begutachtete die Stelle ganz aus der Nähe, ob Pulver hängengeblieben war. Er pinselte noch mehr Pulver auf. Um den Haken herum machte er nun auch größere Pinselstriche.

Mills gab sich alle Mühe, geduldig zu bleiben, aber er wollte endlich erfahren, was Mr. Allwissend denn tatsächlich gefunden hatte. »Was ist, sehen Sie was? Da ist nichts, wie?«

»Nun warten Sie es doch ab«, sagte Somerset nur und arbeitete weiter, bis er fast sein ganzes Gläschen mit Graphitpulver leergepinselt hatte. Als er schließlich vom Stuhl stieg, hatte auch Mills Gelegenheit, sich anzusehen, was er tatsächlich gefunden hatte.

Das schwarze Pulver hatte es zum Vorschein gebracht, deutlich und klar wie mit Druckerschwärze.

Helft mir, stand da, mit dem Finger geschrieben.

Heiliges Kanonenrohr, dachte Mills und sah Somerset an. Der Scheißkerl war ja wirklich Sherlock Holmes!

11

Somerset und Mills beugten sich über die Schultern von Michael Washington und starrten auf den Computerbildschirm. Sie warteten, daß sich etwas tat.

Washington war ein untersetzter Farbiger Mitte vierzig und der Fingerabdruckexperte in ihrem Bezirk. Allerdings gewann er der Tatsache, Überstunden machen zu müssen, wenig Geschmack ab. Somerset hatte gesagt, früher einmal sei er ein ganz normaler und vernünftiger Mann gewesen, einfach nur einer von der Gerichtsmedizin wie alle anderen. Inzwischen aber sehe er sich auf einer höheren Rangstufe und als viel zu bedeutend an, daß man ihn noch mitten in der Nacht herausklingeln dürfe. Somerset hatte ihm leider verdeutlichen müssen, daß dies hier dringend war und es für einige Leute um Leben und Tod ging und daß sein Job darin bestand, für die Polizei da zu sein, nicht umgekehrt. Nach schätzungsweise zehn lautstarken Minuten am Telefon hatte er ihn dann doch davon überzeugt, daß es wohl angemessen sei, seinen Hintern hierher zu bewegen. Nicht, daß sich Washington deshalb nicht weiter lebhaft beklagt hätte.

»Was ist mit euch Kerlen los?« brummelte er, als er an seinem Computer zu tippen begann. »Wenn ich wild darauf wäre, auch nachts zu arbeiten, dann wäre ich einer von eurer Clique geworden, so wie ihr zwei Sturschädel. Meine Arbeitszeit aber ist tagsüber. Es gehört keineswegs zu meinen Pflichten, daß ich um diese Zeit hier rumhocke und euren Scheiß für euch erledige. Oder wollt ihr mir vielleicht erzählen, daß das wirklich nicht auch noch bis morgen früh Zeit gehabt hätte?«

»Das hier nicht«, belehrte ihn Somerset trocken und schüttelte den Kopf. »Ich sagte Ihnen doch, daß es wichtig ist und dringend.«

»Ja, ja, wichtig und dringend. Machen Sie das lieber meiner Frau klar.«

Mills kochte über. So ein überflüssiges Gequatsche. »Hier geht es darum, Menschenleben zu retten, Sie verbohrter Arsch! Tun Sie Ihre Arbeit und halten Sie die Klappe!«

Washington funkelte ihn wütend an und schob seinen Stuhl zurück. »Ach, ja? Dann machen Sie doch selber Ihren Quark. Ich gehe wieder nach Hause, damit Sie Bescheid wissen, Sie blöder Hund, Sie!«

»Wie bitte? Wie war das? Wer ist ein blöder Hund?«

Washington fuhr abrupt hoch. Sein Stuhl fiel um. Er war bereit, es auf der Stelle mit Mills auszufechten. Er war noch nie einer gewesen, der sich von Kollegen dumm anreden ließ.

Somerset ging dazwischen. »Ruhe, Jungs, Ruhe, was soll denn das. Wir wissen es ja durchaus zu schätzen, Michael, daß Sie so spät noch gekommen sind. Bitte, machen Sie weiter.« Und er drehte sich zu Mills herum und schob ihn etwas weg, während er ihn anzischte: »Bleiben Sie gefälligst ruhig, ja? Wir brauchen den Mann.«

Fast schlug Mills Somersets Hand von seiner Schulter. »Ach, Scheiße!«

Somerset schüttelte nur stirnrunzelnd den Kopf. Er hatte ja schon mit manchem Hitzkopf gearbeitet, aber dieser Mills war das reinste Schachtelteufelchen. Wenn er so weitermachte, schaffte er es nicht mehr lange.

Sie sahen aus angemessenem Abstand zu, wie Washington

sich wieder setzte und weiter in seinen Computer tippte. Nach ein paar Minuten wurde der Bildschirm grün. Dann fing es an zu klicken und zu wirbeln, bis schließlich vergrößerte Fingerabdrücke erschienen. Der Computer verglich die Abdrücke, die Somerset von der Stelle um die Botschaft *Helft mir* abgenommen hatte, mit allen in der Täterkartei der nationalen Kriminaldatenbank.

Washington drehte sich in seinem Stuhl herum. »Nur damit Sie nicht ungeduldig werden. Ich habe schon erlebt, daß er geschlagene drei Tage brauchte, bis er einen identischen Abdruck fand. Also machen wir es uns inzwischen gemütlich. Ich sehe zu, daß ich noch eine Mütze Schlaf kriege, bis er sich rührt.« Dann rollte er mit seinem Stuhl etwas zur Seite, legte die Füße auf einen anderen Stuhl, verschränkte die Arme und schloß die Augen.

»Kommen Sie«, sagte Somerset zu Mills und drängte ihn hinaus auf den Flur.

»Träum nur schön, Alter«, knurrte Mills auf dem Weg.

Ein Stück weiter im Flur stand eine abgeschabte Couch, blau, kunststoffbezogen. Somerset setzte sich auf das eine Ende und sah auf die Uhr, während sich Mills eine Dose aus dem Getränkeautomaten nebenan holte. Zwanzig nach eins.

Die Coladose fiel klappernd in den Ausgabeschacht. Mills holte sie heraus, zog den Verschluß ab und ließ sich in die andere Couchecke fallen. »Sie glauben also, unser Mann ist irre und ruft selbst um Hilfe, wie? Und daß genau dies sein Problem ist?«

Somerset dachte eine Weile nach. »Nein, nicht so, das glaube ich nicht. Das paßt nicht ins Bild. Nein, der Mann hat ganz entschieden einen Fahrplan. Ich glaube, er will nicht, daß wir ihn stoppen. Jedenfalls nicht, bevor er fertig ist.«

»Ich weiß nicht recht. Da draußen laufen bekanntlich genug

verkorkste Typen herum, die jeden möglichen Mist anstellen, den sie eigentlich gar nicht wollen. Sie wissen schon, der kleine Mann in ihrem Ohr, der sie ständig aufhetzt, es zu tun, obwohl sie an sich gar nicht scharf darauf sind.«

»Nein, nein«, sagte Somerset kopfschüttelnd, »bei unserem Mann nicht. Mag schon sein, daß er einen kleinen Mann im Ohr hat, aber er geht sehr überlegt und planmäßig vor, und es treibt ihn. Der mordet nicht impulsiv und weil es ihn gerade so überkommt. Diese beiden Morde waren überaus sorgfältig geplant. Mag sein, er ist auch reif für den Jagdschein, jedenfalls scheint mir festzustehen, daß er einen ganz genauen Plan hat, von dem er auch nicht abgehen wird, bis er ihn ganz ausgeführt hat.«

Ein alter Hausmeister in dunkelgrünem Arbeitsanzug und den Mop in der Hand erschien am Ende des Flurs.

Somerset rief ihm zu: »Hallo, Frank, wie geht's?«

Der Hausmeister blieb stehen und blinzelte zu ihnen herüber. »Somerset? Ja, sagen Sie mal, was tun Sie denn hier um die Zeit?«

»Na, arbeiten.«

»Mann, arbeiten bringt einen um.«

»Mich nicht. Ich gehe in Pension.«

Der Hausmeister hielt das für einen mächtig guten Witz und lachte laut. »Ja, sicher! Ausgerechnet Sie!«

»Nein, wirklich«, sagte Somerset, »das ist meine letzte Woche.«

Der Hausmeister aber lachte nur, während er weitermoppte und um die Ecke verschwand.

Mills schlürfte an seiner Coladose und beobachtete Somerset aus den Augenwinkeln. »Kann ich Sie mal was fragen?«

»Was denn?«

»Wieso nimmt Ihnen eigentlich keiner hier ab, daß Sie angeblich in Pension gehen?«

Somerset zuckte nur mit den Schultern. Tatsächlich wußte er auch keine Antwort darauf, weil es immerhin Augenblicke gab, in denen er es ja selbst nicht glaubte.

»Entzugserscheinungen?« fragte Mills.

Somerset seufzte nur und ging nicht weiter darauf ein. Statt dessen wechselte er das Thema. »Was Sie da heute abend zu Mrs. Gould gesagt haben – daß wir den Kerl schon kriegen –, das haben Sie ganz ernst gemeint, wie?«

»Ja, sicher.«

»Sehen Sie, ich brächte so etwas nicht fertig. Ihr so etwas zu sagen. Dafür habe ich zu oft erlebt, daß solche Burschen am Ende frei ausgehen oder sich zumindest mit Unzurechnungsfähigkeit aus dem Schlimmsten herausmanövrieren. Oder die anderen, die es sich leisten können, sich Anwälte wie Eli Gould zu nehmen, die sie rauspauken. Immerhin, ein paar davon – nein, viele – verschwinden dann ganz einfach. Sie morden eine Weile lang, und dann hört keiner mehr etwas von ihnen. Manchmal möchte ich ja gern noch so denken können wie Sie, aber es geht nicht. Auch deshalb hänge ich den Job an den Nagel.«

»Wenn Sie gar nicht daran glauben, daß wir den Kerl zu fassen kriegen, was, bitte, tun wir dann, zum Teufel, hier eigentlich? Können Sie mir das sagen?«

»Na, Puzzleteilchen sammeln«, sagte Somerset. »Wir suchen alle Beweisstücke zusammen, alle Bilder, alles, was sich nur finden läßt. Und wir notieren alles und machen Berichte darüber und vermerken, wann was passierte ...«

»Und das ist alles? Wir sind nichts weiter als Protokollanfertiger?«

»Und wir packen alles in einen schönen dicken Akt zusammen und heben ihn auf, auf die winzige Chance hin, daß er eines Tages mal vielleicht doch in einem Gerichtssaal gebraucht wird.« Somerset massierte sich das Gesicht mit beiden Händen. »Es ist ungefähr wie Diamanten sammeln auf einer einsamen Insel und sie sorgfältig aufheben für den Fall, daß uns vielleicht doch noch mal ein Schiff findet und uns abholt. Obwohl das Meer da draußen ganz schön groß ist, nicht?«

»Ach, diesen ganzen Quatsch glauben Sie doch selber nicht.«

»Mein Lieber, bekanntlich pflegen selbst die meistversprechenden Hinweise bestenfalls zu weiteren Hinweisen zu führen, aber nicht schon zu Verurteilungen. Eine Menge Leichen rollen einfach weg aus Zeit und Bewußtsein, ungesühnt. Das ist traurig, aber wahr.«

Mills drehte sich zu ihm und musterte ihn. »Sie wollen mir doch nicht im Ernst einreden, daß Sie nicht auch heute abend diesen Adrenalinstoß verspürt hätten, als sich andeutete, daß wir auf einer konkreten Spur sind? Und sagen Sie mir nicht, das sei auch nur deshalb, weil wir etwas gefunden hätten, das möglicherweise irgendeines fernen Tages einmal in einem Gerichtssaal von Bedeutung sein könnte.«

Somerset zog eine Zigarette aus der Schachtel und nahm sich Zeit, sie anzustecken. Mills hatte ja recht mit seinem Vorsatz, einen Zahn zuzulegen. Er hatte Beute gerochen. Und ihm selbst würde dieses Gefühl zweifellos bald fehlen. Obwohl er aus Erfahrung wußte, daß dieses Hochgefühl immer nur kurze Zeit andauerte. Relativ selten führten die wirklich besten Anstrengungen eines Polizisten zum gewünschten Resultat. Letzten Endes hatten immer die Geschworenen das entscheidende Sagen. Jeder Freispruch war deshalb ein Fehlschlag, jedes Aushandeln milderer Strafen nichts anderes als ein Ausverkauf der Gerechtigkeit.

Er zog heftig an seiner Zigarette. Mills vergrub sich in seiner Couchecke und versuchte, es sich bequem zu machen. Die einzigen Geräusche im ganzen Haus waren nur das Klicken und Surren des Computers vorne am anderen Ende des Flurs und das weiche Wischen des Mops des Hausmeisters im anderen Gang.

Er warf einen Blick zur Seite auf Mills, der fast schon schlief. »He«, sagte er.

Mills war sofort da und riß die Augen auf. »Was ist?«

»Sollten Sie nicht Ihre Frau anrufen, damit sie weiß, wo Sie sind?«

Mills schloß wieder die Augen. »Nicht nötig. Sie ist nicht der Typ, der das dauernd verlangt.«

Tracy schreckte aus dem Schlaf hoch, als einer der Hunde knurrte. Sie war erschöpft. Sie hatte noch immer das Kleid an, das sie zum Essen getragen hatte, und sie lag noch auf der Tagesdecke.

Sie setzte sich auf und blinzelte zu den Leuchtzahlen der Digitaluhr auf dem Nachttisch. Es war 3.41 Uhr. Der Lärm der draußen auf der Avenue dahinrasenden Autos erinnerte sie wieder daran, daß sie nicht mehr in Springfield war, und die Erkenntnis, wo sie jetzt war und was sich ereignet hatte, bedrückte sie bleischwer. Sie hatte sich nach dem Dessert entschuldigt. Der Wein war ihr etwas zu Kopf gestiegen. Sie hatte sich einfach nur ein paar Minuten hinlegen wollen und mußte tief eingeschlafen sein.

»David?« sagte sie in die Dunkelheit hinein und merkte, daß ihre Stimme heiser krächzte.

Keine Antwort. Nur das fortdauernde Knurren des Hundes draußen im Wohnzimmer.

»Ruhig, Mojo!« sagte sie. Sie stand auf und ging hinaus ins Wohnzimmer. An der Tür mußte sie kurz stehen bleiben und sich festhalten. Es war ihr auf einmal leicht schwindlig. Wohl zu hastig aufgestanden, dachte sie.

Draußen ratterte wieder eine Bahn in die Station, daß die

Fenster zitterten. Das schmutzige Tafelsilber im Ausguß klirrte gegen die Teller. Der Hund knurrte noch lauter.

»Du sollst still sein, Mojo!«

Aber als sie unter den Tisch sah, erkannte sie, daß es Lucky war, die knurrte, nicht Mojo. Und Lucky wandte den Blick nicht vom Fenster. Genausowenig wie Mojo, der zwar stumm blieb, dem aber das Fell im Nacken zu Berge stand.

»Was ist denn, Mädchen? Komm her!«

Doch Lucky rührte sich nicht.

Tracy erinnerte sich schlagartig an etwas, was ihr David vor langer Zeit einmal gesagt hatte. Daß Hündinnen viel bessere Wachhunde sind als Rüden. Die Hündin ist nicht zu halten, wenn dem Haus Gefahr droht.

Die Bahn fuhr wieder an und ließ die ganze Wohnung vibrieren.

Tracy erstarrte, weil sie plötzlich ein unbehagliches Gefühl in der Magengrube verspürte. Sie blieb mit einem Knie am Boden, bis das Rumpeln der Bahn sich entfernte.

Lucky knurrte noch immer.

12

»Aufwachen, ihr Schlafmützen! Ihr habt einen Treffer!«

»Was, wie?« Mills schreckte aus tiefem Schlaf hoch.

Auch Somerset streckte sich und gähnte. Mills griff sich an den Kopf. Er war total fertig. Es war bereits Morgen. Sie hatten beide auf der Couch geschlafen wie die Bären.

»Ich sagte, ihr habt einen Treffer, Leute! Holt euch euren Wurm, ihr frühen Vögel!« Der Captain stand vor ihnen. Er sah frisch und ausgeschlafen aus, geschniegelt und gebügelt.

Mills streckte den Arm aus und sah auf die Uhr. Fünf vor halb sieben. Nicht genug geschlafen, dachte er. Nicht annähernd. Wie eigentlich nie.

»Da habt ihr euren Mann«, sagte der Captain, ließ eine Fotokopie in Mills Schoß flattern und reichte Somerset eine zweite.

Der frühe Vogel fängt den Wurm. Schon gut.

Es waren zwei Fahndungsfotos, en face und im Profil. Sie zeigten einen jungen Punktypen mit langen strähnigen Haaren und mehreren Ohrringen, den Kopf mit großer Geste zurückgeworfen. Ein gewisser Victor Dworkin, 25 Jahre alt. Er sah zwar aus wie einer, der einiges auf dem Kerbholz hatte. Aber ein größeres Kaliber schien er nicht zu haben. Nun ja, auch Russell Gundersen hatte nicht wie eine große Nummer ausgesehen.

Somerset rappelte sich stöhnend von der Couch hoch. »Was ist das für einer?«

»Lange Geschichte. Geistig behindert«, sagte der Captain. »Seine Eltern erzogen ihn streng katholisch, aber irgendwo auf dem Weg ist er ...«

»Katholisch?« Mills war sofort hellwach. »Was wissen wir sonst noch von ihm?«

Zwei Uniformierte gingen den Flur entlang und benahmen sich wie Teenager. Sie trugen kugelsichere Westen unter ihren marineblauen Anoraks, auf denen vorne und hinten mit weißen Buchstaben *Polizei* stand. Beide hatten Einsatzhelme auf. Der eine war mit einer Pistole bewaffnet, der andere mit einem Sturmgewehr. »... und hab' ihm gesagt, er soll sich verpissen«, sagte der eine, der einen Schnurrbart hatte. Der andere mit Stoppelhaarschnitt lachte dazu meckernd.

Der Captain fuhr sie an. »Vielleicht herrscht hier mal Ruhe!«

Die beiden Polizisten blieben stehen, verlegen wie ertappte Schuljungen.

»Danke, abtreten, Kindsköpfe«, sagte der Captain sarkastisch. Er durchbohrte sie mit seinem Blick, bis sie machten, daß sie davonkamen. Wie geprügelte Hunde mit eingezogenem Schwanz sahen sie aus. »Also«, fuhr er fort und wandte sich wieder Somerset und Mills zu, »dieser Victor Dworkin hat mit Drogen zu tun gehabt. Dazu kommt bewaffneter Raubüberfall. Er war ein paar Monate im Gefängnis wegen versuchter Vergewaltigung einer Minderjährigen, aber sein Anwalt holte ihn in der Berufung raus. Und wie es der Zufall so will, dieser Anwalt war der jüngst verblichene Eli Gould. Mr. Gier.«

Mills' Augen leuchteten. Er hätte den Captain am liebsten geküßt. »Richtig. Da ist die Verbindung.«

»Bleiben Sie also dran, Mills«, sagte der Captain. »Soviel wir wissen, war dieser Victor wieder eine Weile aus dem Verkehr gezogen. Wir haben eine Adresse. Der Durchsuchungsbefehl wird gerade ausgestellt.«

Ein rothaariger Sergeant mit dem Spitznamen California kam den Flur entlang. Er führte weitere vier uniformierte Polizisten in Sturmausrüstung an. Mills kannte ihn lediglich vom Sehen und Grüßen, aber nach dem, was er gehört hatte, war er die rechte Hand des Captain. Er sagte gerade zu seinen Leuten: »Ihr laßt an der Tür klingeln, und dann ...«

»Augenblick, California«, sagte der Captain und zog ihn beiseite. »Die Pressemeute wird in spätestens einer Dreiviertelstunde hier sein. Und falls ein Schuß fällt, schon in zehn Minuten. Also machen Sie es ordentlich, ja? Ich will Schlagzeilen, keine Nachrufe.«

Mills musterte California. Der Captain hatte ihn offensichtlich mit der Durchsuchung der Wohnung Victor Dworkins beauftragt. Mills war sofort wieder eifersüchtig. Seiner Ansicht nach sollte er selbst das Kommando haben, auch wenn es erst seine erste Dienstwoche hier war.

Der Captain zog California in eine Ecke und instruierte ihn weiter unter vier Augen.

»Na, was glauben Sie?« flüsterte Somerset Mills ins Ohr. »Ist es dieser Victor oder nicht?«

Mills dachte einen Augenblick nach. »Klingt nicht so unbedingt nach unserem Mann, oder? Ich stelle ihn mir jedenfalls nicht als so einen Punkerjüngling vor.«

»Eben«, sagte Somerset und nickte. »Ich auch nicht. Unser Killer scheint doch wohl etwas zielstrebiger zu sein. Dieser Victor sieht etwas unausgeschlafen aus.«

»Ja, schon. Nur, was ist mit den Fingerabdrücken?«

Somerset seufzte bekümmert. »Ja, ja, das ist allerdings ...« Er zuckte mit den Achseln. »Dann muß er es ja wohl sein.«

California und der Captain waren mit ihrer Geheimniskrämerei zu Ende und gingen zu den wartenden vier Leuten. Mills wurde bei dem Anblick immer verdrossener. Dabei wußte er, daß er im Grunde keinen Anlaß dazu hatte. Aber er wollte einfach dort sein, wo sich etwas tat. Er wollte derjenige sein, der den Mann fing.

Er versuchte Somerset zu animieren. »Und wenn wir gleich mitgehen? Ich will mir diesen Victor ansehen.«

Aber Somerset winkte kopfschüttelnd ab.

Mills versuchte, ihn doch noch herumzukriegen. »Na, kommen Sie, und befriedigen Sie auch Ihre Neugier.«

»Nein, nein, lassen wir das. Ich bin müde.«

»Ach, kommen Sie. Könnte doch schließlich Ihre letzte Gelegenheit dieser Art sein. Die letzte Chance zu einer Verhaftung. Na, was meinen Sie – William?«

California kommandierte inzwischen: »Also, Herrschaften, dann mal los!«

Somerset sah Mills abfälliger denn je an.

Somerset öffnete eine neue Rolle Magensäuretabletten, schob sich zwei in den Mund und reichte Mills die Rolle. Mills lehnte kopfschüttelnd ab. Er behielt beide Hände am Steuer und sah unverwandt geradeaus. Er folgte California und seinen Leuten, die vor ihnen in einem schwarzen zivilen Polizeiauto fuhren. Es war noch immer früh am Morgen, die Straßen waren ziemlich leer, aber auch das neue Morgenlicht tat wenig, den Ghettocharakter der Gegend zu mildern.

Somerset holte seine Automatik heraus und prüfte das Magazin.

Mills fragte mit einer Kopfbewegung. »Haben Sie je eine abgeschossen?«

»Eine Kugel, meinen Sie? Nein. Unberufen. Dreiundzwanzig Jahre im Dienst, und ich habe das Ding überhaupt nur dreimal mit der Absicht, es wirklich zu benützen, herausgeholt. Aber nie tatsächlich geschossen. Nicht ein einziges Mal.« Er schob das Magazin mit einem scharfen Klick zurück und steckte die Waffe wieder ins Halfter. »Und Sie?«

»Einmal gezogen ... und geschossen.«

»Ach ja?«

»Ja. Bei einem Einsatz wie diesem.« Er nickte zu dem schwarzen Wagen vor ihnen, der in flotter Fahrt auf Victor Dworkins Wohnung zu steuerte. »Ich war damals natürlich noch feucht hinter den Ohren.«

Der Wagen vorne quietschte um die Ecke. Mills kurvte hinterher und blieb dran. »Einer, der seine Frau umgebracht hatte. Eine echte Nervensäge. Ich hielt ihn nicht im entferntesten für den Typ, Widerstand bei der Festnahme zu leisten. Aber als wir in seine Wohnung stürmten, hielt er meinen Kollegen, der über die Feuertreppe heraufgekommen war, mit einem Gewehr in Schach.« Er rieb sich die Nase und legte sich die Geschichte zurecht. »Einen Schuß schaffte er. Ich schoß fünfmal.«

»Und? Wie ging es aus?«

Mills arrangierte seine Geschichte weiter: »Ich habe ihn gekriegt, den Mistkerl. War trotzdem ein ganz komisches Gefühl, als es passierte. Als erlebe man es in Zeitlupe.«

»Und Ihr Kollege?«

Mills spürte, wie sein Herz einen Schlag aussetzte. »Den traf es in der Hüfte. Nichts Schlimmes.« Er kurbelte das Fenster halb herunter und ließ die Morgenluft herein, um sich etwas abzukühlen. Er überlegte, ob er Somerset erzählen sollte, was wirklich mit Rick Parsons passiert war. Aber vielleicht wußte es Somerset ja schon? Nein, wieso, woher sollte er das wissen. Er hatte schließlich ausdrücklich gesagt, er habe seine Personalakte nicht gelesen.

»War das die Geschichte, für die Sie diese Goldmedaille gekriegt haben?« fragte Somerset.

Mills nickte und fühlte sich unbehaglich. »Im Prinzip ja. Ich hatte aber zu der Zeit auch sonst ziemlich aufgeräumt auf der Straße. Ich hatte eine ganz ordentliche Liste zusammen.«

»Und wie also war das Gefühl? Wenn man einen totgeschossen hat?«

Mills seufzte und überlegte wieder eine Weile, ehe er antwortete. »Ich hatte eigentlich erwartet, daß es einen doch ziemlich umtreiben würde. Immerhin, einen Menschen zu töten, das ist ja etwas. Aber um ganz ehrlich zu sein, ich habe in dieser Nacht geschlafen wie ein Baby und keinen Gedanken mehr daran verschwendet.«

Aber in Wirklichkeit war es ja nur so gewesen, weil er erst am nächsten Tag erfahren hatte, wie schlimm Ricks Zustand tatsächlich war. Zuerst hatten die Ärzte gesagt, es werde nichts zurückbleiben. Aber als er dann erfahren hatte, daß Rick den Rest seines Lebens im Rollstuhl verbringen mußte, hatte er bedeutend weniger gut geschlafen. Und das war noch immer so.

Somerset hielt sich am Armaturenbrett fest, als Mills wieder eine scharfe Kurve fuhr. »Hemingway hat irgendwo mal geschrieben, ich weiß nicht mehr, wo, jedenfalls, er schrieb, daß man, wenn man an Orten wie diesem hier leben will, imstande sein muß zu töten. Ich denke, er meinte das ganz wörtlich: daß man dazu wirklich imstande sein muß. Und nicht nur so tun. Damit man überlebt.«

»Er scheint gewußt zu haben, wovon er redete.«

»Ich weiß nicht. Ich habe es jedenfalls bisher geschafft zu überleben, ohne jemanden umzubringen.«

Mills nickte nur. Sein Herz schlug heftig in der Erinnerung an jene Nacht mit Rick und Russell Gundersen. Es war fast eine Situation gewesen wie diese jetzt. War dieser Victor Dworkin etwa ein zweiter Gundersen? Baute er am Ende wieder Mist und war schuld, wenn Somerset eine Kugel verpaßt bekam, ein paar Tage vor seiner Pensionierung?

Er umfaßte das Steuerrad fester. Kommt nicht in Frage, dachte er. Nie mehr sollte ihm so etwas passieren. Nie mehr.

Der schwarze Wagen vor ihnen kurvte um einen Streifenwagen, der die Straße absperrte. Auf dem Gehsteig standen noch zwei weitere an der Einfahrt in einen heruntergekommenen Gebäudekomplex. Der schwarze Wagen fuhr bis vor das Haus, Mills hielt ein paar Meter dahinter. Das Festnahmekommando stürmte heraus. Sechs Mann, junge Burschen, mit Westen und Helmen samt Plexiglasgesichtsschutz, und alle schwerbewaffnet.

Somerset und Mills stiegen ebenfalls aus und folgten ihnen. Mills hatte einen trockenen Mund. Das mit Russell Gundersen damals war ganz genauso gewesen, verflucht. Eine Polizeimannschaft, die eine Wohnung stürmt, die eine Hälfte von vorne, die andere von der Rückseite her. Er zog seine Waffe, als sie an die Treppe kamen. Wenn nur sein Herz nicht so schlagen würde.

Die Polizisten nahmen immer zwei Stufen auf einmal. Sie liefen in einer Reihe hintereinander. Somerset hielt sich direkt hinter ihnen. Mills bildete die Nachhut. Seinem Gesichtsausdruck nach war Somerset sehr ruhig und gefaßt. Aber es roch nach Kugeln. Mills hielt sich am nächsten Treppenabsatz eng hinter Somerset. Der Mann hatte noch einen Tag Dienst vor sich, und es kam nicht in Frage, daß ihm ausgerechnet mit ihm ein zweiter Lapsus passierte.

Sie beschleunigten ihre Schritte, um auf dem Weg in den dritten Stock nicht den Anschluß an die Polizisten vor ihnen zu verlieren. Auf der abgetretenen Treppe knirschten unter ihren Füßen die Crackampullen und Spritzen.

Im zweiten Stock lag betrunken ein Alter im zerknitterten Nadelstreifenanzug mit glasigen Augen auf dem Flur, unfähig, den Kopf mehr als ein paar Zentimeter vom Boden zu heben. Sie stiegen über ihn weg und gingen zielstrebig auf Victor Dworkins Apartment 303 zu.

Eine falsche Blondine in einem zu großen Disney-World-T-Shirt und mit ausgelatschten Schuhen steckte den Kopf durch ihre Tür. California scheuchte sie herrisch zurück. Hastig machte sie beim Anblick der Polizisten die Tür freiwillig wieder zu. California hatte sich den Durchsuchungsbefehl mit Klebstreifen an der kugelsicheren Weste befestigt. Stumm winkte er zwei seiner Leute mit der Ramme nach vorn. Mills wollte sich an ihm vorbei bis zur Wohnungstür vorarbeiten, doch ein untersetzter farbiger Polizist vertrat ihm den Weg. »Sorry, Detective«, flüsterte er. »Bullen vor Zivilen.«

Mills hatte gute Lust, ihn anzublaffen, er solle sich zum Teufel scheren, er selbst werde als erster hineingehen. Aber Somerset legte ihm die Hand auf die Schulter. »Zuständigkeiten«, sagte er.

California winkte alle zurück. Er brauchte Platz für die beiden Leute mit der Ramme. Mills rannen die Schweißperlen in den Nacken. Na los, dachte er, jetzt! Kommt schon!

California sah sich noch einmal um und vergewisserte sich, daß alle bereit waren. Dann nickte er kurz.

»Polizei!« rief er laut und hämmerte an die Tür. »Aufmachen! Polizei!« Dann trat er zur Seite. »Also los, Scheiß drauf!«

Die schwere Stahlramme zersplitterte die Tür schon beim ersten Stoß. Der zweite zerbrach das Schloß. »Und los!« rief California, stürmte an seinen Leuten vorbei, warf sich mit der Schulter gegen die Tür und hielt die Mündung seiner 9 Millimeter zur Decke. »Polizei!« rief er noch einmal. »Hier ist die Polizei!«

Seine Leute quetschten sich hinter ihm hastig hinein. Mills ging es trotzdem noch immer zu langsam. Verdammt, er wollte auch hinein.

Als er es schließlich geschafft hatte, nahm er mit einem raschen Blick den staubigen Wohnraum zur Kenntnis und suchte nach einer Stelle, wo keine uniformierten Polizisten standen. Er hoffte, diesen Victor Dworkin als erster zu entdecken. Doch es war nur ein kleines Apartment. Mit Californias Leuten war hier Full House. Sie riefen ständig »Polizei! Polizei!« und verteilten sich auf der Suche nach Dworkin. Mills blieb lediglich die Entdeckung, daß der Fernseher neben der Couch in einer Ecke am Boden stand und mit einer dicken Staubschicht bedeckt war.

»Dorthin!« schrie California.

Mills war schnell im Schlafzimmer, schneller als die Polizisten. Auf dem Einzelbett an der gegenüberliegenden Wand lag jemand. Viel konnte er nicht erkennen. California stand ihm im Weg, versperrte ihm die Sicht und bewegte sich vorsichtig, die Waffe mit beiden ausgestreckten Händen im Anschlag, vorwärts. Er zielte auf die Gestalt unter dem Laken. Auch Mills hatte seine Waffe inzwischen mit beiden Händen im Anschlag. Er konnte nur an eines denken – daß dieser Victor plötzlich ein Schießeisen unter der Decke hervorschieben und aus California einen Russell Gundersen machen könnte.

Die anderen Polizisten waren inzwischen ebenfalls da und drängten Mills weiter in den Raum. Der farbige Polizist zwängte sich neben California und postierte sich am Fußende des Bettes, während California zum Kopfende ging.

»Guten Morgen, Liebling!« rief California.

Aber die Gestalt rührte sich nicht.

»Na los, aufstehen, Scheißkerl!« schrie California. »Ich habe gesagt, aufstehen! Und zwar sofort!«

13

»Ich habe gesagt, aufstehen, Scheißkerl!« schrie California noch einmal.

Als Somerset einen Blick durch die Tür warf, sah er nur Rücken und Köpfe vor sich, die sich über die Gestalt im Bett beugten, wer immer das sein mochte. Er sah sich rasch auch den übrigen Raum an und verstand nicht, warum es so viele Air-Fresh-Dosen darin gab. Sie standen überall zu Hunderten, Plastikflaschen und -dosen in allen Regenbogenfarben. Einige waren an der Wand befestigt, andere lagen in Haufen auf einem kleinen Tisch und auf zwei Stühlen, die übrigen auf dem Boden. Das Aroma von Blumengerüchen überlagerte alles. Ein einziger Riechtopf. Am Fußende des Bettes war ein vergilbtes Bettuch an die Wand getackt. Und dann las er erst, was dort an der Wand stand, mit Exkrementen hingeschrieben: *Trägheit*.

Er begann ganz automatisch durch den Mund zu atmen, obwohl der intensive süßliche Geruch der Luftverbesserer jeden möglichen Gestank überlagerte.

California trat so heftig gegen das Bett, daß es wackelte. »Aufstehen!« Dann langte er vorsichtig hin und zog das Laken mit einem Ruck weg. Alle hielten vor Anspannung den Atem an. Alle waren in höchster Bereitschaft. Sie wußten, daß sie womöglich in der nächsten Millisekunde schußbereit sein – und auch wirklich schießen mußten.

Doch dann fiel die ganze Anspannung gespenstisch in sich zusammen. Der Anblick, der sich ihnen bot, war alles andere als eine Ermunterung zum Ziehen und Ballern.

»O Mann ...!« stöhnte California und wich unwillkürlich zurück.

Somerset drängte nach, um mehr zu sehen. Auf dem Bett lag eine fast nackte Leiche, verschrumpelt und von der Bettlägerigkeit über und über voller entzündeter Druckstellen. Es war ein Mann, genauer gesagt, die Mumie eines Mannes. Die Haut war bereits grau, die Augen in dem ausgezehrten Gesicht waren verbunden. Der Tote war mit dünnem Draht an das Bettgestell gefesselt. Er war sorgfältig eingewickelt, buchstäblich wie eine gefangene Fliege im Spinnennetz. Eine Art fleckiger Lendenschurz bedeckte die Blöße des Mannes. Zwei Schläuche kamen darunter hervor und verschwanden unter dem Bett.

»Jesus, Maria ...«, murmelte der schwarze Polizist.

Mills stand nur kopfschüttelnd da, unfähig, den Blick von der Leiche abzuwenden. »Oh, du gottverdammte Scheiße ...!«

Der Gestank von der nun aufgedeckten Leiche breitete sich langsam im ganzen Zimmer aus. Selbst die massierten künstlichen Luftverbesserer kamen dagegen nicht mehr an. Somerset mußte sein Taschentuch herausholen und vor Mund und Nase halten. Er arbeitete sich bis zu Mills vor und zog die Fotokopie mit dem Fahndungsfoto von Victor Dworkin heraus.

»Ist er das?« fragte Mills.

Somerset verglich das Gesicht mit der Augenbinde mit den Fotos. Dasselbe spitze Kinn, dieselbe Hakennase, kein Zweifel. »Ja, das ist er.«

»Lieutenant«, sagte California und deutete mit seiner Pistolenmündung auf den rechten Arm des Toten, »wenn Sie das mal nachprüfen möchten.« Der Arm hatte keine Hand mehr. Sie war, der Art der Wunde nach zu schließen, offensichtlich abgeschossen worden, aber schon vor langer Zeit verheilt.

»Rufen Sie eine Ambulanz«, sagte Somerset zu California.

»Sie meinen wohl einen Leichenwagen«, antwortete California. »Der Mann ist schon lange hinüber.«

Auch der farbige Polizist rief Somerset. »Lieutenant, wenn Sie sich auch das hier anschauen wollen.« Er hatte das Bettuch von der Wand gerissen. Darunter klebten Polaroidfotos von dem an das Bett gefesselten Victor Dworkin, und unter jedem stand sauber und ordentlich ein Datum. »Es sind zweiundfünfzig, Lieutenant, ich habe sie gezählt.«

Somerset trat näher und sah sie sich an. Es war buchstäblich eine Dokumentation des allmählichen Vergehens und Hinscheidens des Mannes; seiner Metamorphose von einem durchschnittlich gebauten Menschen mit einer kleinen Neigung zu einem Kugelbauch zu einem nur noch aus Haut und Knochen bestehenden Skelett. Der Vergleich mit den bekannten Fotos und Filmen von abgemagerten KZ-Häftlingen nach dem Zweiten Weltkrieg drängte sich ihm unwillkürlich auf.

»Welches Datum haben wir heute?« fragte er. Der Magen drehte sich ihm schon fast um.

»Den ... zwanzigsten«, sagte der farbige Polizist.

Somerset deutete auf das Datum des ersten Fotos. »Es begann auf den Tag genau heute vor einem Jahr.« Er murmelte entsetzt: »O Gott ...« Dann sagte er: »Was für ein Monster ist dieser Mensch eigentlich?«

Mills steckte seine Pistole ein und zog ein Paar Gummihandschuhe heraus. »Okay, California, ziehen Sie mit Ihren Leuten ab. Sie werden nicht mehr gebraucht. Wir haben hier einen Mordfall.«

California funkelte ihn an, wenn auch nur einen Moment lang. Dann sagte er: »Ihr habt's gehört, Leute. Abziehen, raus auf den Flur, und daß mir keiner noch irgend etwas anrührt hier drinnen.«

Somerset aber zwängte sich zwischen sie, noch ehe etwas passiert war. California war der gleiche Hitzkopf wie Mills. Die beiden verdienten einander. Mills starrte noch eine kurze Weile vor sich hin, ehe er zur Wand ging, um sich die Polaroids ebenfalls anzusehen. Somerset nahm das Laken und zog es dem Toten bis zum Hals hoch.

California stand neben ihm. »Sieht aus wie eine Wachspuppe von sich selber«, sagte er und starrte wie gebannt auf das Gesicht mit der Augenbinde.

Somerset faßte unwillkürlich an Dworkins Hals, um entgegen jeder Wahrscheinlichkeit zu prüfen, ob nicht vielleicht doch noch ein Pulsschlag zu fühlen sei. Mills rief ihm zu: »Sehen Sie sich das mal an. Das ist ja unglaublich.« Er war ganz außer sich.

»Was?« sagte Somerset. Irgendwie nahm er wahr, wie California das Laken wieder wegzuziehen versuchte. »Lassen Sie das, Sergeant!« fuhr er ihn an. »Sie beeinträchtigen Beweismittel und Spuren.«

California nahm seine Hand weg, war aber immer noch wie hypnotisiert von dem furchtbaren Anblick der Leiche.

Mills kniete an der Wand am Boden. Er hatte unter dem Betttuch, das an der Wand die Fotos verdeckt hatte, eine Schuhschachtel gefunden. Und auf einer Seite stand etwas mit schwarzem Filzstift in Blockschrift geschrieben: *An die Welt von mir.*

Somerset ging hin und sah es sich an.

Am Bett hatte sich California über das totenschädelartige Gesicht gebeugt und sagte: »Hast nur bekommen, was du verdient hast, Victor.«

Somerset bellte ihn erneut an. »Machen Sie, daß Sie wegkommen, Sergeant!«

»Entschuldigung, Lieutenant«, sagte California, richtete sich auf und trat einen Schritt zurück.

Somerset ignorierte ihn und beschäftigte sich mit dem Inhalt der Schuhschachtel. Er zog eines von mehreren Täschchen mit Reißverschluß heraus. Es enthielt ein Büschel brauner Haare. In einem zweiten fand er mehrere Eßlöffel mit Spuren einer eingetrockneten gelben Flüssigkeit.

»Eine Urinprobe«, sagte Mills angewidert. »Und eine Haarprobe. Eine Stuhlprobe. Und hier – auch Fingernägel. Der verspottet uns. Dieter gottverdammte Dreckskerl macht sich über uns lustig.«

California hatte sich mittlerweile erneut dem toten Victor Dworkin genähert. Somerset wollte ihn bereits endgültig aus der Wohnung weisen, als plötzlich die Leiche einen lauten, gutturalen Bellton von sich gab. California stand mit aufgerissenen Augen da, zu Tode erschrocken. Er taumelte zurück, stolperte über einen Stuhl und warf ein Dutzend Luftverbesserer um, die über den Boden davonrollten. Sein Mund stand offen, und sein Kinn zitterte kaum merklich, aber doch sichtbar.

»Der lebt noch!« stammelte er und deutete auf das Gesicht. Seine Stimme war zwei Oktaven höher als normal.

Auch Somerset und Mills waren bereits bei dem Mann mit der Augenbinde. Seine Lippen zitterten schwach, ein kaum hörbares gurgelndes Geräusch drang aus seiner Kehle.

»Oh, mein Gott ...«, sagte Mills.

»Der lebt noch immer!« wiederholte California völlig ungläubig.

»Holen Sie eine Ambulanz!« schrie ihn Mills an. »Aber ein bißchen plötzlich!«

14

Zehn Minuten später stürmte California durch den Flur im zweiten Stock und spielte Bahnbrecher für die beiden Träger der Ambulanz mit ihrer noch zusammengeklappten Bahre. »Aus dem Weg! Bahn frei!« brüllte er.

Aber die neugierigen Nachbarn standen schon vor ihren Türen, reckten die Hälse und redeten durcheinander. Das ganze Haus war in Aufruhr und Unruhe.

Mills und Somerset hatten oben an der Treppe Position bezogen, um den Flur bis zur Wohnung Victor Dworkins freizuhalten. Die anderen Polizisten taten an den einzelnen Treppenabsätzen ihr Bestes, die aufgeregten Neugierigen im Zaum zu halten, bis Verstärkung eintraf. Mills wollte schnell wieder zurück in die Wohnung. Er fürchtete, California könnte mit seiner verdammten Neugier am Tatort weiteres Unheil anrichten. Aber Somerset hatte den Vorgesetzten herausgekehrt und angeordnet, draußen zu bleiben.

»Lieutenant«, versuchte er es trotzdem, »meinen Sie nicht, es wäre wirklich besser, ich ginge ...«

»Nein.«

»Die Sanis versauen uns doch sämtliche Beweismittel.«

»Das tun sie sowieso, ob Sie nun dort sind oder nicht. Die müssen jetzt erst mal versuchen, ein Leben zu retten. Und zwar das eines Mannes, der vielleicht der einzige ist, der uns unseren Mörder identifizieren kann.« In Somerset wachsender Unmut war nicht mehr zu überhören.

»Entschuldigen Sie«, sagte ein junger Latino in Jeans und ohne Hemd. Er trat auf Somerset zu, drei kleine Kinder wie die Entlein im Schlepptau. »Was ist hier eigentlich passiert?«

»Das wissen wir noch nicht«, log Somerset. »Treten Sie bitte zurück. Und nehmen Sie die Kinder wieder mit rein.«

Der junge Mann verzog das Gesicht und streckte ihm hinter dem Rücken den Finger aus, tat dann aber, was man ihm gesagt hatte, und schob seine Kinder zurück in die Wohnung.

»Haben Sie das gesehen?« fragte Mills. »Haben Sie gesehen, was der Bursche gemacht hat?«

»Ach, wen kümmert das«, sagte Somerset. »Mit solchem Kram gebe ich mich nicht ab.«

Das gefiel Mills gar nicht. Was sollte das heißen? Daß er wichtigere Dinge zu tun habe. »Und womit geben Sie sich ab?«

»Im Augenblick zum Beispiel mit diesem verdammten Mörder. Mich kümmert, daß wir ihn vielleicht unterschätzt haben.« Somerset sah aus, als trage er die Last der ganzen Welt auf seinen Schultern, und auch das verdroß Mills. Somerset war schließlich nicht der einzige mit diesem Fall betraute Beamte. Es war überhaupt nicht seine Sache allein, den Kerl zu schnappen.

»Ich will ihn mindestens genauso dringend wie Sie«, sagte er. »Verstehen Sie? Und ich will ihn nicht nur einfach schnappen. Er soll etwas abbekommen dabei.«

Somerset sah ihn scharf an. »Genau das will er doch, Mann. Begreifen Sie denn das nicht? Er treibt Spielchen mit uns!«

»Ach was? Wirklich?«

»Passen Sie mal auf, Mills. Das hat so keinen Sinn. Wir müssen aufhören, uns ständig persönlich an die Karre zu fahren. Wie schwer es uns auch fallen mag, es geht nur um die Sache, und die hat Vorrang.«

Mills klopfte sich demonstrativ auf die Brust. »Ich weiß ja nicht, wie es Ihnen geht, Lieutenant, ich jedenfalls kann meine Gefühle durchaus beherrschen.«

Somerset packte ihn am Revers und sagte: »Haben Sie mich verstanden, Mills?«

Mills schob ihn weg. »Wissen Sie, was Ihr beschissenes Problem ist? He!« Er hielt sich schützend die Hand vor die Augen, von einem Fotoblitz geblendet. Der automatische Filmtransport einer Kamera surrte. Mills blinzelte, bis er wieder normal sehen konnte. Mitten auf der Treppe stand ein Bildreporter und richtete seine Kamera auf sie. Sie hielten sich beide die Hand vor die Augen, als der Reporter noch rasch dreimal hintereinander blitzte.

»Darf ich Ihre Namen erfahren, meine Herren?« rief er mit dünner, näselnder Stimme. Sein Anzug war zerknittert. Er trug eine dicke Brille. Mit etwas kahlerem Kopf wäre er als Doppelgänger für Elmer Fudd durchgegangen.

Du kleiner Scheißer, dachte Mills, während er hinlief und den Mann am Revers packte. »Was tun Sie hier oben? Sie haben hier nichts zu suchen.« Und er blaffte einen der Polizisten weiter unten an. »Wie kommt der Mann hier herauf?«

Aber der Polizist auf dem nächsten Treppenabsatz tat bereits, was er konnte, die noch drängenden Neugierigen zurückzuhalten. »Ich habe auch nur zwei Hände, Detective!«

Der Reporter wand sich unter dem Griff von Mills. Es gelang ihm, seine bereits abgegriffene Pressekarte, die ihm an einer Kette um seinen Hals hing, hinzuhalten. »UPI, Officer. Ich habe …«

Mills sah nur rot und stieß ihn weg. Der Reporter taumelte und fiel rückwärts die beiden letzten Stufen über dem Treppenabsatz hinunter. »Ist mir schnuppe, Mann, was Sie für eine Karte haben«, blaffte ihn Mills an. »Die besagt gar nichts. Hier ist abgesperrt, verstanden?«

Somerset ging die Treppe hinunter und faßte Mills am Ellenbogen, doch Mills machte sich unwillig los. Der Reporter zitterte, als er sich aufrappelte und seine Kameraausrüstung zusammensuchte. »Das geht doch nicht!« beschwerte er sich. »Das dürfen Sie einfach nicht!«

»Machen Sie bloß, daß Sie wegkommen«, fuhr ihn Mills unbeeindruckt an.

Der Reporter zog ab, weiß wie die Wand. Mills sah ihm über das Geländer nach und vergewisserte sich, daß er nicht umkehrte.

»Sie hören noch von mir!« rief der Reporter. »Von meinem Anwalt. Gott sei Dank habe ich ja Ihr Foto im Kasten. Damit Sie nur Bescheid wissen!«

»Hauen Sie ab, Mann ...«

Somerset zwang ihn auf die Treppenstufen nieder. »Das reicht jetzt.«

Mills hob begütigend die Hand und atmete tief. »Schon gut, schon gut. Sagen Sie mir nur eins: Wo kommen diese Kakerlaken nur so schnell her? Riechen die das?«

Somerset lächelte nachsichtig, als müßte Mills das wirklich wissen. »Sie bezahlen Cops für Tips. Und zwar gut.«

Mills nickte und seufzte noch einmal tief, um sich selbst zu beruhigen. »Tut mir leid. Entschuldigen Sie. Mir ist einfach der Gaul durchgegangen.«

»Aber was denn«, sagte Somerset sarkastisch. »Ich freue mich immer, wenn ich einen Mann sehe, der seine Gefühle so ganz beherrschen kann. Nicht?«

Mills funkelte ihn zähneknirschend an. Es war nicht schwer zu sehen, was er dachte: Arschloch, blödes.

»Bahn frei!« brüllte California wieder durch den Flur. »Platz machen!«

Die Sanitäter brachten Victor Dworkin auf einer Bahre. Mills stieg schnell zum nächsten Treppenabsatz und drückte sich ganz in die Ecke, damit sie mit der Bahre durchkamen. Im Vorbeigehen sah er Victor Dworkins Gesicht. Sie hatten ihm die Augenbinde abgenommen. Seine Augen lagen tief in den Höhlen, aber hinter den Schlitzen der Lider sah Mills einen feuchten Schimmer. Der Mann sah aus wie ein vertrocknetes Vogeljunges, aus dem Nest gefallen und von seiner Mutter verlassen.

»Los, vorwärts!« bellte California.

Die Sanitäter mußten auf dem Treppenabsatz drehen. Mills drückte sich so eng wie möglich an die Wand. Das Gesicht des Mannes war nur noch wenige Zentimeter von ihm entfernt. Er konnte ihm nicht ausweichen. Und er sah, wie sich ein Auge bewegte. Victor Dworkin sah ihn an! Mills stand wie angewurzelt und glaubte zu spüren, wie ihm das Blut in den Adern zu Eis erstarrte.

Sein Herz raste. Die verdammte Mumie hatte ihn angesehen!

Victor Dworkin sah zwischen den sauberen weißen Krankenhauslaken noch schlimmer aus als vorher in seinem schäbigen Apartment. Seine Haut war dunkel und ledrig, als sei sie gegerbt worden. Er lag regungslos in seinem Sauerstoffzelt, hing am Tropf und bekam eine Bluttransfusion in den Schenkel. Der Raum war dämmerig abgedunkelt. Über die Augen hatte man ihm ein feuchtes Tuch gelegt. Mills lauschte auf die Signaltöne des Herzmonitors. Die Pausen zwischen ihnen waren sehr groß. Mills konnte jeden einzeln voraussahnen, fürchtete aber bei jedem, er könne ausbleiben. Wenn Victor Dworkin nicht durchkam, verloren sie ihren einzigen Augenzeugen, den einzigen Menschen der Welt, der den Mörder identifizieren konnte.

Dr. Beardsley und Somerset steckten auf der anderen Bettseite die Köpfe zusammen. Sie waren durch die zwar klaren, aber zu beiden Seiten des Sauerstoffzelts lose hängenden Plastikbahnen nur verzerrt und unscharf zu erkennen. Der Arzt hatte einen krausen, grauen Haarschopf und ein strenges, knochiges Gesicht. Somerset nickte, während der Arzt sprach, und machte sich eifrig Notizen.

Mills starrte nur auf Victor Dworkin hinter dem Plastikvorhang. Er wartete, daß er aufwachte, und fürchtete sich zugleich vor diesem Moment. Er wußte, daß es gruselig werden würde, wie im Horrorkino. Er konnte sich im Grunde nicht vorstellen, wie der Mann sich jemals wieder erholen sollte. Und wenn überhaupt, sah er für sein restliches Leben vermutlich nur noch wie ein Gespenst aus.

Er beobachtete eine Zeitlang die Monitore über dem Bett, aber die Bewegungen auf ihnen waren so zeitlupenlangsam, daß sie einschläfernd wirkten. Schließlich stand er auf und ging auf die andere Seite, um sich anzuhören, was der Arzt zu sagen hatte.

»... insgesamt ein Jahr Bewegungslosigkeit«, erklärte Dr. Beardsley gerade Somerset, »dürfte zutreffend sein, dem extensiven Schwund von Muskeln und Wirbelsäule nach zu schließen. Und die Bluttests haben ein ganzes Sammelsurium von Drogen in seinem Kreislauf nachgewiesen, einschließlich eines Antibiotikums gegen Infektion durch das Wundliegen.«

Mills sah wieder in das Zelt und stöhnte unwillkürlich auf. Nicht zu fassen, ein ganzes Jahr buchstäblich ans Bett gefesselt. Ein ganzes Jahr lang der Willkür dieses Ungeheuers ausgeliefert!

Somerset blickte von seinem Notizblock auf. »Gibt es überhaupt eine Chance, daß er das überlebt?«

»Sagen wir so, Detective. Wenn Sie ihm jetzt plötzlich mit einer Taschenlampe ins Gesicht leuchten würden, wäre das wahrscheinlich sein Tod. Schock. Augenblicklich.«

Somerset klickte seinen Kugelschreiber zurück und steckte ihn ein. Mills suchte seinen Blick, aber es gab nichts zu sagen. Victor Dworkin war nicht imstande, ihnen das Dreckstück fangen zu helfen.

»Hat er irgend etwas von sich gegeben, Doktor?« fragte er. »Sich auf irgendeine Art und Weise auszudrücken oder verständlich zu machen versucht?«

Dr. Beardsley schob die Unterlippe vor und schüttelte den Kopf. »Selbst wenn sein Gehirn nicht quasi ausgetrocknet wäre, was im wesentlichen der Fall ist, könnte er nicht sprechen. Auch wenn er wollte.«

»Wieso nicht?«

»Irgendwann im Laufe seiner Qual hat er sich die Zunge abgebissen. Höchstwahrscheinlich aus Hunger.«

Mills blickte zu Boden und schüttelte stumm den Kopf. Hätte er sich nicht ohnehin so hohl und leer gefühlt, wäre ihm vermutlich das Essen hochgekommen.

15

Am Nachmittag dieses Tages roch es bei der Mordkommission im Polizeirevier nach abgestandenem Zigarettenrauch und verbranntem Kaffee. Vorne am Podium standen Sekretärinnen- und Klappstühle. Zwei klobige graue Schreibtische waren zusammen und an die Wand geschoben worden und dienten als

Sockel für eine Wandtafel. Somerset stand davor und besah sich, was er bei der gerade zu Ende gegangenen Dienstbesprechung auf die Tafel geschrieben hatte:

1. Völlerei
2. Gier
3. Trägheit des Herzens
4. Neid
5. Zorn
6. Hochmut
7. Wollust

Er schüttelte die Kreide in seiner Hand wie einen Würfel kurz vor dem Wurf. Dann trat er wieder vor und strich die 1, die 2 und die 3 durch.

Der Captain hatte ihm drei Mann zusätzlich für den Fall zugeteilt, und er hatte sie zusammen mit Mills gerade mit dem Stand der Dinge vertraut gemacht.

Er legte die Kreide weg und sah Mills an, der noch auf einem der Klappstühle saß und die ersten Vernehmungsprotokolle der Mitbewohner aus Victor Dworkins Wohnhaus durchsah.

Somerset wäre es lieber gewesen, der Captain hätte ihnen California nicht zugeteilt. Er und Mills waren schon wie Feuer und Wasser. Das spürte man jede Minute. Die Chemie zwischen den beiden stimmte einfach nicht, und es war nur eine Frage der Zeit, bis sie wieder aufeinander losgingen.

Er lehnte sich an das Podium. Wenn er sich für diese Ermittlungen doch etwas mehr motivieren könnte. Diesem Mörder mußte natürlich das Handwerk gelegt werden, das war keine Frage. Aber irgendwie war er sich nicht mehr sicher, ob er dieser Aufgabe noch gewachsen war. Dabei hatte er keine Zweifel, daß er dazu imstande war. Eher konnte er sich nicht recht entschließen, es zu tun. Wahrscheinlich war er innerlich schon in Pension gegangen und froh, den ganzen Mist hier hinter sich zu lassen. Würde er sich aber mit diesem Fall noch einmal richtig ins Zeug legen, gelang es ihm womöglich nicht mehr, dieser verdammten Stadt wirklich den Rücken zu kehren. Denn wer fing dann das nächste Monstrum? Mills etwa? Nicht allein jedenfalls. Noch nicht.

Er griff sich ein Blatt Papier vom Podium und ging ans Fenster. Zur Abwechslung wehte einmal eine kühle Brise herein. Er lehnte sich auf ein Fensterbrett und legte den Kopf zurück, um so viel frische Luft mitzubekommen wie möglich und solange sie noch hereinwehte. Selbst die einfachsten Genüsse währten in der Stadt nur kurz.

»Haben Sie die Aussage des Vermieters schon gelesen?« fragte er Mills.

Mills blickte von seiner Lektüre auf. »Nein. Was sagt er?«

»Er sagt, jeden Monat lag in seinem Bürobriefkasten ein Umschlag mit der Miete in bar. Er sagt wörtlich: Ich habe niemals die kleinste Beschwerde von dem Mieter in Apartment 303 gehört, und niemand hat sich jemals über ihn beschwert. Er ist der angenehmste Mieter, den ich je hatte.«

Mills lachte trocken und tonlos. »Der Traummieter eines Hausbesitzers. Bewegungsunfähig und ohne Zunge.«

»Der stets pünktlich seine Miete bezahlt«, sagte Somerset.

»In bar.«

Somerset schüttelte den Kopf und konnte sich wieder einmal nicht genug darüber wundern, wie die Leute alles in bester Ordnung fanden, selbst wenn es das offensichtlich nicht war. Allein dieses Kuvert mit der Miete jeden Monat im Briefkasten hätte den Hauswirt doch schon mißtrauisch machen müssen! Wer bezahlt heute noch seine Miete in bar? Jede Wette, es war ihm ganz recht, da brauchte er sie nicht zu versteuern. Praktisch schwarzes Geld. Genau deswegen ging er der Sache nie nach.

Mills warf die Seiten der Protokolle, in denen er gelesen hatte, auf den nächsten Schreibtisch. »Dieses Warten und Herumsitzen macht mich krank. Ich will etwas tun!«

»Lieber Freund«, sagte Somerset, »unser halber Beruf besteht aus Warten. Höchstens Batman verhindert Verbrechen, noch bevor sie begangen werden.«

»Es muß eine Spur geben, die wir aufnehmen können. Wir können doch nicht so einen Verrückten immer den ersten Schritt tun lassen.«

Somerset gefiel das nicht. Anscheinend begriff Mills es einfach nicht. »Es wäre vielleicht ein verhängnisvoller Fehler, Mills, ihn von vornherein für wahnsinnig zu halten. Das ist zu einfach.«

»Ach, kommen Sie. Daß der Kerl nicht alle Tassen im Schrank hat, ist doch wohl klar. Ich kann mir gut vorstellen, daß er jetzt im Augenblick zu Hause in der Unterwäsche seiner Mama herumtanzt und sich mit Erdnußbutter beschmiert.«

»Nein, nein«, sagte Somerset kopfschüttelnd. »Der nicht.«

»Was meinen Sie damit: der nicht? Wollen Sie mir erzählen, Sie können sich in den Mann hineindenken? Sie hätten einen psychischen Kontakt zu ihm oder so? Und Sie könnten genau nachvollziehen, was er denkt? Mann, den Film habe ich auch gesehen, und wir sind uns doch wohl einig, daß das Quatsch ist, jedenfalls in der Wirklichkeit.«

Somerset sah ihn versonnen an. Er hatte angenommen, Mills wüßte schon ein wenig mehr über Gewohnheitsmörder. Aber er hatte noch eine Menge zu lernen. Ganz offensichtlich konnte man ihm den Fall allein noch nicht überlassen.

»Wissen Sie, was ich denke?« fragte Mills. »Ich denke, der Mann hat bisher einfach nur unverschämtes Glück gehabt. Aber früher oder später hört das auf. Man hat nicht endlos Glück. Und in dem Moment müssen wir einfach zur Stelle sein.«

Somerset konnte nur erneut den Kopf schütteln. »Und ich sage Ihnen, das ist es nicht. Er spielt nicht mit dem Glück. Er verläßt sich nicht auf das Glück. Überhaupt nicht. Glück hat damit gar nichts zu tun. Wir waren heute in dieser Wohnung, genau ein Jahr, nachdem er diesen Dworkin an sein Bett gefesselt hat. Auf den Tag ein Jahr! Und das hat er so geplant, das ist doch mit den Händen zu greifen. Es ist genau so abgelaufen, wie er es haben wollte.«

»Das ist Ihre Vermutung, aber beweisen können wir es nicht.«

»Können wir doch. Denken Sie mal nach. Was war seine erste Botschaft an uns? Lang ist der Weg und schwer, der aus der Hölle emporführt zum Licht.«

»Und?«

»Er hält sich genau daran! Für ihn war es lang und hart. Stellen Sie sich doch nur mal die Willenskraft vor, deren es bedurfte, diesen Dworkin ein ganzes Jahr lang gefesselt und doch am Leben zu halten! Ihm einen Schlauch auf den Penis zu ziehen und seine Pisse wegzuschaffen. Ihm die Hand abzutrennen und sie für Fingerabdrücke zu verwenden. Ihn hart an der Grenze des Gerade-noch-Leben-lassens zu halten, ohne ihn ganz zu töten. Wenn der Mann nicht aufs penibelste methodisch ist und – das ist das Schlimmste – eine, beinahe hätte ich gesagt, Engelsgeduld hat, dann weiß ich es nicht. Der Weg aus der Hölle ist lang und schwer, und der Bursche ist zäh und ausdauernd genug dafür.«

Mills schnitt eine Grimasse. »Mein Gott. Und Sie haben ganz offensichtlich einen Dante-Komplex. Sie scheinen diesen ganzen literarischen und theologischen Stuß wirklich für den Schlüssel zu halten, Charaktere auszurechnen, wie? Das ist doch Käse, Mann. Geben Sie es doch zu. Ein Bibliotheksausweis macht den Bastard doch noch nicht zu einem Einstein.«

Bibliotheksausweis ..., dachte Somerset, und plötzlich fiel ihm etwas ein. Er starrte durch das Fenster auf die geparkten Streifenwagen hinter dem Gebäude. Bibliotheksausweis ...

»Was ist?« fragte Mills. »Was denken Sie jetzt wieder?« Er stand auf und stellte sich neben ihn. »Den Blick kenne ich inzwischen. Man kann direkt sehen, wie sich die kleinen Rädchen da drin drehen, tick-tack, tick-tack.«

»Sind Sie noch immer wild darauf, etwas zu tun?« fragte Somerset.

»Na, klar.«

»Wieviel Geld haben Sie in der Tasche?«

»Weiß nicht genau, um die fünfzig.«

Somerset sah in seiner eigenen Brieftasche nach. Er hatte achtzig Dollar. »Ich schlage vor, wir machen Außendienst.«

»Was machen wir?«

»Kommen Sie.«

Im Katalograum der Öffentlichen Bibliothek sah Somerset gespannt einem Nadeldrucker zu, der hin und her sauste und einen Buchtitel nach dem anderen ausschrieb. Mills stand mit verschränkten Armen hinter ihm und machte einen eher gelangweilten Eindruck. Er kam sich hier sehr deplaziert vor, und die beiden Bibliothekarinnen hinter dem Schalter musterten ihn abschätzig wie ein Paar Locktauben die streunende Katze. Seine Anwesenheit schien ihnen Unbehagen zu verursachen. Na, wenn schon, dachte Mills, dem dies nicht entging. Schließlich hielt der Drucker an, und Somerset riß den vier Seiten langen Ausdruck ab.

»Vielleicht hätten Sie die Güte, Lieutenant, mir allmählich zu verraten, was wir hier eigentlich wollen?« sagte Mills. »Da draußen läuft ein Psychopath frei herum, und Sie lassen sich hier die überfälligen Leihbände gemütlich ausdrucken.«

»Nicht ganz«, sagte Somerset, faltete die Papierbahn handlich zusammen und steckte sie ein. »Kommen Sie, gehen wir.«

»Und wohin jetzt? In eine Buchhandlung vielleicht?«

»Geduld, Freund Mills, Geduld. Auch unser Mörder hat jede Menge Geduld. Darin sollten Sie ihm nicht nachstehen. Gleich werden Sie alles verstehen.« Und er war schon auf dem Weg hinaus.

Mills lief hinter ihm her. »So warten Sie doch.«

»Psst!« machte eine alte Dame. Sie ordnete Bücher von einem Wagen ein. »Ruhe, bitte!«

Mills schnitt ihr ein Gesicht. Fast hätte er ihr auch noch den Stinkefinger gezeigt, aber er beherrschte sich gerade noch. »Bibliotheken habe ich noch nie gemocht«, murmelte er vor sich hin und beeilte sich, Somerset einzuholen.

Somerset war bereits draußen und lief die Eingangsstufen hinab. Die Sonne war hell und warm hier draußen. Somerset schien seinen »Außendienst«, wie er es genannt hatte, mit dem Besuch der Bibliothek ausgesprochen zu genießen, ganz im Gegensatz zu ihm. Er kapierte es nicht. Er sprang die Stufen hinunter. »Warten Sie mal, Lieutenant.«

Somerset blieb am Fuß der Treppe stehen und sah sich nach ihm um. »Ist was?«

»Was ist denn los? Erst schleppen Sie mich hierher, damit ich diesen blöden Dante mit seinen dämlichen sieben Todsünden lese und alles über die Katholische Kirche, über Mord und Totschlag und über Sado-Maso und was sonst noch an perversem Mist in Ihrem Kopf rumspukt, und jetzt spielen Sie auch noch Verstecken, statt mir endlich zu sagen, hinter was Sie eigentlich her sind. Ich sagte schon, Sie haben offensichtlich einen Dante-Komplex. Sie glauben doch nicht im Ernst, daß Sie in der Bibliothek herausfinden, was der Bursche im Sinn hat, oder? Das ist doch Schwachsinn!«

Somerset grinste ihn nur an, spitzte die Lippen und fing an ein Lied zu pfeifen. Er ging zum Bordstein und marschierte mitten im dichten Verkehr über die Straße.

»Blödes Arschloch!« knurrte Mills wieder einmal frustriert.

Auf der anderen Straßenseite lag ein Geschäft neben dem anderen. Ein Discountladen. Ein Drugstore. Ein Perückengeschäft. Ein Radioladen. Ein Pizzaimbiß. Vor diesem verteilte ein runzliger alter Mann in einem zerknitterten Regenmantel Handzettel. Die meisten Leute machten einen weiten Bogen um ihn, um der Gabe zu entgehen. »Nehmt gefälligst einen, blödes Volk!« knurrte der Mann. »Das ist ein Coupon! Da! Und spart etwas von eurem blöden Geld! Da, nehmt einen!«

Mills schob sich an ihm vorbei hinter Somerset her in das Lokal hinein.

»Nur Kaffee«, sagte Somerset drinnen bereits zu dem Mann hinter der weißen Kunststofftheke.

»Für mich«, sagte Mills, »eine Pizza mit Peperoni und ein großes Root Beer.« Er griff in die Tasche und sagte zu Somerset. »Ich bring's schon.«

»Oh, danke. Ich reserviere uns eine Nische.«

Als Mills mit ihren Bestellungen an den Tisch kam, steckte Somersets Nase bereits in dem Bibliotheksausdruck. »Setzen Sie sich neben mich«, sagte Somerset.

»Wozu?« fragte Mills, der immer noch herauszufinden versuchte, was Somerset mit seinem »Außendienst« wirklich bezweckte. »Haben wir ein Rendezvous?«

»Will ich doch nicht hoffen!« antwortete Somerset kühl und las weiter in seinem Ausdruck.

Mills stellte das braune Plastiktablett auf den Tisch und setzte sich folgsam neben Somerset. Dann pulte er einen Strohhalm aus dem Papier, steckte ihn in seinen Trinkbecher und wartete geduldig, bis Somerset die Güte hatte, seine Nase aus dem Ausdruck zu nehmen und ihn zu informieren. Allerdings war so bald wohl nicht damit zu rechnen, und so griff er sich sein Pizzastück, klappte es zusammen und wollte gerade hineinbeißen, als ihn Somersets mißbilligender Blick davon abhielt: »Sie wollen das doch nicht wirklich essen?«

»Eigentlich hatte ich schon die Absicht«, meinte Mills. »Was könnte man Ihrer Meinung nach sonst damit anfangen?«

»Dieses Lokal hatte bei der letzten Lebensmittelinspektion so an die fünfzig Beanstandungen.«

»Das konnten Sie mir wohl nicht früher sagen, wie?« Mills warf seine Pizza mißmutig auf den Pappteller zurück, während er sich lebhaft die Schaben vorstellte, die seine derzeitige Wohnung bevölkerten: etwa so groß wie die Peperoni auf seinem Pizzastück hier, ungefähr dieselbe Farbe, nur platter. »Scheiße!« grummelte er.

Plötzlich stand ein öliger Typ in schwarzem Anzug und schwarzem zugeknöpftem Hemd vor ihrem Tisch. Zu seinem bizarren Aussehen paßten die rosa getönte Fliegerbrille und die glitzernde Klunkersammlung an seinen Fingern. In der einen Hand hielt er eine brennende Zigarette. Großer Gott, dachte Mills. Aber da Somerset keine besondere Reaktion zeigte, mußte der Lieutenant diesen Kerl offenbar kennen.

»Wenn Sie mir jetzt Ihre fünfzig geben«, sagte Somerset zu Mills.

Mills griff widerwillig nach seiner Brieftasche und zog die Geldscheine heraus, zögerte aber und sah sich den Menschen mit der glatten Pomadefrisur noch einmal ungläubig an. Vielleicht war es auch nur eine Halluzination.

Der Mann leckte sich die Lippen und sagte zu Somerset. »Das war aber nicht vorgesehen.«

Somerset schüttelte den Kopf.

Mills seufzte und reichte Somerset die Geldscheine unter dem Tisch. »Da. Aber ich sage Ihnen, ich habe das seltsame Gefühl, daß ich eigentlich wissen sollte, was wir, zum Teufel, hier treiben. Kann ja sein, daß es allein an mir liegt. Vielleicht bin ich derjenige, der hier seltsam ist. Wer weiß.«

Somerset legte noch ein paar von seinen zu Mills Geldscheinen und packte sie in den Computerausdruck. Dann nickte er dem Öltypen im schwarzen Anzug zu, er solle sich setzen.

Der Mann zwängte sich auf die Bank gegenüber. »Wie geht's denn so, Somerset?« erkundigte er sich leutselig und grinste Mills demonstrativ an. »Sie haben mir nichts davon gesagt, daß dies hier ein flotter Dreier wird.«

»Keine Bange«, versicherte ihm Somerset.

»Ich tu das auch nur für Sie, lieber Freund«, sagte der unsägliche Mensch. »Für keinen anderen tät ich's. Und mein Risiko dabei ist beträchtlich, darf ich hinzufügen. Aber hinterher sind wir dann ja wohl quitt. Komplett quitt.«

»Könnte sein«, entgegnete Somerset. Er schob ihm den Ausdruck mit den Geldscheinen unter dem Tisch zu. Der Mann packte das Geld aus, begutachtete es und steckte es in die Tasche. »Ungefähr in einer Stunde«, sagte er, stand auf, griff nach Mills' Pizzastück, biß herzhaft hinein und ging. »Hab' noch nicht zu Mittag gegessen«, sagte er.

Mills begriff überhaupt nichts mehr. »Aber Sie meinen schon, daß sich der Einsatz lohnt, nicht?«

»Geduld, Freund, Geduld«, sagte Somerset. »Gehen wir.«

Das Surren der elektrischen Haarschneidemaschine ging Mills allmählich auf die Nerven. Der alte Friseur aber beugte sich hingebungsvoll über seine Arbeit und schor seinem nur etwas jüngeren Kunden sorgfältig den Kopf. Mills saß auf einem der Wartestühle, Somerset direkt neben ihm mit einem aufgeschlagenen Heft *National Geographic* auf den Knien. Es war ein richtig schön altmodischer Friseursalon. Die ganze Wand ein langer Spiegel, darunter Haarwasserflaschen und Puder auf einer Ablage. Der Friseur selbst, ein gebeugter Farbiger mit kurzgeschorener Stahlwolle auf dem Kopf, sah alt genug aus, daß er Somerset schon seinen allerersten Haarschnitt im Kinderstuhl verpaßt haben könnte. Mills sah Somerset an. Immer noch wartete er auf eine Erklärung, was, zum Teufel, auf diesem albernen »Außendienst«-Trip nun eigentlich vor sich ging.

»Verdammt, Somerset, was soll das hier?« sagte er. »Ich brauche keinen Haarschnitt.«

Somerset sah kurz abwesend hoch und suchte Mills' Blick im Spiegel. »Entspannen Sie sich, Junge. Es läuft, wie es läuft. Es ist kontraproduktiv, wenn man versucht, Resultate zu erzwingen.« Und er widmete sich wieder gelassen seiner Zeitschrift und blätterte darin. »Also schön, zu Ihrer Beruhigung: Die Tatsache, daß ich Sie auf diese kleine Expedition mitnehme, bedeutet, daß ich Ihnen mehr vertraue als den meisten anderen Leuten.«

»Gott, bin ich gerührt. Aber wie wäre es, wenn Sie ganz schlicht und einfach nur zur Sache kämen und mir erklärten, was wir hier eigentlich tun, daß ich nicht ausflippe.«

Somerset blätterte demonstrativ noch ein paar Seiten weiter und rang sich schließlich zu einem Seitenblick auf Mills durch. »Unter dem Strich«, erläuterte er, »kommt möglicherweise gar nicht viel heraus dabei, aber das tut uns dann auch nicht weh. Der Knabe in der Pizzabude ...«

»Ja?«

»... ist ein Freund von mir. Er ist beim Bureau.«

»Was? Der Schnösel ist vom FBI?«

Somerset nickte. »Und das FBI hängt schon lange im Bibliothekensystem drin und verfolgt die Dinge.«

»Was denn für Dinge? Die Überziehung der Ausleihfristen?«

Somerset zog es vor, das einfach zu überhören. »Sie verfolgen Lesegewohnheiten. Nicht von jedem Buch natürlich, aber von bestimmten. Bücher über, na, sagen wir, Atomwaffen. Oder *Mein Kampf*. Und solche Sachen. Wer sich Schmöker dieser Art ausleiht, steht fortan bei den Feds auf der Liste.«

»Das ist nicht Ihr Ernst?«

»Doch, doch. Zu diesen markierten Büchern gehören alle, die dem FBI dubios vorkommen, von Arbeiterbewegung bis Zigeuner.«

»Ja, ist das denn legal? Ich meine, bloß weil ich mal ein Buch darüber lese, wie man sich eine Atombombe bastelt, heißt das doch noch nicht, daß ich es auch wirklich tun will.«

»Legal, illegal«, sagte Somerset achselzuckend, »das sind Begriffe, die hier nicht zutreffen. Die Feds können die Informationen ja auch nicht direkt verwenden. Aber sie können nützliche Hilfen sein, wenn es darum geht, Stecknadeln aus dem Heuhaufen zu fischen. Bedenken Sie, daß man beispielsweise keinen Bibliotheksausweis ohne Vorlage des Personalausweises und einer aktuellen Telefonnummer kriegt.«

Mills merkte, daß sich seine Laune bereits etwas besserte. Am Ende hatte Somerset da wirklich etwas in der Hand. Wenn ihr Mörder ein Bücherwurm war – wie Somerset selbst –, konnte das eine Spur werden. Dieser Somerset hatte also tatsächlich die ganze Zeit genau gewußt, was er tat. Wäre allerdings schon schön gewesen, wenn er ihn, seinen Kollegen immerhin, davon ein bißchen früher informiert hätte. Alles mußte man ihm aus der Nase ziehen. »Also lassen die jetzt gerade die Liste durchlaufen, die Sie ausgedruckt haben?« fragte er.

Somerset nickte. »Angenommen, da draußen läuft einer rum, der Dante gelesen hat, *Das verlorene Paradies* oder die Biographien der großen Märtyrer, Krimis oder Gruselstorys, dann spuckt uns der FBI-Computer im Handumdrehen seinen Namen aus.«

»Ja, und dann ist es womöglich nur ein Student im ersten Semester, der eine Arbeit über Verbrechen im Mittelalter im Vergleich zum Verbrechen im 20. Jahrhundert schreiben mußte.«

»Kann uns natürlich auch passieren«, gab Somerset zu. »Aber im Augenblick ist entscheidend, daß wir nicht im Büro sitzen.«

Der Geschorene stand gerade von seinem Stuhl auf, und der Friseur bürstete ihn ab.

»Warum lassen Sie sich nicht gleich die Haare schneiden, wo wir schon mal hier warten?« sagte Somerset.

Mills studierte des Friseurs jüngstes Werk am lebenden Objekt. Er hatte so viel um die Ohren weggeschnitten, daß der arme Kerl von hinten wie ein Topf mit Henkeln aussah. »Ein andermal vielleicht«, sagte er. »Sagen Sie mir lieber, woher Sie das alles wissen? Die Feds stehen ja nicht gerade im Ruf eines exzessiven Mitteilungsdrangs.«

Somerset blickte bescheiden hinunter auf die Zeitschrift auf seinen Knien. »Ich? Ich weiß gar nichts davon. Überhaupt nichts. Und Sie auch nicht. Genau deshalb machen wir es so, wie wir es hier machen.«

Als der Friseur gerade die Tasten seiner steinzeitlichen Registrierkasse drückte und die Schublade polternd und klingelnd herausfuhr, kam der Ölige vom FBI zur Tür herein und strahlte wie ein Gebrauchtwagenhändler nach einem Abschluß. Er schloß die Tür hinter sich und nahm neben Somerset Platz, dem er ein dickes Paket Computerausdrucke reichte.

»Was drin?« fragte Somerset.

Der Mann nickte. »Ich glaube, ich habe etwas für Sie gefunden.«

16

Eine orangegelbe, schnell sinkende Sonne stand zwischen den beiden Bürohochhäusern. Somerset, der am Steuer auf dem Fahrersitz saß, klappte die Sonnenblende herunter, um weiterlesen zu können. Sie standen auf einem Parkplatz im Zentrum direkt gegenüber dem Friseurgeschäft.

Mills hatte auf dem Beifahrersitz die Beine auf das Armaturenbrett gelegt und stöhnte leise vor sich hin, während sein Finger die Zeilen des FBI-Computerausdrucks entlangwanderte. Auf dem Boden stand seine leergetrunkene Dose Root Beer. »Die pure Zeit- und Papierverschwendung«, sagte er enttäuscht. »Da ist absolut nichts drin.«

»Wir sind auf dem richtigen Weg«, bemerkte Somerset, ohne von seiner Lektüre aufzublicken. Mills' Einstellung ärgerte ihn etwas. Was stellte er sich denn unter polizeilicher Ermittlungsarbeit vor? Bestimmt nicht aus der Hüfte schießen wie die Filmcowboys. Es war eben pedantische Kleinarbeit, die Suche nach dem einen, vielleicht ganz winzigen Detail, mit dem man einen Missetäter vor Gericht festnageln konnte. Gute Detektivarbeit bestand aus den kleinen Details und nicht dem großen spektakulären Schlag. Aber das begriff dieser Mills noch nicht. Vielleicht auch nie. Ein größerer Sturkopf als er war ihm noch nicht begegnet.

»Auf dem Weg«, mokierte sich Mills auch schon wieder. »Auf dem Weg wohin? Zu einem winzigen Fleck in der ganzen Landschaft, und womöglich bringt es nichts.«

»Haben Sie einen besseren Vorschlag? Vielleicht sollten wir sämtliche Schriftgelehrten und Dante-Kenner der Stadt zusammentreiben? Oder die komplette Fahndungskartei durchblättern, bis wir eine Visage finden, die unserem Killer gehören könnte? Meinen Sie, so finden wir ihn? Wissen Sie, ich mache das ja gerade erst dreiundzwanzig Jahre lang. Vielleicht habe ich da einen übersehen, der sich auf bizarre Racheformen und Ritualmorde auf der Grundlage mittelalterlicher Geheimschriften spezialisiert hat. Vielleicht ist er mir einfach entfallen.«

»Schon gut, ich hab' verstanden.«

»Wirklich?«

Mills funkelte ihn an. Er vertrug keine Belehrungen. Na, dachte Somerset, nicht mein Problem. Der Junge mußte tatsächlich noch eine Menge lernen.

»Und wenn Sie vielleicht so nett wären, Ihre Schuhe von meinem Armaturenbrett zu nehmen ... bitte.«

Mills nahm die Beine herunter, aber an seinem abfälligen Gesichtsausdruck konnte man ansehen, daß er seine Einstellung zum Thema nicht änderte.

Somerset ignorierte es, und widmete sich wieder seiner Lektüre. Bestimmt würde der gute Mills nicht mal das erste Jahr hier überstehen. Statt dessen war er dann vermutlich Leiter eines Sicherheitsdienstes irgendwo in einem Vorort. Ganz sicher.

Draußen eilten die Büroklaven in Scharen heimwärts, bevor die Sonne fort war. Somerset dachte bei ihnen immer an die armen, gehetzten Transsylvanier, die schutzsuchend in die Burg flüchteten, bevor Dracula wieder aus seinem Grab stieg und frisches Blut suchte. Diese Menschen hier wußten nur nicht, wie nah das der Wahrheit kam.

Er warf einen Blick hinüber zu Mills. Er hatte Vorurteile gegenüber dem Mann, und das gefiel ihm nicht. Vielleicht war er unfair zu ihm. Mills hatte noch nicht mal halb soviel Scheiße gesehen wie er. Außerdem hatte er noch ein gesundes Gefühl für moralische Entrüstung, etwas, das bei ihm ausgebrannt war. Vielleicht war seine Gier nach Resultaten gar nicht so schlecht. Es bewies, daß er das Herz auf dem rechten Fleck hatte. Und allein deswegen konnte er ein guter Detective werden. Wenn er jetzt nur noch Kopf und Herz in Einklang brachte!

Er blätterte den Ausdruck weiter und nahm die nächste Spalte eines potentiellen Kandidaten in Angriff. Sie war besonders lang. *Die Göttliche Komödie, Geschichte des Katholizismus,* dann etwas mit dem Titel *Wahnsinnige Mörder, Moderne Mordermittlungsmethoden, Kaltblütig* ...

Er zeigte Mills die Seite. »Was halten Sie davon?«

Mills besah sie sich mit einer Furche über der Nasenwurzel. »*Des Menschen Hörigkeit?*«

»Nicht, was Sie denken. Somerset Maugham.«

Mills deutete auf eine Zeile. »*Marquis de Sade und der Sadismus?*«

»Na, bitte.«

Mills fuhr mit dem Finger weiter die Titel entlang. »*Die Schriften des Thomas von Aqu ... Aquin ...*«

»Der heilige Thomas von Aquin. Hat über die sieben Todsünden geschrieben.«

»Woher wissen Sie das?«

»Ach, ich lese eine ganze Menge.«

»Aber ich nicht.« Mills sah ihn wieder finster an.

»Es ist die längste Liste, die auf unsere Kriterien paßt. Wie ist es bei Ihnen?«

»Stimmt. Meine haben meistens nur drei oder vier Einträge. Die hier hat ja« – er zählte überschlägig – »gut dreißig.«

Somerset drehte den Zündschlüssel, der Motor sprang an. »Vielleicht sollten wir uns den mal ansehen? Wie heißt er?«
Mills blätterte zurück. »Großer Gott! Nicht zu glauben.«
»Was?«
»Er heißt John Doe!«
Ausgerechnet John Doe. Der polizeiübliche Name für nicht oder noch nicht identifizierte Tote.
»So, so« sagte Somerset. Er schaltete und setzte zurück. »John Doe?« Was es alles gab. »Und die Adresse?«

Es war schon dunkel, als sie endlich John Does Wohnung gefunden hatten. Sie lag an einer schmalen, nur einen Block langen Sackstraße in einer schäbigen Gegend und grenzte an das sogenannte Studentenghetto. Somerset hatte draußen auf der Avenue geparkt, von der die Straße abzweigte, weil er sich denken konnte, daß ein fremdes Auto in der engen Straße sogleich auffallen würde.

Sie gingen zu Fuß hinein. Das Wohnhaus von John Doe war nicht ganz so alt wie die übrigen Gebäude hier, wenn auch kaum weniger heruntergekommen. Die Eingangshalle war billig getäfelt. Die Paneele hatten sich verzogen und bogen sich aus den Wänden heraus. Mit ein paar Nägeln hätte man das sicher richten können, nur tat das eben keiner. Das gehörte zu den Dingen, um die sich nie jemand kümmerte und für die nie jemand zuständig war.

Somerset las die Klingelschilder. Beim Apartment 6 A stand kein Name, es war aber das auf dem FBI-Ausdruck angegebene. Allerdings war es nicht die einzige Wohnung ohne Namensschild.

»Das ist verrückt«, sagte Mills. »Viel zu einfach. So geht es doch im wirklichen Leben nicht zu.« Er wollte klingeln, aber Somerset hielt ihn davon ab.

»Was ist denn jetzt wieder?« sagte Mills. »Ich denke, wir wollen mit dem Mann reden?«

»Warten Sie.« Somerset ging zur Haustür und probierte, ob sie offen war. Sie war zu, hatte aber viel Spiel. Er sah gleich, daß es ein billiges Schloß war. Er schob ein Blatt seines Ausdrucks in die Türspalte. Dann mußte er es nur noch hochschieben, und die Tür ging auf. »Wir wollen ihn nicht zu sehr vorwarnen«, sagte er. »Nur für den Fall.« Er drückte gegen die Tür und hielt sie Mills auf.

»Sie glauben doch nicht wirklich, daß das unser Mann ist«, fragte Mills. »Oder?«

»Die Welt ist komisch, Mills«, sagte Somerset. »Es ist immer das gleiche und doch jedesmal überraschend. Also los, gehen wir rauf und sehen wir ihn uns an. Hören wir uns an, was er zu sagen hat. Man kann nie wissen.«

»Klar. Äh, entschuldigen Sie die Frage, Sir, sind Sie vielleicht zufällig ein Massenmörder?«

»Pst! Ruhig jetzt!« zischte Somerset. Wieder konnte er nicht begreifen, wie dumm Mills manchmal sein konnte. Diese gefliesten Treppenhäuser und Flure waren die reinen Echokammern. Genausogut konnten sie sich mit dem Nebelhorn ankündigen, damit John Doe wußte, daß sie kamen.

Er ging zum Aufzug und holte ihn. In der ganzen Halle roch es schwach nach Hundekot. Er suchte überall und inspizierte auch seine Schuhe, bis er entdeckte, daß der Hundedreck am Hinterreifen eines der beiden am Treppengeländer angeketteten Fahrräder klebte. Er nahm es stirnrunzelnd zur Kenntnis. Es abzuwischen, bevor man es hereinbrachte, wäre natürlich zuviel Mühe und Aufwand gewesen.

Der Aufzug kam quietschend und rumpelnd. Somerset stieg hinein, hielt für Mills die Tür auf und drückte auf die »6«.

»Was sagen Sie denn, wenn er aufmacht?« fragte Mills.

»Ich dachte, Sie reden«, sagte Somerset. »Gebrauchen Sie mal Ihre Silberzunge.« Er wollte sehen, wie Mills sich dieser Aufgabe entledigte. Wie gut er Leuten Informationen aus der Nase ziehen konnte. Er mochte gut den grimmigen Bullen spielen, doch übermäßig viel Subtilität im Umgang mit Menschen traute er ihm nicht zu.

Die Aufzugtür ging wieder rumpelnd auf. Sechste Etage. Mills quälte sich ein Lächeln ab. »Wer hat Ihnen von meiner Silberzunge erzählt? Meine Frau wahrscheinlich.«

»Wie geht es ihr denn? Ich bin noch gar nicht dazu gekommen, anzurufen und mich für das Essen zu bedanken.«

»Es geht ihr gut. Sie hat gesagt, daß Sie sie wirklich mag. Sie findet Sie für einen Cop viel zu sensibel.«

Zu sensibel, dachte Somerset, das war einmal. Jetzt nicht mehr. Inzwischen war er eine einzige Hornhaut. »Sie ist eine wirkliche Gottesgabe, Mills. Seien Sie gut zu ihr.«

»Jeden Tag, immerzu, was es auch sei. Nein, im Ernst, ich weiß selbst, daß Tracy das Beste ist, was mir je passiert ist.«

Somerset fand es bemerkenswert, daß Mills so aus sich herausging. Die meisten Männer tun sich hart, wenn sie ihre Gefühle über die Lippen bringen sollen, ganz besonders, wenn es sich um ihre eigene Frau handelte. Er hatte das Problem ja selbst immer gehabt.

Sie gingen den Flur entlang und suchten das Apartment 6 A. Es ging nach vorn hinaus, lag geradeaus am Ende des Flurs. Mr. Doe hat vermutlich freien Blick auf die Straße, dachte Somerset. Aber selbst wenn er sie hatte ins Haus kommen sehen, wußte er noch lange nicht, wer sie waren.

Mills ging voraus, klopfte heftig an die Tür, murmelte »Silberzunge« vor sich hin und wartete, daß aufgemacht wurde.

Es zog sich. Mills klopfte noch einmal. Somerset hörte ein leises Quietschen, aber es kam nicht von der Tür zur 6 A. Er blickte sich nach dem mutmaßlichen neugierigen Nachbarn um, aber es war auch keine der anderen Wohnungstüren. Sondern die Tür zur Treppe des Notausgangs. Dort stand der schwarze Schatten einer Gestalt, völlig reglos, und sah nur zu ihnen her. Dann nahm Somerset ein kurzes Aufblitzen wahr. Der Lauf einer Waffe im Türschlitz.

»Mills!«

Aber da krachte es bereits. Dreimal kurz hintereinander. Durch den dämmerigen Flur blitzte das Mündungsfeuer, während sie sich beide gleichzeitig zu Boden warfen. Der Knall machte Somerset halb taub. Drei neue ausgefranste Löcher verzierten jetzt die Tür von 6 A. Durch sie fiel der Schimmer von Tageslicht. Die Löcher waren groß wie Untertassen. Verdammter Mist, dachte Somerset, das Dreckstück schießt mit Hohlspitzpatronen!

»Saukerl!« knurrte Mills und griff nach seiner Waffe.

Der Türspalt am Notausgang schloß sich hastig, als Mills mit einem Satz hinsprang. Somersets Herzschlag setzte aus. Er sah schon, wie eines dieser verdammten Hohlspitzgeschosse Mills traf. Das nächste wäre dann sein Gang zu Tracy Mills mit der Nachricht, daß ihr Mann tot war. Aber Mills war bereits durch die Tür, bevor er noch daran denken konnte, ihn zurückzuhalten.

Sei wenigstens vorsichtig, du verdammter Sturkopf, dachte er. Er machte sich Sorgen wegen Tracy.

Mills rannte die Treppe hinab, nahm die letzten vier Stufen mit einem Sprung und blieb abrupt stehen und lauschte. Da waren sie. John Does flüchtende Schritte. Ihr Echo hallte durch das ganze Treppenhaus. Er blickte nach oben. Somerset stand mit gezückter Waffe. Sie zeigte nach oben. Er wirkte etwas verblüfft. Mills fragte sich, ob alles in Ordnung war; ob er im Bilde war.

»Was war das für eine Waffe?« rief er hinauf.

Aber Somerset war schon auf dem Weg und hörte nicht.

»Verdammt noch mal, Somerset! Womit hat er geschossen? Wie viele Schuß?« Er rannte einen Treppenabsatz weiter, stoppte und wartete auf Antwort.

»Keine Ahnung!« rief Somerset endlich. »Könnte ein Revolver gewesen sein. Bin nicht sicher.«

Mills rannte weiter abwärts, behielt Somerset aber im Auge. Dann stolperte er und stürzte auf dem nächsten Treppenabsatz. Die Waffe fiel ihm aus der Hand. »Scheiße!«

»Ist was?« rief Somerset.

»Ach, nichts!« Er griff nach seiner Waffe, stand auf und lief weiter.

Somerset folgte ihm. Mills konnte ihn keuchen hören. Der Kerl raucht, dachte er, steht kurz vor der Pensionierung und soll noch fit sein für so was hier. Er blieb stehen und sah zu Somerset hinauf. »Wie sieht er aus, haben Sie ihn gesehen?«

»Brauner Hut«, sagte Somerset schnaufend und nach Atem ringend. »Hellbrauner Regenmantel ... Art Trenchcoat.«

Mills spähte über das Geländer hinunter zur nächsten Etage. Und da stand Doe. Seine Waffe zielte nach oben. Mills fuhr zurück, als der Schuß krachte und durch das Treppenhaus hallte. Holz splitterte, und es regnete Späne durch das Treppenhaus.

Der nächste Schuß pfiff vorbei und prallte ein paar Etagen weiter oben von irgend etwas ab.

Mills drückte sich an die Wand und wartete auf einen weiteren Schuß, doch statt dessen hörte er, wie eine Tür aufging und heftig wieder ins Schloß fiel. Fünf, dachte er und rannte zur nächsten Etage hinunter. Fünf Schüsse bisher. An der Wand neben der Tür zur Feuerleiter stand eine »4«. »Vierte Etage«, rief er nach oben.

Er riß die Tür auf und bog in den Gang, sicherte mit vorgehaltener Waffe nach rechts und links. Ganz am Ende des Flurs lief John Doe eben um die Ecke. Mills rannte ihm nach. An der Ecke fuhr er plötzlich zurück. Verdammt, hoffentlich stand der gute John Doe nicht dahinter und wartete auf ihn.

Doch kein John Doe lag auf der Lauer. Dafür hatte er schon den nächsten Gang halb hinter sich und rannte wie um sein Leben.

Mills stellte sich breitbeinig hin, faßte die Waffe mit beiden Händen, schloß ein Auge und zielte auf Does Rücken, bereit, abzudrücken und ihn von den Beinen zu holen. Doch eben da kam ein Mann in T-Shirt und Unterhose aus einer Wohnung und lief ihm mitten in die Schußlinie. »Hinlegen!« schrie ihm Mills zu. »Legen Sie sich hin! Schnell!«

Aber der Mann erstarrte nur vor Schreck und begriff nichts. Mills hastete fluchend an ihm vorbei und stieß ihn grob zur Seite.

Weiter vorn steckte eine Frau in Jeans und weißem Sweatshirt den Kopf aus der Wohnungstür. John Doe war gerade auf ihrer Höhe. Er blieb stehen, packte sie an den Haaren, zerrte sie heraus und schleuderte sie gegen die Wand.

»He!« schrie sie.

Doe schlüpfte in ihre Wohnung.

»Aus dem Weg!« schrie Mills. »Polizei! Nicht reingehen!«

Er lief zu ihr, schob sie zur Seite, trat ihre Wohnungstür ein und sicherte, die Waffe wieder im Anschlag, in alle Richtungen. Es war eine dieser »Eisenbahnwohnungen«: ein Raum immer direkt in den nächsten. Ganz vorn kletterte John Doe gerade durchs Fenster auf die Feuerleiter. Mills erstarrte für den Bruchteil einer Sekunde. Die bewußte Nacht fiel ihm wieder ein. Russell Gundersen. Rick Parsons, den draußen auf der Feuerleiter eine Kugel traf und der drei Stockwerke tief hinunterfiel und seitdem ein Krüppel war. Er merkte, wie seine Hand zitterte. Genauso war er damals gestanden, vorne an der Tür mit Blick auf das Fenster zur Feuerleiter.

»Polizei! Stehenbleiben!« Das war Somerset draußen auf dem Gang. Er kam näher.

Mills konnte nicht zulassen, daß Somerset das gleiche passierte wie damals Rick. Er rannte zum Fenster, entschlossen, John Doe zu erledigen.

Die Tür des letzten Raums fiel vom Luftzug durch das geöffnete Fenster zu. Er warf sich gerade noch hindurch, riß sie aber schon aus den Angeln. Weiße Stores wehten ihm ins Gesicht. Er sprang neben das Fenster, preßte die Schulter gegen die Wand, duckte sich vorsichtig und spähte über das Fensterbrett hinaus. Er verrenkte sich den Hals, um einen Blick nach unten in die Gasse werfen zu können. Da zerbarst das Fenster bereits unter einem Schuß. Er fuhr zurück. Es regnete Glassplitter.

Er saß mit dem Rücken zur Wand, keuchte und dachte: Sechs! Das waren jetzt sechs Schuß. Er hat sich leergeschossen.

Er kroch wieder zum Fenster, die Waffe voraus, bereit, dem verdammten Mistkerl die Innereien aus dem Leib zu blasen, als unmittelbar hintereinander drei weitere Schüsse krachten und beide Fensterrahmen zu Bruch gingen.

Mills ging wieder in Deckung. »Du Scheißkerl!« fluchte er. »Gibt es denn so was? Sieben, acht, neun. Was ist das für ein Scheißrevolver, Somerset?«

Wieder arbeitete er sich zum Fenster vor, diesmal noch vorsichtiger, und hörte Schritte. Er beugte sich hinaus. John Doe rannte unten durch die Gasse.

»Scheiße!« fluchte Mills und eilte die Feuerleiter hinunter. Ach, scheiß drauf, dachte er, schwang sich über das Geländer der Feuerleiter und sprang dreieinhalb Stockwerke tief. Er landete auf dem Dach eines Autos. Es brach ein, die Windschutzscheibe zersprang, aber es milderte seinen Fall ab. Mit einem Satz war er auf der Fahrbahn und rannte los. Hoffentlich war der Mistkerl noch nicht über alle Berge.

An der Einmündung der Gasse hätte er am liebsten vor Wut losgebrüllt. Sie war voller Leute. Herumlungernde Teenager, spielende Kinder, alte Frauen, die über den Gehsteig schlurften, Mütter mit Kinderwagen, Kerle, die ihm einfach nur Platz wegnahmen. Er sah nach rechts und links, aber es war hoffnungslos. Nichts zu sehen. Kein hellbrauner Trenchcoat, kein brauner Hut. Er sprang auf einen Hydranten, hielt sich an einem Parkverbotsschild fest, spähte in die Ferne.

Da sah er ihn plötzlich doch. Nicht zu fassen. Brauner Hut, hellbrauner Trenchcoat. Er stand vorne an der Ecke des Blocks und wartete auf eine Lücke im Verkehr, um die Straße bei Rot zu überqueren.

Mills sprang hinunter und setzte ihm nach. Er winkte den entgegenkommenden Verkehr zur Seite. Bremsen quietschten, die Autofahrer schimpften.

»Sie haben wohl nicht alle?« rief einer.

Mills reagierte nicht und stürmte bis zur Fahrbahnmitte, wo die Personenwagen und Laster in beiden Fahrtrichtungen an ihm vorbeizischten. Auf dem Gehsteig waren zu viele Leute. Hier ging es bedeutend schneller vorwärts.

Ein Lastwagenfahrer bremste ab und schrie ihn an: »Runter von der Straße, blöder Arsch! Willst du dich umbringen?«

Mills ignorierte ihn. Er mußte aufpassen, sonst verlor er John Doe aus den Augen.

Aber Doe hörte das Kreischen der Bremsen und das Hupen und sah Mills kommen. Er schoß schnell über die Straße auf die andere Seite. Mehrere Autos mußten scharf bremsen, und er verschwand in einer anderen Seitengasse.

Mills setzte ihm nach, um ihm den Weg abzuschneiden, und

vertraute darauf, daß die Autos für ihn anhielten. Eine Frau in einem weißen Firebird kam wenige Zentimeter vor seinem Knie gerade noch zum Stehen. »Was ist denn mit Ihnen los? Gott im Himmel!«

Aber Mills hielt nicht an. Er rannte in die Seitengasse, in der Doe verschwunden war. Sie war eng und düster. Die Häuser standen hier sehr eng aneinander; kaum, daß am anderen Ende etwas Sonne hereinfiel und ihn blendete. Überall lag Abfall herum, Dosen und Kühlboxen – eine Straße der Obdachlosen.

»Doe!« brüllte er im Laufen. »Stehenbleiben, Polizei!«

Keine Reaktion. Nicht der kleinste Laut war in der engen Gasse zu hören, nichts außer seinem eigenen Laufschritt.

»Doe! Sie sind festgenom ...«

Es kam wie aus heiterem Himmel und traf ihn mitten ins Gesicht. Seine Waffe fiel ihm aus der Hand, er hörte, wie sie in eine Pfütze klatschte, dann stürzte er, zuerst auf die Knie, dann flach aufs Gesicht. Ein Brett, dachte er noch, ein einfaches, blödes Brett. Er hatte es überhaupt nicht gesehen, er spürte nur den überwältigenden Schmerz eines zerdrückten Gesichts. Doe mußte sich hinter einem dieser herumliegenden Pappkartons versteckt und ihn abgepaßt haben.

Der Schmerz dehnte sich in seinen ganzen Schädel aus und verdoppelte sich noch. Er preßte die Augen zu und tastete sein Gesicht ab. Kein Zweifel, die Nase war gebrochen. Er hustete und spuckte. Sein Mund füllte sich mit Blut. Er rollte sich zur Seite und spuckte es aus.

Er strengte sich an, die Augen wieder zu öffnen, und hörte, wie etwas Hölzernes auf das Pflaster schlug. Wie ein Baseballschläger, der weggeworfen wurde. Er sah ein Paar Beine und dann eine Hand, die seine Waffe aus der Pfütze zog. Mills versuchte, danach zu greifen, aber er konnte sich nicht bewegen. Der Schmerz hatte ihn buchstäblich gelähmt.

Er hustete wieder los. Das Blut in Mund und Hals drohte ihn zu ersticken.

Als er wieder aufhörte, spürte er etwas Metallisches an seinem Gesicht. Es war der Lauf seiner eigenen Waffe. Er erstarrte, konnte sich nicht helfen.

Der Lauf zeichnete vorsichtige Kreise auf sein Gesicht und um seine Augen, fuhr dann über die Nase zum Mund. Schließlich bohrte er sich zwischen seine Lippen und drückte ihm den Mund auf. Mills versuchte, Doe ins Gesicht zu sehen, aber seine Augen waren blutüberströmt und sahen nichts. Und dann hörte er ein nur zu vertrautes Geräusch – das seiner eigenen Waffe, deren Hahn gespannt wurde.

Er hustete wieder mit dem Lauf der Waffe im Mund. Er konnte nichts dagegen tun. Dann traf ihn ein weißer Lichtblitz ins Gesicht. Einen Augenblick lang dachte er, daß sei die Kugel, die ihm ins Gesicht fuhr. Doch dann konnte er immer noch den Lauf im Mund spüren und das Blut über den Augen. Er hustete noch immer. Tot war er nicht.

Nach einer Ewigkeit wurde der Lauf aus seinem Mund gezogen. Er zitterte, konnte sich nicht bewegen und sah nichts. Dann traf etwas seine Brust, noch einmal und noch einmal. Patronen. Sie rollten herunter und auf den Boden. Der Dreckskerl entlud seinen Revolver und machte sich lustig über ihn. Dann schepperte seine leere Waffe auf das Pflaster, Does Schritte entfernten sich und wurden schwächer und schwächer.

Er rappelte sich mühsam auf die Ellbogen hoch, schnappte nach Luft, spürte Angst und Wut zugleich. Mit dem Ärmel wischte er sich das Blut von den Augen, und wie ein Blinder tastete er nach seiner Waffe und den Patronen.

»Mills!« Somerset erschien vorn in der Gasse. Mills hörte ihn herbeilaufen. »Ist alles in Ordnung?« rief Somerset. Er stürzte zu ihm und kniete sich neben ihn. »Ich rufe die Ambulanz.«

»Nein!« sagte Mills. Er rollte herum und kam auf die Knie. »Mir geht's bestens.« Er verzog das Gesicht gegen den Schmerz und stellte sich auf die Füße.

»Was ist passiert?«

Mills bückte sich, sammelte die restlichen Patronen auf, steckte sie wieder in das leere Magazin, zählte im Kopf mit und stellte sich vor, sie schlügen sie alle in John Doe.

»Mills? Reden Sie doch, sagen Sie etwas! Was ist passiert?«

Aber Mills war zu zornig, um auch nur ein Wort herauszubringen. Es war keine Zeit für Erklärungen. Er mußte sich den Dreckskerl holen. Er lief zum Ende der Gasse, das ein schmaler Silberstreif markierte wie ein Zeichen des Himmels. Er lief, so schnell er konnte, achtete nicht auf die Schmerzen und eilte in die Richtung, in der dieser John Doe verschwunden war. Er würde den Bastard kriegen und fertigmachen, langsam und genüßlich, das schwor er bei Gott. Der sollte es büßen.

»Mills! Wo wollen Sie hin, zum Teufel?«

Aber Mills hielt nicht an und sah sich nicht um. Er hatte eine verdammte Aufgabe.

»Mills!«

17

Als Mills im Wohnhaus von John Doe in der sechsten Etage aus dem Aufzug stürmte, versuchte Somerset ihn am Ärmel zurückzuhalten, doch Mills riß sich los.

»Nun mal langsam, Mills! Haben Sie mich gehört? Mills!«

Aber Mills stürmte wortlos davon, und Somerset hatte Mühe, Schritt zu halten. Auf dem ganzen Weg hatte er versucht, aus Mills herauszubekommen, was eigentlich passiert war, aber es war zwecklos gewesen. Der Junge war wie ein gereizter Stier, sah nur noch rot, und Somerset war klar, daß er irgendeinen Blödsinn machen würde und wohl nicht davon abzuhalten war.

Mills hatte überall Blut im Gesicht. Es war bereits verkrustet, seine Nase war geschwollen, und die blauen Flecken unter seinen Augen entwickelten sich zusehends zu Veilchen. Wie ein Berserker stürmte er geradewegs auf die kugeldurchlöcherte Tür des Apartment 6 A zu.

»Mills! Rühren Sie diese Tür nicht an! Haben Sie verstanden?« Somerset holte ihn ein, packte ihn am Arm und ließ sich diesmal nicht abschütteln. »Warten Sie, Himmeldonnerwetter noch mal! Warten Sie!«

Mills fuhr herum. »Und warum?« Er spie Gift und Galle. »Das war er, zum Teufel! Unser Mann war das!«

Somerset deutete noch einmal auf die zerschossene Tür. »Sie können da nicht rein, Mann!«

»Einen Dreck kann ich. Wir gehen rein und schnappen ihn uns.«

»Herrgott, wir brauchen einen Durchsuchungsbefehl! Als wenn Sie das nicht wüßten!«

»Scheiß auf den Durchsuchungsbefehl!« Mills zeigte auf sein ramponiertes Gesicht. »Wie viele Gründe brauchen wir noch außer dem da?« Und er wollte sich gegen die Tür werfen.

Doch Somerset ließ es nicht zu. Er packte ihn an der Jacke und schleuderte ihn an die Wand. »Schluß jetzt! Denken Sie erst mal nach!«

Mills versuchte, ihn abzuschütteln. »Was stimmt eigentlich nicht mit Ihnen? Lassen Sie mich los!«

Somerset drückte ihn fest gegen die Wand. »Jetzt denken Sie mal nach, Mills, womit wir hergekommen sind.« Er zerrte den mittlerweile zerknüllten Computerausdruck des FBI aus der Tasche und hielt ihn ihm unter die Nase. »Mit dem da können wir nicht hausieren gehen. Daß wir das haben, darf überhaupt keiner wissen. Das FBI kann niemals zugeben, daß es diese Bibliothekslisten führt, also können wir auch nicht begründen, wieso wir hier sind. Wir haben offiziell keinen Grund dafür.«

Mills keuchte und beruhigte sich etwas. »Aber bis wir endlich einen Durchsuchungsbefehl haben, ist wieder jemand tot. Und das wissen Sie auch.«

»Denken Sie nach, Mills, denken Sie nach. Wenn wir da jetzt ohne Durchsuchungsbefehl reinmarschieren, können wir kein Krümel von dem, was wir finden, als Beweismittel verwenden. Wird uns von jedem Gericht abgelehnt. Und er kommt ungeschoren davon. Ist Ihnen das lieber?«

Mills packte ihn am Revers und versuchte noch immer, freizukommen. »Aber es wird noch mehr Tote geben. Können Sie damit leben? Ich jedenfalls nicht.«

Somerset rammte ihn wieder mit aller Kraft an die Wand, um ihn nicht ausbrechen zu lassen. Tief im Inneren war ihm klar, daß Mills recht hatte. Andererseits ... Wenn der Mörder ungeschoren davonkam, weil sie juristischen Mist gebaut hatten, indem sie ohne formelle Berechtigung in seine Wohnung eindrangen, würde er eben immer weitermorden. »Also passen Sie auf«, sagte er schließlich, »alles, was wir tun können, ist, daß wir uns irgendeine Ausrede ausdenken, mit der wir dann an seine Tür klopfen. Können Sie mir folgen?«

Mills entspannte sich etwas. »Schon gut, ich verstehe.«

Somerset ließ ihn los. Doch kaum hatte er es getan, fuhr Mills auch schon herum und trat die Tür ein.

Somerset hätte ihn am liebsten umgebracht. »Sie blöder Hund!«

Mills nahm es achselzuckend zur Kenntnis und wischte sich mit dem Handrücken das Blut von der Nase. »Jetzt hat es sich wenigstens ausargumentiert. Es sei denn, Sie können sie wieder reparieren.« Das Türschloß war kaputt, die Tür selbst hing nur noch schief in den Angeln.

Die Tür zum Treppenhaus, wo sich John Doe vorhin versteckt hatte, sprang plötzlich auf.

Beide zogen im selben Moment.

»Was ist denn hier los?« beschwerte sich jemand. »Könnt ihr Wichser nicht woanders einbrechen gehen? Nirgends hast du heutzutage mehr deine Ruhe.« Ein dürrer alter Obdachloser schaute mit glasigen Augen durch die Tür. Sein Schweißgeruch und seine Alkoholfahne wehten bis zu ihnen herüber. »Macht, daß ihr wegkommt. Ist das denn zuviel verlangt, wenn man seine Ruhe und ein bißchen Frieden haben möchte? *Ein bißchen Ruhe und Frieden!*«

Mills sah Somerset an. »Wieviel Geld haben Sie noch übrig?«

Eine halbe Stunde später nahm ein uniformierter Polizist die Aussage des Obdachlosen im Flur auf und notierte alle Einzelheiten. Mills stand hinter ihm, nickte demonstrativ und machte dem alten Penner mit Blicken Mut.

»Dann, dann, dann ... habe ich, ich hab' gesehen, wie der Mann rauskam«, stotterte der Alte, »immer, wenn dann alle diese Morde passiert sind. Nicht? Diese Morde, von denen da dauernd alle reden. Nicht? Also, ich, dann ...«

Er war noch immer halb hinüber, aber er wußte, daß Mills einen Zwanziger für ihn in der Tasche hatte, also wollte er seine Sache gut machen.

»Also haben Sie Detective Somerset angerufen«, half ihm Mills nach, »nicht wahr? So haben Sie es mir doch erzählt? Jemand auf der Straße hat ihnen seine Nummer gegeben.«

»Genau, ja, richtig ... Hab' ich den Detective gerufen, angerufen. Somerville.«

»Wer hat Ihnen die Telefonnummer von Detective Somerset gegeben, Sir?« wollte der Polizist wissen.

Der Alte zuckte mit den Achseln, und die Augen in seinem langen, verlebten Gesicht traten hervor. »Gott, irgendwer. Weiß nicht, wie er heißt. Der pennt manchmal draußen in derselben Gasse wie ich.«

»Haben Sie gar keine Ahnung, wie er heißt? Vielleicht nur seinen Spitznamen?«

Der Alte schüttelte den Kopf. »Ich sag' immer nur Bud zu ihm. Aber das sag' ich zu allen.«

Der Polizist warf Mills einen Blick zu. »Klar, alle sind deine Buddies«, sagte er sarkastisch.

Aber auch Mills hatte nur ein Achselzucken für ihn übrig. »Na ja, was kann man machen?« Er wollte das hier möglichst rasch hinter sich kriegen.

Doch der Polizist, pflichtbewußt, war immer noch nicht fertig. »Gut, aber weshalb haben Sie den Detective nun eigentlich angerufen, Sir?«

»Na ja, wegen dem Kerl da, nicht? Der machte so einen ... so einen gruseligen Eindruck, nicht? Oder so ...«

Mills nickte lebhaft, um ihm zu bedeuten, in dieser Richtung weiterzureden.

»Und weil eben einer von diesen Morden hier war, nicht? Nur ein paar Blocks weiter, nicht? Der eine, Sie wissen schon, der noch immer am Leben ist. In den Zeitungen stand ja, daß er schon tot ist, im Krankenhaus gestorben. Der mit der abgesäbelten Hand, nicht? Und da kam mir so der Gedanke, der Kerl, der hier im Haus wohnt und immer so gruselig aussieht und alles, nicht? Daß der leicht der sein könnte, der ... nicht?«

»Und was haben Sie nun tatsächlich gesehen?« drängte ihn Mills, bevor der Mann ganz vom Thema abkam.

»Gesehen? Ja, also, ich ... also ich hab' ihn gesehen mit einem von diesen großen spitzen Messern. So 'ner Machete, nicht? Die hatte er unter der Jacke, und eines Tages ist sie ihm mal draußen in der Gasse rausgefallen, nicht? Und das hab' ich gesehen.«

»Den Rest wissen Sie ja schon von mir«, sagte Mills zu dem Polizisten, bevor der Alte seiner Phantasie noch mehr freien Lauf ließ. Der war gerade dabei, sich mit glänzenden Augen so richtig in seine Geschichte reinzuknien. Vor der Ankunft des Polizisten hatte er sogar schon angefangen, von Außerirdischen und Ufos zu murmeln. Das mußte denn doch nicht sein, das wollte Mills lieber abblocken.

»Das Datum, an dem er den Verdächtigen diese Machete verlieren sah«, erklärte er dem uniformierten Kollegen, »stimmt mit dem überein, an dem nach Feststellung der Gerichtsmediziner Victor Dworkin die Hand amputiert wurde. Müssen Sie sonst noch etwas wissen?«

»Nein, das reicht wohl«, sagte der Polizist. Er hielt dem alten Penner sein Klemmbrett und seinen Schreibstift hin. »Wenn Sie dann hier noch unterschreiben ... Bud.«

Mills hielt das Brett fest und paßte auf, daß der Alte auch sein Krakelzeichen an der richtigen Stelle machte. Er brauchte ein Weilchen, aber schließlich brachte er doch eine einigermaßen glaubhafte Unterschrift zustande. Der Polizist nahm sein Brett zurück und fragte Mills: »Wo ist der Lieutenant?«

»Drinnen«, sagte Mills mit einer Kopfbewegung zu der aufgebrochenen Tür des Apartments 6 A.

Als der Polizist hineingegangen war, zog Mills den Zwanziger aus der Tasche und zeigte ihn dem Alten. »Kaufen Sie sich lieber was zu essen dafür«, sagte er leise zu ihm. »Versaufen Sie's nicht. Verstanden?«

»Ja, ja, ja«, sagte der Alte, griff hastig nach dem Schein und steckte ihn rasch ein. »Alles klar, Bud.« Und trollte sich.

Mills sah ihm kopfschüttelnd nach. Natürlich würde er sich mit dem Geld dumm und dämlich saufen. Nur gut, daß er ihm bloß einen Zwanziger gegeben hatte. Somerset hatte an mehr gedacht.

Er zog seine Gummihandschuhe aus der Tasche und marschierte in John Does Wohnung. Das Wohnzimmer war unnatürlich dunkel, weil alle Wände schwarz gestrichen waren. Genau wie die Fenster. Somerset und der Polizist stellten sich vor eine Stehlampe und gingen zusammen die Aussage des alten Penners durch. Somerset und Mills hatten sich zuvor auf die Version geeinigt, daß der Alte Schreie aus 6 A gehört haben sollte. Und daraufhin hätten sie nachsehen wollen. Als niemand geantwortet habe, hätten sie die Tür aufgebrochen, weil die Möglichkeit nahelag, daß in der Wohnung eine Gefahrensituation bestand. Besonders toll fand Somerset die Geschichte zwar nicht, aber er versicherte Mills, man könne damit immerhin durchkommen, und er kriege das schon hin.

Außer dieser Stehlampe und einem einsamen Stuhl mit gerader Sprossenlehne war der Raum völlig leer. Mills kam vom Flur herein und blinzelte in die Dunkelheit. An der ersten Tür blieb er stehen. Ob er vorsichtshalber seine Waffe ziehen sollte? Obwohl Doe ja nicht gut dasein konnte. Es sei denn, er hätte sich in eine Fledermaus verwandelt und wäre durchs Fenster hereingeflogen. Trotzdem hatte er ein unbehagliches Gefühl in der Magengrube. Er ließ die Waffe im Halfter, legte aber die Hand an den Griff, als er am Türknopf drehte.

Auch in diesem Raum war es stockfinster. Er tastete vorsichtig nach dem Lichtschalter und dachte an Victor Dworkins abgetrennte Hand. Er war bereit, beim kleinsten Zeichen von Gefahr zurückzuweichen.

Er fand den Lichtschalter. Eine grelle 100-Watt-Deckenlampe erleuchtete wieder einen karg möblierten Raum. Auch hier waren Wände und Fenster schwarz gestrichen. An der Wand stand immerhin ein Bett, aber ohne Matratze, lediglich mit dem gefederten Metallrahmen und einem am Kopfende ordentlich gefalteten Laken. Doch ein Kissen fehlte ebenfalls. Das Laken hatte dafür große Schweiß- und Rostflecken.

Genau in der Mitte des Raums stand ein Schreibtisch mit einer kleinen Schreibtischlampe darauf. Mills zog an der Schalterkette und knipste sie an. Sonst lag nichts auf dem Schreibtisch.

Er zog den Stuhl heran und öffnete die mittlere Schublade des Schreibtischs. Alles, was er darin fand, war eine in schwarzes Leder gebundene Bibel. Dann sah er im obersten Schubfach rechts nach. Es war voller leerer Aspirinfläschchen. Sie standen ordentlich aufgereiht wie die Zinnsoldaten. Er zählte sie überschlagsweise. An die vierzig.

Die nächste Schublade enthielt drei Schachteln Munition verschiedener Sorte, aber alle Kaliber 9 mm, je ein Drittel Hohlspitzpatronen, Blei-KK-Patronen und Patronen mit Teflonmantel. Die teflonbeschichteten hießen beim Straßenmob »Copkiller«, weil sie selbst Körperschutzpanzer durchschlugen. Mills betastete sein zerschlagenes Gesicht und bedauerte, nicht auf den Dreckskerl geschossen zu haben, als er die Gelegenheit dazu hatte.

In der Ecke des Zimmers fiel ihm noch ein Klapptisch mit einem Bühnenbildmodell aus Karton und buntem Papier auf. An der Rückwand klebten in einem Halbkreis sich überlappende Bänder, die das Zentrum der Bühne umgaben – und in dem stand ein Mayonnaiseglas mit einer menschlichen Hand in einer milchigen Flüssigkeit.

Victor Dworkins Hand, dachte er und rieb sich unbewußt das eigene Handgelenk. O Gott ...

»Lieutenant!« rief er und ging zur Tür. »Sehen Sie sich das mal an!«

»Augenblick!« rief Somerset zurück. Er stand noch immer mit dem Polizisten zusammen.

Mills warf einen Blick in den ebenfalls schwarzgestrichenen Flur, und dabei fiel ihm unter einer Tür am Ende des Flurs ein rötlicher Lichtschein auf.

Er pirschte sich vorsichtig heran und spürte eine leichte Beklemmung. Was würde er hinter dieser Tür noch finden? Weitere Körperteile? Köpfe, Füße, Finger, Augen, Ohren, Genitalien? Er drehte sehr langsam den Türknopf.

Es war das Bad. Über dem Spiegel der Hausapotheke brannte ein rotes Licht. An der Stange des Duschvorhangs hingen trockene entwickelte Filmstreifen. Doe hatte sein Bad als Dunkelkammer benützt.

An allen Wänden hingen Vergrößerungen. Der Anblick raubte Mills den Atem. Es waren Aufnahmen von Peter Eubanks, dem »Fetten«, als er noch lebte. Von Eli Gould, wie er von sich selbst Fleisch abschnitt. Und von Victor Dworkin, wie er immer mehr verfiel und um Gnade flehend in die Kamera blickte. Aber es gab auch Fotos von einer aufreizenden Blondine auf einem Bett. Sie war weder tot, noch waren Mißhandlungen zu erkennen, doch sah auch sie nicht gerade glücklich aus. Andere Fotos zeigten weitere Körperteile, Großaufnahmen von Mündern und noch nicht abgetrennten Fingern. Während er von Bild zu Bild ging, verblüffte ihn immer mehr, wieviel Arbeit und Vorbereitungen den Mann seine Mordtaten gekostet hatten. Und auf noch etwas stieß er. Es hing an einem Zahnbürstenhalter über dem Waschbecken. Ein laminierter UPI-Presseausweis an einem Kettchen.

»Du verdammter Scheißkerl«, murmelte er.

Er ließ noch einmal rasch den Blick über alle Wände wandern und hoffte, nicht zu finden, was er erwartete. Aber er fand es an der Wand rechts über dem WC. Fotos mit Blick in den Gang vor Victor Dworkins Wohnung und von draußen auf den Tatort. Dazu Fotos von ihm selbst und Somerset, wie sie unten aus dem Auto stiegen, ins Haus gingen, auf der Treppe waren und schließlich den Tatort untersuchten.

Er hieb wütend mit der Faust auf den Rand des Waschbeckens. »So eine Scheiße!« Dieser bescheuert aussehende angebliche Fotoreporter, der aussah wie Elmer Fudd, war John Doe selbst gewesen! Mann, den hatte ich schon, dachte er. Seine Eingeweide brannten wie Feuer. Ich hatte ihn tatsächlich schon gehabt, verdammt noch mal, und wieder laufenlassen! Verfluchter Dreckskerl! Gottverdammter!

Plötzlich klingelte ein Telefon. Es kam von weiter hinten im Flur. Mills schoß aus dem Bad. Somerset und der Polizist eilten ihm entgegen. »Ich weiß nicht, von wo es kommt«, sagte Somerset.

»Nehmen Sie die Küche«, sagte Mills. Dem Polizisten erklärte er: »Und Sie rühren mir nichts an, außer Sie ziehen die hier an.« Und er zog ein anderes Paar Gummihandschuhe aus der Tasche und warf es ihm zu.

Das Telefon klingelte inzwischen zum dritten Mal. Mills eilte ins Schlafzimmer. Es klang eigenartig gedämpft, schien aber von dort zu kommen. Er öffnete den Wandschrank. Er hing voller Kleidungsstücke, aber das Telefon war nicht darin. Er ließ sich auf Hände und Knie nieder und suchte unter dem Bett. Da stand tatsächlich eine Art Käseglocke aus Metall mit einem Holzknopf darauf. Er brauchte eine Weile, bis er begriffen hatte, daß es sich um den Deckel eines Wok handelte. Unter ihm lief ein dünnes Kabel heraus. Er zog den Deckel unter dem Bett hervor und hob ihn hoch. Auf einem gefalteten Handtuch stand ein schwarzes altes Wählscheibentelefon. Auf der Innenseite des Wok-Deckels klebte Watte, um das Telefongeräusch noch weiter zu dämpfen.

Es klingelte wieder. Mills griff in die Tasche, holte sein Minitonbandgerät heraus, vergewisserte sich rasch, daß noch genügend freies Band vorhanden war, und schaltete es auf Aufnahme. Er wartete kurz, bis er die Spulen laufen sah, hielt es dann an den Hörer, hob ab und meldete sich.

»Hallo?«

Keine Antwort. Es war jemand dran, aber er sagte nichts.

»Hallo!«

Dann hörte er plötzlich eine nasale männliche Stimme. »Respekt. Ich weiß nicht, wie ihr mich gefunden habt, aber ihr könnt euch meine Überraschung vorstellen. Wirklich, ich habe jeden Tag mehr Respekt vor euch braven Gesetzeshütern. Echt.«

»Okay, John«, sagte Mills. »Sagen Sie mir nur ...«

»Nein, nein, nein. Sie hören *mir* zu. Die Sache ist die. In Anbetracht des kleinen Rückschlags von heute werde ich meinen Ablaufplan ändern. Ich wollte nur schnell angerufen haben, um meine wirkliche Bewunderung zum Ausdruck zu bringen. Tut mir leid, daß ich einen von euch ein wenig mißhandeln mußte, aber Sie müssen zugeben, daß mir nichts anderes übrigblieb. Sie nehmen meine Entschuldigung doch an, oder?«

Mills kochte, beherrschte sich aber und sagte nichts.

»Ich würde gerne noch ein wenig mehr erzählen«, sagte Doe, »aber das würde nur die Überraschung ruinieren.«

»Was meinen Sie damit, John?«

»Bis zum nächsten Mal.«

»He, John, legen Sie nicht auf! Ich ...«

Da kam bereits das Freizeichen.

»Mist!« fluchte er, legte ebenfalls auf und stellte das Telefon auf den Boden.

In der Tür stand Somerset. Er sah sehr ernst aus. Mit einer Kopfbewegung wies er den Gang hinunter. »Warten Sie, bis Sie sehen, was ich gefunden habe.«

18

Etwas später drängelten sich die Gerichtsmediziner und Spurensicherer in John Does Wohnung. Es gab genug Bizarres zu entdecken, daß alle beschäftigt waren. Zwei Fingerabdruckexperten pinselten eifrig Graphitstaub, ein Mediziner untersuchte Does kleinen Schrein mit Victor Dworkins präparierter Hand. Und ein Vierter widmete sich der sorgfältigen Inventur der Schreibtischschubladen. Ein Zeichner saß mit Mills in der Küche und versuchte sich an einem Phantombild Does – respektive »Elmer Fudds«, wie Mills ihn nun hartnäckig nannte – auf der Grundlage der kurzen Begegnung auf der Treppe im Wohnhaus von Victor Dworkin.

Somerset aber hatte sich inzwischen abgesetzt und in dem zweiten Schlafzimmer der Wohnung, John Does »Bibliothek«, eingeschlossen.

An drei der vier Wände standen Bücherregale. Does Buchauswahl sagte eine Menge über ihn, wenn auch nichts, was Somerset besonders überrascht hätte. *Geschichte der Theologie. Handbuch der Feuerwaffen. Weltgeschichte. Kampfmunition. Das Anarchistenkochbuch. Summa Theologica. Zeitschrift für das amerikanische Strafrecht.*

Eine andere Sache waren dagegen die Notizbücher.

Eine komplette Regalwand war ausschließlich John Does persönlichen Notizbüchern vorbehalten: buchstäblich Tausenden! Jedes war an die 250 Seiten stark, und alle waren beidseitig beklebt und beschrieben. Neben Eintragungen standen Ausschnitte und Bilder – Originalfotos, Kontaktbögen, Funde aus Zeitungen und Zeitschriften. Mills hatte gleich abgewinkt und sie alle als »verrücktes Zeug« abgetan, als er sie ihm gezeigt hatte. Aber er selbst war absolut nicht dieser Meinung gewesen. Sie waren zugleich faszinierend und erschreckend.

Er blätterte sie auf der Suche nach Hinweisen oder Anhaltspunkten durch. Allmählich fügte sich ein Bild von diesem Menschen in seiner Vorstellung zusammen. Vor allem von seinem Geisteszustand und seinem Seelenleben.

Er saß inzwischen Stunden über dieser Lektüre. Die Aufzeichnungen Does, seine Überlegungen, Gedanken, seine Lebensphilosophie und seine hastig gezeichneten Skizzen waren der reine Horror. Nicht, weil sie so bizarr und grotesk gewesen wären. Nein, sondern weil er, Somerset, bis zu einem gewissen Grad mit diesem John Doe übereinstimmte.

Doe war angeekelt von dem ganzen inhumanen Dreck, dieser Entmenschlichung, mit der man heutzutage täglich zu tun hatte. Genau wie er. Der einzige Unterschied war, daß er, Somerset, daraus die Konsequenz gezogen hatte, während John Doe sich für die große Geste entschied. Und das Vertrackte war, daß er das Gefühl hatte, John Doe sei auf seine geistesgestörte Weise irgendwie den mutigeren Weg gegangen. Er wandte den Problemen, die er sah, nicht einfach resigniert den Rücken zu und wollte nichts mehr damit zu tun haben. Sondern er wollte die Dinge ändern. Durch einen großen dramatischen Alarmruf, den niemand ignorieren konnte.

Somerset stellte gerade ein Notizbuch ins Regal zurück und zog das nächste heraus, als Mills mit einer Schuhschachtel hereinkam. »Ich habe eine gute Nachricht und eine schlechte«, sagte er.

Somerset sah mißtrauisch auf die Schachtel. Eine ähnliche hatte er in der Wohnung von Victor Dworkin gesehen. Was mochte John Doe in diese gepackt haben?

»Lieber zuerst die gute!« sagte er. »Noch mehr Negatives halte ich allmählich nicht mehr aus.«

Mills nahm den Deckel von der Schuhschachtel ab und hielt sie Somerset hin. Zu dessen Erstaunen war sie voller Bargeld. Lose Stapel von Banknoten, meistens Fünfziger und Hunderter.

»Sein Notgroschen«, sagte Mills. »Wenn das sein einziger finanzieller Rückhalt ist, ist er vielleicht im Augenblick auf Geldjagd.«

»Kann sein.« Tatsächlich war Somerset eher skeptisch. Bei Doe war alles immer genau durchdacht. Das war eindeutig schon aus der Art ersichtlich, wie er seine Morde plante. Sehr wahrscheinlich hatte er irgendwo ein Konto in Reserve. »Gut, jetzt die schlechte Nachricht.«

»Wir haben noch nicht einen Fingerabdruck gefunden. Keinen einzigen. Entweder trägt er auch zu Hause grundsätzlich Handschuhe, oder er hat sich seine Hautleisten weggeätzt.«

»Sucht trotzdem weiter«, sagte Somerset. »Wie sieht es übrigens aus, kriegen wir noch ein paar Leute zusätzlich?«

»Ich habe mit dem Captain gesprochen. Er wollte selbst kommen und es sich ansehen, bevor er das entscheidet.«

»Mehr als das hier braucht er auch nicht zu sehen«, sagte Somerset mit einer Kopfbewegung auf das Notizbücherregal. »Das müssen an die zweitausend sein. Unglaublich. Und die müssen alle durchgefilzt werden, da hilft gar nichts. Ich bin mir ganz sicher, er versucht uns etwas mitzuteilen.«

»Schreibt er denn etwas über die Morde?«

»Nicht direkt. Jedenfalls habe ich bisher nichts gefunden.«

»Um was geht es denn dann bei dem ganzen Zeug?«

Somerset schlug eine beliebige Seite auf und begann vorzulesen. »›Was sind wir doch für kranke, lächerliche Marionetten, und auf welcher albernen kleinen Bühne tanzen wir! Was für ein spaßiges Leben: Wir tanzen und kopulieren sorglos in den Tag hinein. Ohne zu wissen, daß wir ein Nichts sind. Wir sind nicht, die wir sein sollten.‹ Sehr frei nach Shakespeare. Macbeth«, kommentierte Somerset.

Er blätterte ein paar Seiten weiter.

»In der U-Bahn fing heute ein Mann ein Gespräch mit mir an. Nichts Besonderes, nur das Übliche, über das Wetter, und was die Leute sonst so reden. Einfach ein einsamer Mensch, der sich unbedingt mal laut reden hören wollte. Ich wollte nett und gefällig sein, aber mir tat bald der Kopf weh von seinen Banalitäten. Ich merkte es fast gar nicht, aber plötzlich mußte ich mich übergeben, und er bekam alles ab. Er war natürlich wenig erbaut, aber ich mußte einfach lachen.«

»Da ist mir Dante dann doch lieber«, sagte Mills.

Somerset klappte das Notizbuch zu. »Nirgends steht ein Datum. Die Bücher stehen im Regal, ohne daß man eine chronologische Abfolge erkennen könnte. Eine einzige Flut zu Papier gebrachter Gedanken. Und wenn wir fünfzig Mann hinsetzen könnten, die rund um die Uhr lesen, bräuchten wir immer noch Monate.«

Mills betrachtete die Regalbretter und meinte kopfschüttelnd: »Sein Lebenswerk.«

Somerset verspürte den starken Drang, alles zu lesen. Die Gedanken Does waren zwar abscheuerregend, aber auch faszinierend. Doe widerten dieselben Dinge an wie Somerset. Womöglich konnte ihm Does Gedankenwelt helfen, sich seiner selbst bewußt zu werden und herauszufinden, wohin er in diesem Leben gehörte. Aber darüber mit Mills zu reden, wagte er nicht. Mills würde es nicht verstehen. Zumal er sich nicht mal sicher war, ob er selbst es verstand.

»Habt ihr sonst noch was gefunden?« fragte er.

Mills nickte. »Ja.« Er zog ein paar Klarsichttüten unter dem Schuhkarton hervor. In der obersten war das Foto einer nuttig aufgeputzten Blondine, nachts an einer Straßenecke. Unter ihrem Makeup und dem ganzen Huren-Look sah sie durchaus attraktiv aus. »Von der hängen noch mehr Fotos im Bad an der Wand, zusammen mit denen seiner Opfer.«

Somerset starrte auf das Foto und seufzte. In John Does Bildergalerie zu hängen, war bestimmt kein gutes Zeichen. »Irgendeine Idee, wer sie ist? Sie sieht aus wie eine Professionelle.«

Mills schüttelte achselzuckend den Kopf. »Nein, nichts. Aber wer sie auch ist, sie hat jedenfalls Does Aufmerksamkeit erregt.«

»Geben wir Ihr Bild mal raus, und fragen wir auch bei der Sitte nach. Vielleicht kennen die sie. Am Ende haben wir Glück und finden sie noch, bevor sie eine Leiche ist. Haben Sie sonst noch was?«

»Das da.« Mills suchte seine Plastiktüten durch und schob die mit dem Foto der Blondine ganz nach unten. »Das hier lag in seinem Schreibtisch in einem Stapel Rechnungen und Papierkram.«

Somerset nahm die Tüte. Sie enthielt eine Quittung aus dem Ledergeschäft Wild Bill und belief sich auf 502,64 Dollar. »Maßarbeit, bar bezahlt«, stand daraufgeschrieben.

Er sah auf die Uhr. Elf vorbei. Bei Wild Bill war vermutlich für heute schon geschlossen. Er gab Mills die Quittung zurück. »Schauen wir es uns morgen früh an. Gehen Sie jetzt lieber nach Hause und schlafen ein paar Stunden.«

»Gehen Sie denn auch nach Hause?«

Somerset nickte und stellte das letzte Notizbuch, das er in der Hand gehabt hatte, an seinen Platz zurück. »Aber sorgen Sie dafür, daß Sie das Telefon in Griffweite haben, wenn Sie schlafen. Wir haben John Doe aufgescheucht, und jetzt ist er leider in Aktion.«

Eine Stunde später lag Somerset im Bett, lauschte dem Ticken seines Metronoms und betrachtete die Tapetenrose in seiner Hand. Das wurde keine friedliche Nacht heute, das war ihm klar. Einschlafen konnte er so bald noch nicht, und sich ein Buch vorzunehmen, war er wieder zu müde. Es sei denn, er hätte eines von John Does Notizbüchern hiergehabt. Er mußte immer wieder an einige der Dinge denken, die er da gelesen hatte. Irgendwie hatte das, was John Doe niederschrieb, seinen Sinn, wenn auch einen verqueren. Doch es ging ihm gegen den Strich, daß es diesen Sinn hatte. Ein sinnlos herummordender wahnsinniger John Doe wäre ihm lieber gewesen. Aber das war der Mann nicht. Er war intelligent, keine Frage, und er hatte ein paar durchaus legitime Beschwerden über den Zustand der Welt vorzubringen.

Die Töne aus einem Lautsprecher draußen auf der Straße mischten sich mit dem gleichmäßigen Rhythmus seines Metronoms. Das machte einen ganz verrückt. Er hatte gute Lust, hinauszugehen und denen das blöde Ding auf den Boden zu knallen. Kannten diese dummen Jungs da draußen überhaupt keine Rücksicht mehr auf andere? Aber er wußte natürlich, daß sie sie nicht kannten. Was nützte es also, sich Gegenmaßnahmen zu überlegen? Wie sollte man denen noch beikommen? Ihnen die Recorder kaputtschlagen? Wahrscheinlich kannte John Doe das wirksamere Rezept: sie selber kaputtmachen. Gewiß konnte man auch tun, was er selbst zu tun plante. Einfach abhauen. Sollten diese Kreaturen doch wachsen und sich mehren und die ganze Stadt kaputtmachen, während er draußen auf dem Land Blumen züchtete.

Er tastete wieder nach seiner Tapetenrose, rieb sie zwischen den Fingern und fragte sich, ob er wirklich das Richtige tat, wenn er alles hinter sich ließ.

Aber da war dieser ewige pumpende Rap-Rhythmus wieder,

breitete sich in seinem Kopf aus und blockierte jeden vernünftigen Gedanken. Wenn man aber nicht denken konnte, war man kein Mensch mehr, und wenn einem die Menschlichkeit genommen wurde, was blieb dann noch? Eine lange Rutschbahn die ganze Evolutionskette zurück, das blieb übrig. Hol's der Teufel, dachte er und rieb sich die Schläfen, man kann das doch nicht einfach so hinnehmen. Man muß sich den Dingen stellen. Wenn etwas faul ist, ist es faul. Man muß sich stellen und es ändern.

Er warf seine Tapetenrose auf den Nachttisch und strampelte die Bettdecke zurück, holte eine Hose aus dem Wandschrank und schlüpfte in das nächstbeste Paar Schuhe. Den verdammten Kids da unten würde er zeigen, wo es langging. Ohne zu überlegen, holte er seine Pistole samt Halfter vom Aktenschrank und zog es über Schulter und T-Shirt. Dann erstarrte er plötzlich mitten in der Bewegung, als er sich im Spiegel erblickte. Er begann schwer zu atmen, und Schweißperlen traten ihm auf die Stirn.

Was war denn los mit ihm, verdammt noch mal? Was hatte er vor? Die da draußen niederzuschießen? Herr im Himmel, war er bescheuert? Wurde er bereits wie John Doe?

Da klingelte das Telefon, und er schreckte hoch. Er legte rasch das Halfter wieder ab und meldete sich, mitten im zweiten Klingeln.

»Hallo?«

Das Metronom tickte.

»Hallo, William? Hier ist Tracy.«

Er sah auf den Wecker. Es war schon nach Mitternacht. »Hallo, Tracy, ist etwas passiert?«

»Nein, alles in bester Ordnung.«

»Wo ist David?«

»Er duscht gerade. Entschuldigen Sie, wenn ich noch so spät anrufe.«

»Das macht nichts. Ich war sowieso noch auf.« Er setzte sich auf die Bettkante.

»Ich – ich muß mit jemandem reden, William. Könnten wir uns nicht irgendwo treffen? Vielleicht morgen vormittag?«

Somerset hielt sich den Hörer ans andere Ohr. »Ich verstehe nicht recht, Tracy. Sie klingen sehr aufgeregt.«

»Ich fühle mich ein wenig albern, aber tatsächlich sind Sie der einzige Mensch, den ich hier bisher kenne. Niemanden sonst.«

»Ich helfe Ihnen natürlich gerne, Tracy, wenn ich kann.« Aber er wußte nicht recht, worauf sie eigentlich hinaus wollte.

»Könnten Sie sich also morgen freimachen? Es dauert auch nicht lange, nur ein wenig miteinander reden?«

»Ich weiß nicht, Tracy. Der Fall, an dem wir gerade sind, hält uns ziemlich auf Trab.« Er konnte sich überhaupt nicht vorstellen, warum sie ihn anrief. Ausgerechnet ihn. Was konnte er schon für sie tun?

»Vielleicht rufen Sie mich einfach an, wenn Sie zwischendurch mal ein wenig Zeit haben? Bitte. Ich muß aufhören, David kommt aus der Dusche. Gute Nacht.« Und sie legte auf.

Somerset legte ebenfalls den Hörer auf und starrte auf sein Metronom. Es tickte noch immer. Und auch der Lautsprecher draußen dröhnte immer noch.

Tracys Anruf beschäftigte Somerset noch die ganze Nacht. Er rief sie gleich morgens an und bestellte sie in den Parthenon Coffee Shop gleich beim Revier um die Ecke. Als er hinkam, war lebhafter Betrieb. Die Büromenschen der Umgebung drängten auf rasche Bedienung, um anschließend nicht zu spät zum Dienst zu kommen. Mittendrin saß Tracy in einer Nische am Fenster und starrte traurig in den Dampf, der aus ihrer Kaffeetasse stieg.

»Guten Morgen«, sagte er und setzte sich zu ihr.

Sie schreckte hoch, blinzelte und wurde sich wieder bewußt, wo sie war. »Oh, William. Tag.« Sie rang sich ein Lächeln ab.

Somerset winkte Dolores, der säuerlichen Kellnerin, die ihn stets hier bediente. Sie wußte, daß er immer »das Übliche« verlangte, nämlich Kaffee und eine Buttersemmel.

»Also, was bekümmert Sie, Tracy?«

Sie seufzte. »Ich ... weiß gar nicht recht, wie ich anfangen soll.«

»Sagen Sie es einfach, wie es kommt. Sie gelangen dann schon ganz von selbst auf den Punkt.« Er wollte munter und verständnisvoll wirken, aber er wußte, daß er tatsächlich nur so tat. Was ihn derzeit wirklich beschäftigte, war John Doe, und er wollte möglichst bald zurück an seine Arbeit. Er hatte eine Menge zu tun.

»Sie kennen die Stadt«, sagte sie schließlich. »Sie leben hier schon lange. Ich nicht.«

Er nickte und versuchte, Mitgefühl zu zeigen. »Es kann ganz schön hart sein, das stimmt.«

»Seit wir hier sind, habe ich nicht mehr richtig geschlafen. Ich fühle mich nicht sicher. Selbst zu Hause nicht.«

Somerset konnte nur nicken. Er wußte nicht, was er sagen sollte. Vielleicht hätte ihr sturköpfiger Mann mit ihr reden sollen, bevor er die einschneidende Entscheidung traf, mit ihr in die große Stadt zu ziehen.

Ein verlegenes Schweigen senkte sich zwischen sie. Er sah verstohlen auf ihre Armbanduhr. Es wurde spät. Er sollte längst wieder an der Arbeit sein.

Dolores brachte sein Frühstück. Er beschäftigte sich intensiv damit, goß Milch in den Kaffee, gab Zucker dazu, strich die überschüssige Butter von seinem Brötchen. Wenn sie doch endlich zur Sache kommen würde. Aber sie kam nicht recht voran und suchte noch immer nach den passenden Worten. »Ehrlich gesagt«, sagte er, »ich fühle mich ein wenig eigenartig, wie ich hier mit Ihnen sitze. Ohne daß David es weiß, meine ich.«

»Das tut mir leid, entschuldigen Sie. Es ist einfach, daß ich mit jemand reden muß, oder ...«

Da klopfte es laut an das Fenster. Draußen auf der Straße standen zwei Punker in schäbigen Parkas und Sweatshirts mit Kapuzen. Der eine streckte ihm die Zunge heraus, der andere drückte seine an die Fensterscheibe. Somerset erkannte sie. Sie gehörten zu denen, die ihn vor seinem Wohnhaus ständig mit ihrem Recorder nervten. Aber er wußte nicht, ob sie ihn erkannten, weil sie eigentlich Tracy anglotzten. Er zog seine Polizeimarke und hielt sie ihnen vor die Nase. Sie fuhren zurück und sahen ihn böse an. Der eine zeigte ihm den Stinkefinger, der andere spuckte sogar an die Scheibe. Dann trollten sie sich und lachten höhnisch.

»Stadtjugend«, murmelte er angewidert.

Tracy versuchte ein Lächeln. »Das beste Beispiel, wenn Sie wissen wollen, warum ich so nervös bin.«

»Wissen Sie, manchmal muß man einfach Scheuklappen aufsetzen. Genauer gesagt, meistens.«

Sie trank einen Schluck Kaffee. Ihre Hand zitterte. »Ich weiß eigentlich gar nicht, warum ich Sie gebeten habe, zu kommen.«

Er rührte seinen Kaffee um. Er konnte sich ganz gut denken, warum sie angerufen hatte. »Reden Sie mit ihm darüber«, sagte er. »Er versteht es viel besser, wenn Sie ihm sagen, wie Sie sich fühlen.«

»Ich kann ihm damit nicht zur Last fallen«, sagte sie. »Gerade jetzt nicht. Ich weiß schon, daß ich mich irgendwann eingewöhnen werde. Wahrscheinlich wollte ich deswegen mit Ihnen reden, um einfach mal zu erfahren, wie jemand von hier denkt. Bei uns in Springfield war das eine ganz andere Welt, wissen

Sie. Ich habe einfach keinen Boden mehr unter den Füßen.« Sie unterbrach sich und trank wieder einen Schluck. »Ich weiß nicht, ob David es Ihnen gesagt hat, aber ich unterrichte die Mittelstufe ... unterrichtete.«

»Ja, er sagte so etwas.«

Auf einmal war sie den Tränen nahe, und ihr Kinn zitterte. »Ich war schon bei mehreren Schulen und habe nach Arbeit gefragt. Aber die Zustände hier sind ... sie sind schrecklich.«

»Haben Sie es auch schon bei Privatschulen versucht?«

Sie verneinte kopfschüttelnd und wischte sich die Augen mit einer Papierserviette. »Ich weiß nicht recht ...«

»Jetzt sagen Sie mir mal«, meinte er und wartete, bis sie ihn ansah, »was ist es wirklich?«

Ihr Kinn zitterte noch stärker. »David und ich sind ... also, wir kriegen ein Baby.«

Somerset setzte sich zurück und war erleichtert. Er hatte damit gerechnet, daß sie sagen würde, sie wolle sich scheiden lassen. Er freute sich für sie, für beide. Aber dann dachte er noch eine Weile nach und wurde wieder traurig. Ein Kind in die Welt zu setzen – in diese Welt –, hatte er für sich selbst stets abgelehnt. Vielleicht hätte es ja seine Ehen gerettet. Aber er konnte es sich einfach nicht vorstellen. Nicht in dieser Stadt. Die Stadt machte aus den Kindern Punker und Verkommene und Kleinkriminelle und manchmal noch Schlimmeres.

»Wissen Sie, Tracy«, sagte er, »ich fürchte, ich bin nicht der Richtige für dieses Thema.«

»Ich hasse diese Stadt«, sagte sie.

Er holte sich eine Zigarette heraus und wollte sie gerade anstecken, aber dann sah er auf Tracys Bauch und besann sich. Noch sah man ja nichts, aber dieses Passivrauchen war nichts für das Baby. Er sah zum Fenster hinaus und wußte noch immer nicht recht, warum sie ausgerechnet ihm ihre Familiengeheimnisse anvertraute. Dachte sie am Ende an Abtreibung? Wollte sie etwa darauf hinaus?

»Hören Sie mal, Tracy, falls Sie denken ...« Er atmete tief durch und wechselte dann lieber das Thema. »Sehen Sie, ich war zweimal verheiratet. Meine erste Frau hieß Michelle. Und als sie schwanger wurde ... das ist lange her ... da entschieden wir zusammen ... ob wir das Kind auch haben wollten, meine ich.« Er blickte in seine Kaffeetasse und vermied es, sie anzusehen. »Gut, also eines Morgens stand ich auf und ging zur Arbeit. Es war alles wie immer, außer eben, daß es der erste Tag war, seit ich von dem Baby wußte. Und ich ... ich verspürte diese ganz seltsame Angst. Das erste Mal, daß ich dieses Gefühl überhaupt hatte. Ich dachte, wie, um Himmels willen, soll ich hier in dieser Umgebung ein Kind aufziehen? Wie, um alles in der Welt, kann hier ein Kind aufwachsen? Also sagte ich zu Michelle, als ich abends nach Hause kam, daß ich das Kind nicht haben wollte. Und die ganzen nächsten Wochen hörte ich nicht auf damit und redete ihr ein, daß man hier kein Kind haben dürfe. Ganz allmählich habe ich ihren Widerstand gebrochen ...«

»Aber ich will Kinder haben, William.«

Er hatte einen Kloß im Hals. »Ich kann Ihnen nur sagen, Tracy, daß ich bis heute fest davon überzeugt bin, recht gehabt zu haben. Das weiß ich. Ich habe zu viele Kinder hier erlebt, mit denen es böse endete. Nur gibt es seitdem auch keinen einzigen Tag, an dem ich nicht bei Gott wünsche, ich hätte mich doch anders entschieden.« Er griff nach ihrer Hand. »Schauen Sie, wenn Sie ... sich dafür entscheiden, das Kind nicht zu bekommen, dann sagen Sie David auf keinen Fall, daß Sie überhaupt schwanger waren. Wirklich, das ist mein Ernst. Auf keinen Fall, nie. Denn wenn Sie es tun, dann gebe ich Ihnen Brief und Siegel, daß es Ihre Ehe zerstört.«

Tracy nickte mit Tränen in den Augen.

Er versuchte, für sie zu lächeln. »Aber wenn Sie beschließen, daß Sie das Kind haben wollen, dann sagen Sie es ihm unbedingt im selben Moment, wo Sie sich sicher sind. Noch in derselben Sekunde. Und wenn es da ist, das Baby, dann verwöhnen Sie es bei jeder sich nur bietenden Gelegenheit.« Er wischte sich selbst verstohlen über die Augen. »Das ist der einzige Rat, den ich Ihnen geben kann.«

»William ...«

Aber in diesem Moment meldete sich sein Piepser. Er zog ihn aus der Tasche und las die Nummer auf dem Anzeigefeld ab. Seine Büronummer. Genauer gesagt, jetzt bereits Mills' Nummer.

»Entschuldigen Sie mich. Ich bin gleich wieder da.« Er stand auf und ging zum Münztelefon an der Wand zwischen den beiden Toilettentüren, warf eine Münze ein und wählte die Nummer. Beim ersten Läuten meldete sich Mills schon.

»Detective Mills.«

»Ich bin es. Haben Sie mich gerade angepiept?«

»Ja. Wo stecken Sie denn? Ich dachte, wir wollten uns heute früh als erstes dieses Ledergeschäft ansehen?«

»Tun wir auch.« Er sah auf seine Armbanduhr. »Treffen wir uns dort um neun.«

»He, ist alles okay mit Ihnen?« fragte Mills. »Sie klingen ein bißchen komisch.«

Somerset hustete und schniefte. »Ich scheine mir eine Erkältung geholt zu haben.«

»Ach.«

»Also, bis dann.«

»Gut.«

Somerset hängte ein und ging zurück an den Tisch. Tracy begrüßte ihn mit einem tapferen Lächeln. »Ich danke Ihnen, daß Sie mir zugehört haben«, sagte sie.

Er griff in die Tasche nach Kleingeld und legte ein paar Dollarscheine für die Rechnung auf den Tisch. »Ich muß leider los, Tracy. Die Pflicht ruft.«

Sie faßte seine Hand, bevor er gehen konnte. »Versprechen Sie mir, daß wir in Kontakt bleiben. Bitte.«

»Aber ja. Versprochen.« Er nickte, winkte zum Abschied und eilte zum Ausgang. Kein Wort mehr hätte er herausgebracht. Der Kloß in seinem Hals war noch größer geworden.

19

Wild Bills Ledergeschäft lag direkt neben dem Harley-Davidson-Laden, und Wild Bill belieferte die Motorradfahrer. Sein umfangreiches Angebot hing an allen Wänden und von der Decke, was seinem kleinen Laden eine gewisse Dschungelatmosphäre verlieh. Da gab es dicke Gürtel und Armbänder mit silbernen Nieten, Westen mit Motorradfahreremblemen, Jacken, Mützen, Beinschützer, Stiefel mit abgeflachten Spitzen, Helme und lederne Cowboyhüte, lange Lederpeitschen und selbst ein paar maßgearbeitete Reitgerten mit steinebesetztem und geschnitztem Griff. Das einzig Angenehme im Laden von Wild Bill war der Ledergeruch.

Somerset stand an der Vitrine vor der Kasse, Mills neben ihm. Hinter der Theke stand Wild Bill. Er sah genauso aus, wie man ihn sich vorstellte. Haariger Fettbauch, der ihm unter der offenen Lederweste über den Hosenbund quoll, schiefe Zähne, zottelige graue lange Haare, die hinten zu einem Pferdeschwanz zusammengebunden waren, und zahlreiche Tätowierungen auf beiden Armen, kurz, genau der Typ, dessentwegen die weiße Unterschicht so einen schlechten Ruf hatte.

»Und Sie sagen also, das hat er gestern abend abgeholt?« fragte Mills. »Sie sind sicher?«

»Genau. So 'ne Sachen vergißt man nicht.« Er nickte in Richtung auf das Polaroidfoto auf seiner Theke und grinste mit gelben, kaputten Zähnen.

Somerset vermied es, das Foto noch einmal anzusehen. Es drehte ihm den Magen um. Welches kranke Gehirn konnte sich so etwas ausdenken? Alles, was er denken konnte, war, daß eben dies jemand bei Tracy versuchen könnte. Seit ihrem Gespräch von vorhin konnte er immerzu nur daran denken, daß irgendeiner Tracy etwas zuleide tun könnte. Ihr und damit dem Baby in ihrem Leib. Er warf einen kurzen Blick auf Mills und verspürte ein eigenartiges Gefühl. Er wußte früher von dessen Baby als er.

Mills zog das Phantombild von John Doe heraus. »Ist er das?«

Wild Bill nahm das Blatt und nickte nachdenklich, während er es studierte. »Ja, John Doe«, sagte er. »Der Name ist leicht zu behalten. Ich hielt ihn für einen dieser modernen Künstler. Performance Art oder wie das heißt. Das dachte ich mir jedenfalls, als er sagte, was er haben wollte. Sie wissen schon, einer von diesen Kerlen, die auf die Bühne gehen, in eine Tasse pinkeln und das dann trinken und es zu einem Kunsthappening erklären.« Er griff nach dem Polaroidfoto und bewunderte sein Werk. »Ich scheine ihn unterschätzt zu haben, wie? Das sieht toller aus, als ich dachte. Was meinen Sie?« Und er hielt es Mills hin.

Mills schob es weg. »Schon gut, Mann, ja. Das reicht.«

Aber Wild Bill war beleidigt. »Sie, das ist beste Handwerksarbeit. Das kann nicht jeder.«

»Sie sind wohl stolz darauf, wie?« sagte Somerset.

»Ja, aber klar doch. Ich weiß schon, was Sie denken, aber Sie dürfen mir glauben, das ist noch lange nicht das Ausgefallenste, was man je bei mir bestellt hat. Da habe ich schon eine Menge Schlechteres gemacht als das. Aber wenn die Kunden es wollen ...« Er zuckte mit den Achseln, als gehe ihn das nichts an.

Somerset fragte sich, ob er auch so kavaliersmäßig darüber urteilen würde, wenn jemand eine seiner Kreationen an ihm selbst ausprobierte.

»Hat John Doe gesagt, wozu er es braucht?« fragte Mills. »Hat er überhaupt etwas in dieser Richtung gesagt?«

»Nein, er hat gar nicht viel gesagt.«

Eine heulende Sirene von draußen unterbrach Wild Bill in seinen Gedanken, und er bekam sofort große Augen und wurde unruhig. Offensichtlich hatte er schon einige weniger angenehme Begegnungen mit der Polizei hinter sich. Ein Streifenwagen hielt vor seinem Laden an, die Sirene heulte weiter, das Blinklicht drehte sich. Ein Polizist sprang vom Beifahrersitz, lief zur Tür, riß sie auf und behielt die Klinke in der Hand.

»Lieutenant«, sagte er und sprach Somerset direkt an, »wir haben den nächsten Fall.«

Das ernüchterte Somerset schlagartig, und er sank in sich zusammen. Diese Nachricht hätte er sich gerne erspart. Andererseits war er auch nicht überrascht. Er hatte ja gewußt, der nächste Fall würde unweigerlich passieren. Abrupt nahm er Wild Bill das Polaroidfoto aus der Hand und ging zur Tür. »Wir kommen noch mal wieder.«

»He, mein Bild. Das ist das einzige, das ich habe.«

»Haben Sie ein Glück«, sagte Somerset nur und war schon draußen, Mills hinter ihm her.

»Scheißbullen!« schimpfte ihnen Wild Bill nach.

Die Fassade des Massagesalons *Hot House* war lippenstiftrot gestrichen, Türen, Mauerziegel, Notausgang, alles. Aber weil das Etablissement ohnehin mitten in einem ganzen Block ähnlich schreiend herausgeputzter Häuser stand, meistens neonbeleuchtete Pornokinos, fiel das gar nicht sosehr aus dem Rahmen. Draußen stand alles voller Streifenwagen. Ihre rotierenden, mal synchron, mal wieder durcheinander blinkenden Warnlampen konnten es fast mit den Neonreklamen aufnehmen. Polizisten taten ihr Bestes, Ruhe und Ordnung zu halten, aber leicht war das nicht. Ein ständiger Strom Männer, Frauen und Transvestiten wurde aus dem *Hot House* geführt und in den Einsatzwagen verladen, während die Bewohner aus den umliegenden Straßen dazu schrien und kreischten, die Fäuste schüttelten, die Polizisten bespuckten und die Abgeführten bejubelten. Es war wie eine französische Revolution des Abschaums.

Mills schob sich, die Schulter nach vorn, durch die Menge. Er folgte Somerset in das Haus. Gleich hinter der Eingangstür war ein mit Stahlgittern gesicherter Kassenschalter aus Plexiglas. Dahinter befand sich eine lippenstiftrote Metalltür mit elektrischem Türöffner, der nur vom Kassensitz aus bedient werden konnte. Die Tür stand allerdings bereits offen. Trotzdem wollte der fette Kahlköpfige nicht aus seiner Kassenbox herauskommen. Ein ungeduldiger Polizist klopfte mit seinem Knüppel gegen das Plexiglas. Mills sah den Mann an und fragte sich, ob da vielleicht eine Verwandtschaft mit Wild Bill bestand. Eine gewisse rattenhafte Ähnlichkeit schien vorhanden zu sein.

Der Polizist klopfte noch einmal an die Plexiglasbox. »Ich sagte, Sie sollen rauskommen aus Ihrer blöden Box, Mister! Und zwar sofort!«

»So warten Sie doch!« grunzte der Mann. »Ich komm' ja raus. Warten Sie. Sobald Sie die Lage im Griff haben, komm' ich auch raus!«

Ein Kollege des Polizisten versuchte bereits durch die Glasscheibe eine Aussage zu erhalten. »Laß mich mal eine Weile mit ihm reden«, sagte er zu dem anderen mit dem Knüppel und beugte sich zu der durchlöcherten Sprechscheibe der Kassenbox hinunter. »Haben Sie irgendwelche Schreie gehört? Irgendwas gesehen, irgendwas, was Ihnen ungewöhnlich erschien?«

»Nein«, brummte der Mann nur kurz. Er saß da mit verschränkten Armen wie ein dicker Frosch auf der Wasserlilie und war beleidigt.

»Sie haben niemanden mit einem Paket unter dem Arm gesehen?«

»Mein Gott«, sagte der Mann, »jeder, der hier reinkommt, hat ein Paket unterm Arm. Manche bringen ganze Koffer voll. Und Schreie? Mein Gott, die schreien alle dahinten die ganze Zeit. Das gehört hier so dazu, junger Mann.«

Der Polizist tötete ihn kurz mit einem Blick. »Gefällt Ihnen das, was Sie hier machen, Mann? Gefallen Ihnen diese Sachen, die hier gemacht werden?«

Der Mann grinste krumm. »Nein, gefällt mir nicht, wenn Ihnen das lieber ist. Aber so ist das Leben nun mal, nicht?«

Mills und Somerset zwängten sich vorbei und durch die Metalltür, während gerade ein Mann mittleren Alters mit einem schwarzen Lederkorsett hinausgeführt wurde. Hätte er einen Anzug angehabt, hätte er so ehrbar ausgesehen wie ein seriöser Banker.

Auch drinnen waren sämtliche Wände knallrot gestrichen, und die nackten roten Glühbirnen an der Decke machten alles noch röter. Der ohrenbetäubende Heavy-metal-Rock aus den Lautsprechern dröhnte ihnen so in die Ohren, daß sie das eigene Wort nicht verstanden. Mills sah die Umschlagillustration seiner Paperbackausgabe von Dantes *Inferno*.

»Hier entlang, meine Herren«, sagte weiter vorne ein Polizist in einem schweißnassen kurzärmeligen Uniformhemd und winkte sie zu sich.

Er führte sie durch ein Labyrinth grellroter Korridore in einen Raum mit einer Stroboskoplampe an der Decke. Sonst gab es kein anderes Licht, abgesehen von dem roten Schimmer, der vom Korridor hereinfiel. Der verschwitzte Polizist blieb an der Tür stehen. »Der Verdächtige ist endlich unter Kontrolle. Aber rein gehe ich da nicht mehr. Wenn Sie mich brauchen, ich bin hier.«

Mills ging vorsichtig hinein und mußte sich wegen des irritierenden Stroboskoplichts erst zurechtfinden. Die Musik wummerte hier genauso laut wie überall. Zwei Sanitäter waren bereits an der Arbeit. Da stand ein Mann, splitternackt, dürr, dunkles graues Haar, um die fünfzig, nur mit einem notdürftig um seine Blöße gewundenen Tuch. Man hatte ihm die Hände mit Handschellen auf den Rücken gefesselt, und er tobte. Einer der Sanitäter mühte sich, ihm den Kopf festzuhalten, während der andere ihm mit einer Lampe in die Pupillen zu blicken versuchte.

In der Mitte des Raumes stand ein übergroßes Bett, und darauf war unter einem Laken der verdrehte Körper eines Menschen zu ahnen. Auf dem Laken war ein pizzagroßer Blutfleck. Unter dem Laken fielen die langen blonden Haare des Opfers heraus. Aus irgendeinem Grund erinnerten sie Mills an Tracys Haar, und das machte ihn zornig. Wie konnte ihn in diesem Schweinestall irgend etwas an seine Frau erinnern?

»E-e-e-r hat mich angestiftet!« schrie der Nackte stammelnd und versuchte weiter, sich zu befreien.

»Jetzt beruhige dich mal endlich, Mann«, fuhr ihn der eine Sanitäter mit der Lampe an. »Ich muß dich anschauen, da hilft alles nichts. Ist zu deinem eigenem Besten, Arschloch!«

An die Wand über dem Bett war mit roter Farbe ein Wort gemalt. *Wollust.* Mills wurde noch zorniger, als er es entdeckte. Seine Hände zitterten. Am liebsten hätte er nach etwas getreten, als er an das Bett trat, um sich das Opfer anzusehen.

Der eine Sanitäter warnte ihn. »Mehr als einmal wollen Sie das nicht sehen.«

»Er hat eine Waffe gehabt!« schrie der Nackte. »Und mich gezwungen, es zu tun!«

Somerset sah bereits unter dem Laken nach. Er stöhnte auf. Mills blickte ihm über die Schulter und war zunächst verwirrt. Der Torso der toten Frau war unversehrt, keine Schnitte, keine Stiche, keine Flecken oder Wunden im Gesicht. Erst als er näher heranging und ihren Unterleib sah, drehte sich ihm der Magen um. Somerset zog das Tuch wieder über die Tote.

»Soviel zur Steckdose«, sagte der Sanitäter mit der Taschenlampe. »Wollen Sie auch den Stecker sehen?«

Und er zog dem Nackten das Lendenschurztuch weg. Der Mann hatte ein Ledergerät umgeschnallt nach Art eines Dildo, aber aus diesem ragte eine Messerspitze heraus. Der dicke Lederphallus, der das Messer hielt, erinnerte Mills an einen Amputationsstumpf. An der Klinge war eingetrocknetes Blut. Breite Lederriemen um seinen Leib und unter den Beinen hindurch hielten die Vorrichtung. Sie waren stramm geschnürt und schnitten ihm ins Fleisch, damit das perverse Instrument auch gut saß.

Somerset holte das Polaroidfoto aus dem Ledergeschäft heraus und verglich. Exakt identisch. Wild Bills Meisterwerk.

Der erste Sanitäter zog im Lichtschein der Taschenlampe eine Beruhigungsspritze auf. »Wir haben es ihm absichtlich nicht abgenommen, bis die Spurensicherer und die Gerichtsmediziner da waren. Die regen sich immer gleich auf, wenn man Beweismittel anrührt.«

»Nehmen Sie mir das ab«, jammerte der Nackte. »Nehmt mir das ab. Bitte!«

Der Sanitäter winkte den verschwitzten Polizisten von draußen herein, damit er half, den Nackten festzuhalten, während er ihm die Beruhigungsspritze verpaßte.

»Nehmt das weg! O Gott, bitte. Bitte!«

Mills hielt es nicht mehr aus. Er streifte sich rasch ein Paar seiner stets verfügbaren Gummihandschuhe über und hockte sich vor den Mann. »Haltet ihn fest«, sagte er zu dem Polizisten. »Ich übernehme die Verantwortung, falls die Spurensicherer meckern.« Er begann, die Riemenschließen zu öffnen, aber sie waren derart festgezogen, daß er dem Mann in die Haut kneifen mußte, um sie zu lockern und zu lösen. Als er es endlich ab hatte, blieben dem Mann tiefe rote Striemen davon auf der Haut. Mills wog das abscheuliche schwere Ding in der Hand. Es war nicht nur schwer, sondern der Inbegriff von Brutalität, und es in der Hand zu halten, war ein widerwärtiges Gefühl. Er legte es schließlich ans Fußende des Bettes, auf dem die tote Frau lag.

Der Nackte entspannte sich unter dem Griff des Polizisten sichtlich, als die Spritze zu wirken begann, aber noch wehrte er sich dagegen, kniff die Augen zusammen, schnitt Grimassen, und sein Mund zuckte, als er stammelte: »E-e-er hat mich gefragt, ob ich verheiratet bin ... mit vorgehaltener Pistole.«

Somerset kam näher heran und ging in die Hocke, so daß der Mann ihm ins Gesicht sehen konnte. »Wo war das Mädchen?«

»Mädchen? Was meinen Sie mit Mädchen?«

»Also gut, die Prostituierte. Wo war sie?«

»Auf dem ... Bett. Sie ... saß auf dem Bett.«

»Wer hat sie dann angebunden?« fragte Somerset. »Sie oder er?«

»Er hatte doch eine Pistole!« jammerte der Nackte. »Eine Pistole! Er hatte eine Pistole, und er befahl es. Er befahl mir, es zu tun.«

Er begann zu schluchzen und kroch in sich selbst hinein. »Und ich mußte ... dieses Ding da umlegen. O Gott ...! Und ich mußte es umschnallen, und er befahl mir, es ihr zu besorgen. Dabei steckte er mir die Pistole in den Mund.« Er fiel vornüber und in sich zusammen, als der Sanitäter und der Polizist ihn nun endlich losließen. Und er heulte. »Wo mir doch seine Pistolenmündung im Mund steckte!«

Mills war nahe daran, sich zu übergeben. Er erinnerte sich daran, wie auch ihm Does Pistolenmündung im Mund steckte, als dieser ihm in der Gasse das Brett ins Gesicht geschlagen hatte. Er wandte sich ab und blickte hinüber zum Bett. Und das Wort *Wollust* darüber an der Wand sprang ihm ins Auge. Er holte sein Notizbuch heraus und blätterte die Seite auf, wo er sich die sieben Todsünden notiert hatte.

Das war also nun Nummer vier, dachte er. Seine Hand, mit der er die Seite hielt, zitterte. Konnte also auch ausgestrichen werden. Blieben noch drei. Neid, Zorn und Hochmut. Scheiße!

Er starrte auf den sich noch immer weiter ausbreitenden Blutfleck und auf den Mörderdildo am Boden.

Und was kam nun? Er war wütend und angewidert und fühlte sich ohnmächtig. Großer Gott, auf was noch alles mußten sie sich gefaßt machen?

20

Eine »Sportbar« war nicht unbedingt das, was sich Somerset als ideal für einen Drink und etwas Erholung vorstellte. Aber nach dem Tag, den er und Mills hinter sich hatten, erschien ein Laden, der immer voll war und in dem es lebhaft zuging, doch besser als die stillen, halbdunklen Edelholzlokale, die er sonst lieber zu frequentieren pflegte. Der Winner's Circle Saloon war größer als ein Supermarkt und mit allen möglichen Spielapparaten bestückt. Da konnte man elektronisch Basketball spielen und Eishockey, Pool und Dart und so weiter. Sogar einen Ring für Sumo-Ringer gab es, in dem sich die Leute aufblasbare Plastik-Overalls anziehen konnten. Dann gingen sie mit Schwung aufeinander los, bis einer umfiel und hilflos wie eine Schildkröte auf dem Rücken liegenblieb. Alle Wände waren dekoriert mit Urkunden, Diplomen, Trophäen, Plaketten, Bändern und Wimpeln.

Sie saßen an der Bar vor einem Bier.

Somerset nippte an seinem eisgekühlten Glas. »Mein alter Herr kam immer heim«, sagte er, »und las mir diese morbiden Kriminalgeschichten vor. *Die Morde in der Rue Morgue. Der Grüne Tee des Li Fanu.* Solches Zeug. Meine Mutter keifte ständig deswegen, weil er mich damit bis spät abends wach hielt.«

Mills kauerte über seinem Bier. »Klingt nach einem Vater, der gern wollte, daß sein Sohn in seine Fußstapfen tritt.«

Schlagartig fiel Somerset ein: Wußte Mills nun eigentlich schon, daß seine Tracy schwanger war, oder nicht? Unsinn, wie sollte er es denn wissen. Sie waren den ganzen Tag über zusammen gewesen heute, und am Telefon hatte es ihm Tracy bestimmt nicht beigebracht. Er konnte es nicht wissen.

Somerset stellte sein Glas hin. »Einmal schenkte mir mein Vater zum Geburtstag mein erstes gebundenes Buch. *Das Jahrhundert der Detektive* von Jürgen Thorwald. Es schilderte die Geschichte der Ermittlungsarbeit als eine Wissenschaft und wurde mein Schicksal, weil es um Tatsachen ging und nicht um erfundene Geschichten. Daß ein einziger Blutstropfen oder ein Haar die Lösung zu einem Verbrechen sein konnte, das fand ich ganz unglaublich.« Er schenkte Mills nach und trank sein eigenes Glas aus. Es war nicht schwer zu sehen, daß Mills in Gedanken ganz bei diesen John Doe war, und er wollte ihn ein bißchen davon abbringen. Er sollte sich etwas entspannen und die ganze Sache vor allem in die richtige Relation setzen, bevor er darüber den Verstand verlor. »Wissen Sie, ein Happy-End gibt es in dieser Geschichte nicht. Ganz ausgeschlossen. Gar nicht möglich.«

»Ich bin happy genug«, sagte Mills, »wenn wir ihn einfach nur kriegen, das Miststück.«

»Nicht doch. Hören Sie auf, die ganze Sache als Kampf des Guten gegen das Böse anzusehen. Darum handelt es sich nicht.«

»Wie können Sie denn so was sagen? Ausgerechnet nach dem Tag heute?«

»Passen Sie auf, nehmen wir mal an, ein Mann prügelt seine Frau, daß sie nicht wiederzuerkennen ist, oder sagen wir, eine Frau schießt ihren Mann über den Haufen. Dann tanzen wir an, waschen das Blut von der Wand und stecken die Übeltäter ins Kittchen. So, und wer hat nun am Ende gewonnen? Sagen Sie mir das.«

»Man macht seine Arbeit.«

»Ja, aber sie bringt keinen Sieg«, beharrte Somerset.

Mills griff nach seinem Glas. »Man vertritt Gesetz und Ordnung nach besten Kräften. Mehr kann man doch nicht tun.«

»Schön, wir schnappen also John Doe, und der ist der Teufel in Person. Er entspräche unseren Erwartungen, wenn er in der Tat Satan höchstpersönlich wäre. Ist er aber nicht. Er ist nichts weiter als ein Mensch.«

Mills empörte sich. »Können Sie nicht auch mal eine Weile einfach ruhig sein? An allem und jedem haben Sie etwas auszusetzen. Was soll das? Glauben Sie vielleicht, Sie präparieren oder imprägnieren mich damit für die Zukunft? Tun Sie keineswegs. Sie ziehen sich doch in Ihren gemütlichen Ruhestand zurück. Ich bin der, der hier bleibt und weitermachen muß. Den Kampf kämpfen.«

Somersets Blick fiel auf ein Foto des jungen Muhammad Ali. Es hing über der Bar. »Aber wofür kämpfen Sie den Kampf? Heutzutage sind Champions nicht mehr gefragt. Die Leute wollen Lotto spielen und ihre Cheeseburger essen.«

»Was wollen Sie denn eigentlich? Mir die Arbeit madig machen? Soll ich etwa mit Ihnen zusammen aufs Land ziehen und Radieschen pflanzen?«

Wäre doch gar nicht schlecht, dachte Somerset. Deinem Baby zuliebe, Mann.

»Ach, Gott, Lieutenant, mag ja sein, daß ich hier fehl am Platze bin. Aber wie, zum Teufel, sind Sie eigentlich so geworden?«

Somerset trank einen Schluck und dachte darüber nach. »Es war nichts Bestimmtes oder ein besonderes Erlebnis, wenn Sie das meinen. Es ist einfach nur ... ich kann da nicht leben, wo die Apathie gehegt und gehätschelt wird, als sei sie eine Tugend. Ich ertrage das einfach nicht mehr.«

»Mit anderen Worten, Sie sind der bessere Mensch von uns allen, ja? Weil Sie die höheren Standards haben.«

»Ach, nein.« Somerset schüttelte den Kopf. »Mein Problem besteht darin, daß ich für die Lage von jedermann immer vollstes Verständnis habe. Viel zu ausschließlich. Nur Teilnahmslosigkeit ist das, was ich einfach nicht akzeptieren kann. Zum Unglück ist es genau das, was sich an Orten wie diesem hier manifestiert. Denken Sie mal darüber nach. Es ist ja soviel einfacher und leichter, sich in den Drogenrausch zu verlieren, als sich dem wirklichen Leben zu stellen. Leichter, zu stehlen, als sich etwas zu verdienen. Leichter, ein Kind zu züchtigen, als es ordentlich großzuziehen, weil es ja soviel Aufwand erfordert, es zu lieben und für es zu sorgen.«

»Aber wir reden doch von Menschen, die geistig gestört sind, die ...«

»Nein, von denen rede ich nicht. Ich rede vom Alltag und von den sogenannten ganz normalen Leuten, die versuchen, einfach nur durchzukommen. Leute wie Sie und ich. Sie können es sich nicht gar so einfach machen, Mills.«

Mills knallte sein Glas auf die Theke. »Himmel noch mal! Hören Sie sich doch mal selbst zu. Was sie mir erzählen, heißt am Ende, weil die Leute sich um nichts kümmern, können auch Sie sich nicht mehr kümmern. Das ist doch Bockmist, Mann! Wo soll denn darin ein Sinn sein? Und wollen Sie wissen, warum ...?«

»Aber Sie kümmern sich, ja?« unterbrach ihn Somerset.

»Worauf Sie sich verlassen können.«

»Und Sie, David Mills, sind damit der Gegenbeweis?«

Mills drehte sich um und sah ihm ins Gesicht. »Ja, genau! Für Sie mag das ruhig ›naiv‹ klingen. Und soll ich Ihnen noch was sagen? Ich glaube nicht, daß Sie aufhören, weil Sie all das glauben, was Sie da erzählen. Ich glaube, Sie möchten, daß alle Ihnen glauben, weil Sie sich dann besser fühlen würden. Und Sie eine Rechtfertigung hätten. Sie möchten unbedingt, daß ich Ihrer Meinung bin: O ja, Lieutenant, da haben Sie völlig recht. Das hier ist doch hirnrissig. Ziehen wir in den Wald und leben in einer Holzhütte? Nein, mein Lieber, mit mir nicht. Ich bin keineswegs Ihrer Meinung. Kann ich mir auch gar nicht leisten. Weil ich nämlich derjenige bin, der hierbleibt.« Er stand auf und warf Kleingeld auf die Theke. »Danke für das Bier.« Und stapfte zur Tür hinaus.

Zwei Kerle mit Bierbäuchen in Anoraks und Baseballmützen am Ende der Theke starrten Somerset an. Es war ihm gar nicht bewußt gewesen, daß sie einander zuletzt laut angeschrien hatten. Auch der Barkeeper starrte ihn an.

Somerset holte sich eine Zigarette heraus und fummelte mit dem Feuerzeug herum, doch das blöde Ding wollte nicht brennen. Schließlich funktionierte es doch, aber seine Hand zitterte, als er die Flamme ruhig zu halten versuchte. Dieser gottverdammte sturköpfige Provinzheini! dachte er. Er ruinierte sein ganzes Leben, der blöde Hund. Und nicht nur seines. Auch das Tracys und seines ungeborenen Babys. Den ganzen Scheiß, den er selbst gemacht hatte, wollte er ihm jetzt nachmachen.

Er versuchte zu trinken, aber er konnte das Glas nicht halten, so zitterte seine Hand. Im Geiste hörte er das regelmäßige Ticken seines Metronoms, mit dem er sich zu Hause zu beruhigen pflegte. Tick, tick, tick. Aber es half nichts. Es war viel zu laut hier. Alle die Leute an diesen Spielautomaten. Und die anderen, die sich über Sportthemen stritten. Und andere, die Weiber aufzureißen versuchten. Die Mädchen, die mit den Kerlen ihre Spiele trieben. All die Leute, die sich da etwas vorgaukelten vom Leben, die ihre Spiele spielten, von denen sie wirklich glaubten, sie könnten sie gewinnen.

Schließlich griff er sein Glas und ging auf die andere Seite der Bar, wo die Dartspiele waren. Er fixierte eine Zielscheibe, konzentrierte sich und versuchte, innerlich alles abzublocken, bis auf das Ticken des Metronoms.

Tick, tick, tick.

Er warf auf die Zielscheibe, und es kam ihm dabei weniger auf Treffer an als auf den Rhythmus. Er warf so lange, bis er seine Würfe dem Metronom-Ticken in seinem Kopf angepaßt hatte. Ein Wurf pro Tick. Tick, Wurf, tick, Wurf, tick, Wurf. Er warf und warf, ohne etwas zu denken. Einfach nur werfen, nichts als werfen. Tick, plock, tick, plock, tick, plock.

»He, Mister«, sagte der Barkeeper. Er lehnte sich auf seine Theke und schien etwas nervös zu sein.

»Was ist?« sagte Somerset. Er hatte Schweißperlen über der Stirn. Er wollte sich nicht rausbringen lassen.

»Vielleicht könnten Sie doch mit den Pfeilen werfen, wenn es möglich wäre, statt mit ...« Und er machte eine Kopfbewegung zur Dartscheibe hin.

In der saß sein Taschenmesser, direkt unterhalb des Bullauges in der Mitte.

Großer Gott! dachte er erschrocken. Er zog es hastig heraus und steckte es ein. Er hatte gar nicht bemerkt, daß er es aus der Tasche gezogen hatte. Die Hand in der Tasche fuhr über den Perlmuttbelag.

Und sie zitterte immer noch.

21

Als er heimkam, spürte Mills, wie es sich in seinem Kopf drehte. Es war nicht das Bier. Er bewegte sich im Dunkeln so leise wie möglich. Ihn ärgerten noch immer Somersets blödsinnige Belehrungen. Wenn er auf alles Antworten hatte, warum war er dann selbst so ein trauriger Fall? Wie zum Teufel kam der Mann dazu, anderen Leuten vorzuschreiben, wie sie zu leben hätten, wo er nicht mal mit seinem eigenen Leben zurechtkam? Überhaupt, was ist denn das für einer, der vor seinen eigenen Problemen einfach davonläuft? Einer, der sich ihnen nicht zu stellen wagt, das ist er. Also kann ich auf seine Ratschläge verzichten.

Er tastete sich zum Eßtisch, wo das Straßenlicht den Raum ein wenig erhellte, zog einen Stuhl heran, setzte sich und zog sich die Schuhe aus. Mojo, der Golden Retriever, kam, schmiegte sich an sein Bein und wollte gekrault werden. Mills tat ihm den Gefallen und kraulte ihn am Ohr. Aber Mojo reagierte nicht wie üblich mit hechelnder Zunge und Schwanzwedeln. Er wirkte bedrückt, fand Mills. Vielleicht war er auch einfach nur müde.

Er ließ die Schuhe unter dem Tisch und leise auf Socken ging er ins Schlafzimmer. Wenn nur die Bodenbretter nicht so geknarzt hätten. So eine Bruchbude. Er zog sich aus, immer bemüht, leise zu sein und Tracy nicht aufzuwecken. Er legte seine Kleider auf einen Stuhl, zog schließlich noch die Unterhose aus und beförderte sie mit einem Fußtritt weg, bevor er unter die Decke schlüpfte und sich an Tracy schmiegte und ihre Körperwärme suchte. Er zog sich die Decke bis zu den Schultern, suchte ihr Gesicht und küßte sie leicht zuerst auf die Stirn und dann auf die Wange. Er wollte sie nicht wecken; aber er wünschte, daß sie wach würde. Wegen des blöden Somerset war er noch viel zu aufgedreht, um einschlafen zu können. Er schob den Arm unter ihren Kopf, zog sie an sich und küßte sie noch einmal.

»Schatz ...?« murmelte sie, noch halb im Schlaf.

»Psst«, machte er und fuhr mit dem Finger über ihre Wange. »Schlaf weiter.«

»Was ist denn?« fragte sie.

»Nichts, gar nichts.« Er sah unverwandt auf die Silhouette ihres Profils. »Ich liebe dich.«

Sie seufzte, drehte sich herum und zog ihn an sich.

Er schloß die Augen und sagte sich, niemals würde es ihm so ergehen wie diesem Somerset, denn er hatte ja Tracy. Hätte Somerset eine Tracy gehabt, wäre es auch nicht so weit mit ihm gekommen. Der Scheißkerl mochte ja über alles Bescheid wissen. Aber eine Tracy hatte er nicht. Eine Tracy hatte nur er allein, er, der beschissene David Mills.

Dann war er bereits eingeschlafen, und sie hielten beide einander umschlungen.

Das erste Klingeln des Telefons traf ihn wie ein Hammerschlag. Mills fuhr hoch, und sein Herz klopfte heftig.

Am Fußende des Betts bellte Mojo los, und Lucky knurrte.

Tracys Fingernägel gruben sich in seinen Arm. »David? Was ist los?«

Er griff nach dem Telefon und hob ab, bevor es zum zweiten Mal klingelte. »Ja?«

»Ich bin unterwegs und habe es wieder getan.«

Das Blut erstarrte ihm in den Adern. Er fühlte sich beschmutzt, nur weil er das Telefon, aus dem diese Stimme kam, an sein Gesicht hielt. Er kannte sie, diese hohle, klagende Stimme. Das war John Doe, kein anderer. Wie kam der Kerl zu seiner privaten Telefonnummer? Er blickte schnell zu Tracy hinüber. Sein Herz hämmerte.

»Doe? Doe! Sind Sie das? Reden Sie!«

»Nicht Doe, ich bin es.« Somersets Stimme meldete sich. »Was Sie eben gehört haben, war eine Aufnahme.«

Mills ging sofort wieder die Wände hoch. »Verdammt noch mal, was ist eigentlich los mit Ihnen, Somerset?« Er sah auf den Radiowecker auf Tracys Bettseite. 4.38 Uhr morgens.

»Vor zwanzig Minuten«, sagte Somerset, »hat mich der Polizist angerufen, der Does Wohnung bewacht. Doe rief sich selbst an und sprach, was Sie gerade hörten, auf seinen Anrufbeantworter. Wir haben sein Telefon angezapft. Für alle Fälle.«

Mills warf wütend die Bettdecke zurück und massierte seinen Nacken. Er war noch völlig wackelig auf den Beinen. Zu viel Bier und zu wenig Schlaf. »Und, ist das alles, was er sagte?«

»Ja. Und wir haben die nächste Leiche auch schon gefunden. Hochmut.«

»Ach, du Scheiße.«

Tracy hatte sich bereits auf die Ellbogen gestützt und sah ängstlich und besorgt aus.

»Tja, lieber Mills, also wenn Sie diesen Kampf kämpfen wollen, kämpfe ich ihn mit Ihnen. Aber bewegen Sie Ihren Hintern möglichst umgehend hierher.«

»Fangen Sie bloß nicht an und tun Sie mir irgendwelche Gefallen ...«

»Siebzehnhundert Basin Avenue, Apartment 5 G.«

»Augenblick ...«

Aber Somerset hatte schon aufgelegt.

»Was ist jetzt schon wieder, David?« fragte Tracy. Aus ihrer Stimme klang offene Panik.

Mills trottete ins Bad. »Das wüßte ich auch gerne«, sagte er. »Das wüßte ich auch gerne.«

Als er an der angegebenen Adresse ankam, 1700 Basin Avenue, Apartment 5 G, waren die Spurensicherer und Gerichtsmediziner schon wieder an der Arbeit. Einer hockte auf Händen und Knien und suchte in dem meerblauen Auslegeteppich nach Haaren und Fasern.

Eine Kollegin war im Bad und überprüfte den Inhalt der Hausapotheke. Mills sah, daß in der Badewanne knöchelhoch Wasser stand. Es hatte einen rötlichen Schimmer. Also Blut, schloß er.

In der Küche tat die liebe kleine Smudge ihr Werk und pinselte eifrig das Messergestell auf Fingerabdrücke ab.

»Morgen«, sagte er zu ihr.

»Scheiß drauf«, antwortete sie nur und sah nicht mal auf.

Mills fragte: »Wo ist Somerset?«

»Scheiß drauf.«

»Schon gut, ich finde ihn selber.« Der Tag fing wieder fröhlich an!

Er ging den kurzen Flur entlang und fand Somerset im Schlafzimmer. Dr. O'Neill war auch bereits wieder da und sprach mit ihm. Das Zimmer war verziert wie eine Postkarte zum Valentinstag, alles rosa und rot mit Seidenbändchen überall. Das erste, was Mills in die Augen stach, war die Schrift mit knallrotem Lippenstift auf der blaßrosafarbenen Wand: *Hochmut*, und darunter kleiner: *Ich habe sie nicht umgebracht. Sie hatte selbst die Wahl.*

Die Leiche saß im Bett. Eine blumengemusterte Bettdecke war ordentlich bis direkt unter ihre Brüste geschoben. Sie hatte ein weißes Seidenhaarnetz auf dem Kopf. Ihr Gesicht war nachlässig mit Mull und Klebeband bandagiert. Augen und Mund waren ebenso nachlässig freigelassen. Mitten im Gesicht hatte sie lauter Blutflecke. Das Bett war voller Plüschtiere. Sie hatte Dutzende davon. In ihrem Schoß ruhte ein weißes Einhorn. Mills griff danach und untersuchte es, dann legte er es wieder zurück in ihren Schoß.

Die Arme der Toten lagen über der Bettdecke. In der rechten Hand hielt sie ein schnurloses Telefon, in der linken eine braune Medizinflasche, aber mit der Öffnung nach unten. Darunter lagen zwei offensichtlich herausgefallene Tabletten auf der Bettdecke.

»Schlaftabletten«, sagte Somerset. »Die Flasche klebt ihr in der Hand, genau wie das Telefon. Er hat offenbar Alleskleber benutzt.«

Dr. O'Neill beugte sich mit einer Chirurgenschere über die Tote und schnitt vorsichtig die Augenbinde durch. Mills starrte auf das maskenartige Gesicht. Sein Herz schlug wild. Er ahnte, was ihn Schreckliches erwartete.

Somerset klopfte ihm auf die Schulter. »Das habe ich in ihrer Tasche gefunden.« Er zeigte ihm den Führerschein der Frau. Ihr Foto war absolut verblüffend. Lange Haarmähne und verwirrende Saphiraugen. Linda Abernathy, 28 Jahre alt. Könnte ohne weiteres ein Model gewesen sein.

Der Arzt wickelte die Mullbinde ab. Mills stöhnte schon auf, bevor er sie ganz entfernt hatte. Dann aber hob es ihm den Magen. Die Frau hatte keine Nase mehr. Aus dem zerschnittenen Gesicht standen nur Knochenreste hervor. Er mußte wegsehen.

»Er hat sie verstümmelt und dann ihre Wunden verbunden«, sagte Somerset und griff nach der Hand, in die das Telefon geklebt war. »›Ruf um Hilfe‹, muß er zu ihr gesagt haben, ›und du bleibst am Leben. Aber es kostet dich dein Gesicht.‹« Er deutete auf die andere Hand mit der Tablettenflasche. »›Du kannst dich natürlich auch selbst aus allem Elend erlösen.‹«

Dr. O'Neill hob ihren Kopf und entfernte den Rest der Binde. »Es ist noch nicht lange her«, sagte er. »Das Blut ist frisch geronnen.«

Mills sah noch einmal in das Gesicht, doch das war ein Fehler. Ihre Augen wirkten noch gar nicht tot, sie schienen lebendig. Er ging hastig hinaus. Er brauchte Luft.

Zwanzig Minuten später waren sie in Mills' Auto auf dem Weg zurück ins Revier. Der Verkehr war zäh. Sie waren mitten im morgendlichen Stoßverkehr.

Mills war gereizt, aber nicht nur wegen des Verkehrs. Er hatte in seiner Laufbahn bereits hunderte Leichen gesehen, aber noch nie hatte es ihm dabei den Magen gehoben, nicht mal bei den ersten. Aber diese hier hatte ihn geschafft. Und am schlimmsten dabei war, daß es vor den Augen Somersets passiert war.

Er warf einen kurzen Seitenblick auf den Lieutenant, der jedoch tief in Gedanken versunken schien und nur rauchend zum Seitenfenster hinausstarrte. Das verstümmelte Gesicht der Linda Abernathy hatte ihm offenbar nichts weiter ausgemacht. Klar, Somerset hielt sich für einen, den nichts mehr kümmerte. Der abgebrühte Großstädter. Den berührte nichts mehr, weil er es nicht zuließ.

Mills trommelte ungeduldig auf das Steuerrad. Die Ampel vorne hatte schon zum drittenmal Grün gezeigt, ohne daß es nennenswert vorwärts ging. Und der Fahrer hinter ihm ließ ständig den Motor aufheulen. Er sah in den Rückspiegel. Natürlich ein Taxifahrer, der sich wie ein Narr aufführte. Er sah noch einmal zu Somerset hinüber. Der Lieutenant rauchte gemächlich vor sich hin, als spiele Zeit für ihn überhaupt keine Rolle.

»Hat Ihnen das denn überhaupt nichts ausgemacht?« fragte er schließlich doch.

Somerset nickte nur und starrte weiter zum Fenster hinaus.

»Herrgott noch mal, was tun Sie jetzt schon wieder? Meditieren? Sagen Sie doch was. Ich weiß nicht, wie es Ihnen geht, aber ich bin stocksauer. Das muß einfach aufhören. Diesem Doe muß das Handwerk gelegt werden. Es ist mir egal, wie ich es tun muß, aber der Kerl wird aus dem Verkehr gezogen.«

Somerset zog den Rauch tief ein. Er schien gar nicht richtig zuzuhören. »Ich habe beschlossen, noch solange zu bleiben, bis das erledigt ist. Bis es entweder zu Ende gebracht ist oder aber feststeht, daß es nie enden wird.«

»Ach, wirklich?« fauchte Mills. »Mir zuliebe? Weil Sie nicht glauben, daß ich das allein schaffe?«

Somerset sah ihn kurz von der Seite an. »Eines von beiden wird passieren. Entweder wir schnappen John Doe, oder er führt seine Siebenerserie zu Ende, und der Fall zieht sich noch Jahre hin.«

»Und was, bitte, hat das mit Ihnen und Ihrer Pensionierung zu tun? Glauben Sie wirklich, Sie erweisen mir einen großen Gefallen, wenn Sie bleiben? Keineswegs, das habe ich Ihnen schon gestern abend gesagt.«

Die Ampel vorne sprang wieder auf Rot. Sie waren inzwischen höchstens eine Wagenlänge vorangekommen, und dabei lag das Revier nur gleich um die Ecke. Mills sah wieder in den Rückspiegel. Das gelbe Taxi hinter ihnen klemmte fast an ihrer Stoßstange, und der Fahrer ließ seinen Motor wieder aufjaulen, als ginge es dann schneller vorwärts.

»Ich bitte Sie«, sagte Somerset, »mich noch einige Tage länger als Ihren Partner zu behalten. Sie würden damit *mir* einen Gefallen tun.«

Mills mußte lachen. »Und wie, glauben Sie, würde meine Antwort lauten? Nein?«

»Sie können Nein sagen.«

»Ja, wirklich, das könnte ich.« Mills hatte jetzt genug von dem Stau. Er griff unter den Sitz nach dem blauen Dachblinklicht und stellte es auf das Armaturenbrett. Dann ließ er die Sirene an, schaltete das Blinklicht ein und drängte den Fahrer vor ihm zur Seite.

»Sobald diese Geschichte vorbei ist, bin ich weg«, sagte Somerset.

»So eine Überraschung. Sie können es gar nicht erwarten, wie? Warum gehen Sie nicht gleich?«

»Weil ich das nicht unerledigt liegen lassen kann. Ich kann doch keine unfertigen Sachen hinterlassen.«

»Ja, sicher.« Mills schlug das Steuer hart nach rechts ein, zwängte sich hinter einen Linienbus und ließ die Sirene heulen, damit der Fahrer seinen Bus gleich bei Grün in die Kreuzung drängte. Wenn das klappte, konnte er in seinem Kielwasser nach rechts abbiegen. Er ging nicht von der Sirene. Der Busfahrer kapierte und fuhr in die Kreuzung ein, noch ehe Grün gekommen war. Sofort setzte ein wütendes Hupen der anderen Autos ein, die sich jetzt benachteiligt sahen, weil der Bus den Querverkehr blockierte. Aber es reichte, daß Mills um die Kurve gelangte. Die Nervensäge von Taxifahrer hinter ihm hatte die Gelegenheit beim Schopf ergriffen und sich angehängt.

Überall vor dem Revier standen schrägparkende Streifenwagen. Mills fand noch einen freien Platz. Das Taxi fuhr bis zum Haupteingang und hielt dort an. Ein schlampig angezogener Kerl stieg aus, dem das Hemd aus der Hose hing. Hinter dem Taxi hupten und fluchten wieder wütende Fahrer, aber Mills beachtete sie nicht.

Sie stiegen aus und gingen die Eingangstreppe hinauf. Mills stieß die Tür auf und betrat als erster den Raum. Drinnen ging es wie üblich zu wie im Bienenstock. Uniformierte und Zivilbeamte machten sich an ihre Arbeit, die Frühschicht begann eben. Mills ging direkt zum diensthabenden Sergeant, der hinter dem Schalter gleich beim Eingang stand. »Melde Mills und Somerset anwesend.«

»Wir sind überglücklich«, sagte der Sergeant trocken.

California stand neben ihm und sah einen Stapel Nachrichten durch. Er nahm einen Packen und reichte ihn Mills. »Ihre Frau hat eben angerufen. Tun Sie uns den Gefallen, Mann, und legen Sie sich einen persönlichen Anrufbeantworter zu, ja?«

Arschloch, dachte Mills und nahm die Zettel. Aber lieber hielt er den Mund und sah rasch die Zettel durch. Er steckte alles in die Tasche und wollte wieder zu Somerset aufschließen, der bereits halb die Treppe oben war.

»Entschuldigung. Detective?« sagte eine Stimme hinter ihm.

Mills ging weiter.

»Detective?«

Das war so nachdrücklich, daß er nun doch stehenblieb und sich umdrehte. Und sich fast in die Hosen machte. Es war John Doe. Er war der kleine schlampige Typ, der gerade aus dem Taxi gestiegen war! Heilige Scheiße!

Doe schenkte ihm ein schüchternes Lächeln und hielt ihm achselzuckend die Handflächen hin, als wollte er sagen: »Da bin ich.« Sein Hemd und seine Hose waren voller Blut.

»Lieber Gott ...« Das gab es doch nicht. Mills konnte es nicht glauben.

»Das ist er!« schrie California von unten plötzlich, zog seine Waffe und sprang über die Schaltertheke. »Das ist Doe!« Er stürmte vor und schob Doe seinen Pistolenlauf ins Ohr. »Hinlegen, Scheißkerl! Arme vor! Los!«

Inzwischen hatten auch Mills und einige andere Polizisten gezogen und zielten auf John Doe, der auf den Knien war und Mills flehend ansah.

»Runter!« schrie Mills. »Gesicht auf den Boden!«

California drückte mit seinem Revolver. »Du hast's gehört, Scheißkerl. Runter!«

»Vorsichtig!« rief Somerset und kam die Treppe wieder herunter.

John Doe lag, wie befohlen, auf dem Bauch am Boden, aber Mills ging kein Risiko ein. Er war schon über ihm, drückte ihm die Pistole ins Genick und rief: »Beine auseinander und Hände hinter den Kopf!«

Doe gehorchte ohne Zögern oder Widerstand.

»Und keine Bewegung mehr!« schrie Mills. »Nicht die kleinste verdammte Bewegung!«

John Doe war buchstäblich eingekreist von Polizisten. Einer legte ihm Handschellen an, zwei andere begannen ihn zu filzen.

Somerset drängte dazu und kniete neben Doe nieder. »Das

glaube ich nicht«, murmelte er. Er starrte auf John Does auf den Rücken gefesselte Hände. Jeder seiner blutigen Finger war mehrfach mit Heftpflaster verklebt.

John Doe wandte seinen Kopf zur Seite und lächelte Somerset an. »Hallo.«

»Maul halten!« brüllte California, stützte sich auf seine Waffe und drückte mit ihr Does Gesicht auf den Boden. Es verschob ihm die Brille.

»Lassen Sie ihn aufstehen«, befahl Somerset, »und lesen Sie ihm seine Rechte vor.«

Zwei Uniformierte faßten John Doe unter die Arme und zogen ihn hoch. California informierte ihn feierlich über seine verfassungsmäßigen Rechte. Er tat es laut und deutlich, ihm direkt ins Gesicht. »Sie haben das Recht, keine Aussagen zu machen. Sie haben das Recht ...«

»Was, zum Teufel, soll das?«, flüsterte Mills Somerset zu, »Ich kapier's nicht.«

Somerset schüttelte nur stumm den Kopf.

Als California John Doe seine Rechte vorgelesen hatte, sah der wieder Mills an. »Ich will mit meinem Anwalt sprechen.«

22

Eine knappe Stunde später blickte Somerset durch den Einwegspiegel in einen der Vernehmungsräume. Drinnen saß John Doe, mit den Handschellen an einen im Boden verschraubten Tisch gefesselt. Er sah sich gelassen im Raum um und saß da, als warte er nur eben auf den nächsten Bus. Er sah aus wie ein etwas exzentrischer Collegeprofessor, wie ein Physiker vielleicht. Er schlug nicht um sich, war nicht aufgebracht, führte sich überhaupt nicht irgendwie auf. In seinem Blick war etwas Gleichgültiges, fast Träges.

Ihm gegenüber saß sein Anwalt Mark Swarr. Er stellte offenbar Fragen und machte sich Notizen. Die Mithöranlage war abgestellt. Man konnte also nicht hören, was sie miteinander sprachen. Somerset hätte gerne mitgehört, aber es ging nicht. Verfassungsmäßige Vertraulichkeit zwischen Anwalt und Mandant. Es wäre eine gravierende Verletzung der Rechte John Does, die den Fall vor Gericht zum Platzen brächte.

Alles mußte völlig korrekt ablaufen, dachte Somerset, wenn jedes Risiko ausgeschaltet sein sollte, daß John Doe am Ende davonkam. Der Mann durfte nie wieder frei herumlaufen, keine Minute lang.

Mit zusammengekniffenen Augen studierte er den Anwalt. Warum John Doe ihn ausgewählt hat? Swarr war um die dreißig. Weißes Hemd, dunkle, krause Haare, schlechte Haltung. Gerade erst zwei Jahre fertig, mit eigener Praxis. Einer von den Fleißigen, die es allein schaffen wollen. Was ihm allerdings sichtlich noch fehlte, war der gewisse Killerinstinkt, über den erfahrene Strafverteidiger verfügten. Er hatte schon eine Handvoll kleiner Drogendealer vertreten, aber bis jetzt hatte noch kein größeres Kaliber seine Dienste in Anspruch genommen. Somerset bezweifelte auch, daß er es jemals in die höheren Ränge schaffen würde, in die teureren Fälle, als Anwalt der Bandenhäuptlinge, der für sie juristische Dreckarbeit leistete und mit seinen Tricks auch ordentlich Kohle machte. Nein, von dem da konnte Somerset sich das nicht gut vorstellen. Wenn John Doe sich schon seinen eigenen Anwalt leisten konnte, wieso engagierte er dann nicht gleich eine große Nummer? Warum ausgerechnet diesen Swarr? Sehr viel besser als die große Masse der üblichen Pflichtverteidiger war er mit Sicherheit auch nicht.

Die Tür hinter ihm ging auf. Das waren Mills und der Captain. Somerset brauchte sich nicht umzudrehen, um sie zu erkennen. Sie spiegelten sich in der Glasscheibe.

Mills ging direkt bis zum Spiegel und fixierte John Doe. Der Captain reichte Somerset eine Fingerabdruckkarte. Die Abdrücke darauf waren verschmiert und voller Blut.

»Nicht zu gebrauchen«, sagte der Captain angewidert. »Der Mann hat offensichtlich regelmäßig die Haut von seinen Fingerspitzen geschnitten. Das ist der Grund, warum sich nicht ein einziger brauchbarer Fingerabdruck in seiner Wohnung finden ließ. Er hat zugegeben, daß er das schon eine ganze Weile lang macht. Er sagt, er weiß genau, was er tut, und daß er jedesmal wieder schneidet, bevor sich die Hautleisten neu bilden können.« Er zerriß die Karte wütend.

»Und was ist mit seinem Bankkonto?« fragte Mills. »Und mit den Waffen, die wir in seiner Wohnung gefunden haben? Der Mann muß doch einen Lebenslauf haben, es muß Spuren geben. Es muß doch irgend etwas geben, wo man ihn fassen kann.«

»Bisher sind wir nur in lauter Sackgassen gelaufen«, sagte der Captain. »Nichts mit Krediten. Nichts mit Berufstätigkeit. Sein Bankkonto ist gerade fünf Jahre alt und sämtliche Buchungen waren in bar. Wir haben sogar versucht, festzustellen, woher seine Möbel stammen, um zu eruieren, woher er kommt. Nichts. Wir wissen lediglich, daß er finanziell völlig unabhängig ist, auch gebildet zu sein scheint, und im übrigen total irre. Aber wie das kam, erfahren wir vielleicht nie.«

»Er hat sich selbst zum John Doe gemacht«, sagte Somerset und ließ ihn hinter dem Einwegspiegel nicht aus den Augen. »Zum Unbekannten, Unidentifizierten. Er ist seine eigene Kreation. Dr. Frankenstein und sein Monster in einem.«

»Wann vernehmen wir ihn, Captain?« fragte Mills.

»Nicht Sie.«

»Wieso nicht?«

»Weil er ein Geständnis ablegt, und damit kommt er direkt zum Staatsanwalt.«

Mills fuhr sich nervös durch die Haare. »Der stellt sich nicht wirklich freiwillig. Das ergibt keinen Sinn. Der zeigt keinen Funken Reue. Sehen Sie ihn sich doch an.«

»Vielleicht soll es ja ausdrücklich keinen Sinn ergeben«, sagte der Captain. »Ich gebe es auf. Ich weiß es nicht.«

Somerset steckte sich eine Zigarette an. »Er ist noch nicht am Ende mit seinen Taten.«

Der Captain lachte. »Wie soll er denn aus dem Gefängnis aktiv werden?«

Somerset blinzelte in seinen eigenen Zigarettenrauch, der ihm in die Augen zog. »Weiß ich auch nicht, aber das weiß ich, daß er noch nicht am Ende ist. Kann er nicht sein.«

»Der macht sich doch über uns lustig«, bellte Mills. »Und wir lassen es uns gefallen!«

Der Captain starrte ihn einen Augenblick lang an. »Wollen Sie mal einen guten Rat hören, Mills? Lassen Sie los. Sie verbeißen sich zu sehr. Der Fall gehört jetzt dem Staatsanwalt. Also lassen Sie los. Das ist mehr als ein Vorschlag. Haben Sie mich verstanden?« Er warf die zerrissene Fingerabdruckkarte in den Papierkorb und ging.

Mills legte die Stirn an die Glasscheibe und preßte seine Finger dagegen, einen nach dem anderen, bis die Gelenke knackten.

Für Somerset hatte der Captain recht. Mills hatte sich in der Tat viel zu sehr in den Fall verbissen. Aber wie sehr, wußte er nicht. Wie weit würde Mills wohl gehen, um Doe wieder selbst in die Finger zu kriegen?

Mills ließ jetzt auch die Gelenke an der anderen Hand

knacken. »Sie wissen doch auch, daß uns der Dreckskerl an der Nase herumführt«, sagte er.

Somerset seufzte tief. »Vermutlich zum ersten Mal, seit wir uns kennen, sind wir völlig einer Meinung«, sagte er. »John Doe hat sicher nicht vor, so auszusteigen. Da steckt mehr dahinter.«

»Aber was?«

»Ihm fehlen noch zwei Morde für sein Meisterwerk. *Neid* und *Zorn* stehen noch aus. Wenn ich nur eine Ahnung hätte, wie er das bewerkstelligen will. Haben Sie eine Idee?«

»Vielleicht ist er ja schon fertig, und wir haben Leichen sechs und sieben nur noch nicht gefunden.«

»Irgendwie kann ich mir das nicht vorstellen. Der Bursche ist so versessen darauf, seine Botschaften loszuwerden. Warum sollte er bei den beiden letzten so zurückhaltend sein? Die wären doch eher sein großes Finale.«

»Möglich«, sagte Mills achselzuckend. Er preßte die Stirn immer noch gegen die Scheibe.

Somerset sah auf den Notizblock des Anwalts. Mark Swarr kritzelte in einem Affentempo Zeile um Zeile. »Wir müssen wohl abwarten, wie sich John Doe einläßt.«

Mills hauchte die Glasscheibe an und malte mit dem Finger *Zorn* und *Neid* in die angelaufene Stelle.

Im Vernehmungsraum war John Doe eingenickt.

23

Kurz nach ein Uhr wurden Somerset und Mills zum Captain gerufen. John Does Anwalt Mark Swarr und Staatsanwalt Martin Talbot waren bereits anwesend. Der Captain saß mit gerunzelter Stirn und aufgestützten Ellenbogen hinter seinem Schreibtisch und hielt die Hände vor dem Mund. Er war kurz vorm Überkochen. Seine beiden Besucher sahen aus, wie Rechtsanwälte und Staatsanwälte eben aussahen: als berührte sie nichts wirklich. Abgesehen von dem leichten Schweißfilm, den Somerset auf der Oberlippe des Staatsanwalts entdeckte. Ziemlich ungewöhnlich für Talbot. Der war doch üblicherweise kalt wie eine Hundeschnauze. Gut, der Fall war für sie alle immerhin eine Art Neuland.

Mills und Somerset nickten beim Eintreten allen zu und suchten sich ein Plätzchen im nun überfüllten Büro des Captain. Mills lehnte sich ans Fensterbrett, Somerset blieb stehen und stützte sich mit dem Ellbogen auf einen Aktenschrank.

Der Captain verwies Swarr mit einer Kopfbewegung an die beiden Neuankömmlinge. »Sagen Sie es ihnen.«

Swarr drehte sich in seinem Sessel zur Seite und sah die beiden Detectives an. »Mein Mandant hat mich davon informiert, daß es noch zwei Tote gibt ... zwei weitere, noch unentdeckte Opfer. Er will verraten, wo sie zu finden sind, es aber nur den beiden Detectives Mills und Somerset sagen, und das erst heute abend um sechs.«

Staatsanwalt Talbot schnaufte und zog ein seidenes Taschentuch aus der Brusttasche, mit dem er sich den Schweiß von der Oberlippe tupfte. »Gütiger Himmel ...«

»Wieso gerade uns?« fragte Mills.

»Er sagt«, erklärte Swarr achselzuckend, »er bewundert Sie.«

Somerset fing den Blick des Captain auf und schüttelte den Kopf. »Das gehört alles zu seinem Spiel. Ganz offenkundig.«

Es könnte ein Bluff sein, dachte Somerset. Oder eine Falle. Wenn das mit den beiden Leichen wahrscheinlich auch stimmte. Er wollte ja sein Meisterwerk vollenden, und mit diesen beiden wären seine sieben Todsünden beisammen. Neid und Zorn.

»Mein Mandant erklärt, wenn die beiden Detectives das nicht akzeptieren, werden die beiden Leichen niemals gefunden.«

»Offen gesagt, Herr Kollege«, meinte Talbot säuerlich an Swarr gewandt und stopfte sein Taschentuch wieder in die Jacke zurück, »meinetwegen können diese beiden Leichen verrotten, hätte ich beinahe gesagt.«

»Wir pflegen hier keine Abkommen auszuhandeln, Mr. Swarr«, pflichtete ihm der Captain bei.

»Hören Sie mal«, eiferte sich Mills, sprang auf und deutete mit dem Zeigefinger auf Swarr, »Ihr Knabe hat bereits eine feste Anwartschaft auf eine Dauermiete in der Zelle mit Kost und Logis samt Kabelfernsehen auf Staatskosten, genau wie jeder andere Abschaum in diesem Lande. Also, warum ziehen Sie nicht lieber gleich ab, Mann? Wir reichen dem nicht den kleinen Finger.«

»Regen Sie sich ab, Mills«, mahnte der Captain.

Aber Mills war bereits richtig in Fahrt und noch nicht zu Ende. »Wie kann man nur einen solchen Dreckskerl auch noch vertreten? Sind Sie etwa stolz darauf?«

Swarr blieb ganz ruhig. »Sie dürften doch wohl wissen, Detective, daß ich als Anwalt per Gesetz dazu verpflichtet bin, meinen Mandanten nach besten Kräften beizustehen und ihre Interessen zu vertreten.«

»Ja, ja, nach besten Kräften!« Mills zeigte Swarr den Stinkefinger und zog sich wütend an sein Fensterbrett zurück.

»Das reicht jetzt, Mills!« schnarrte ihn der Captain an.

»Ist schon gut, Captain«, sagte Swarr. »Ich verstehe ja, daß Ihre Leute in dieser Sache gewaltigen Streß hatten.«

Mills war schon wieder auf den Füßen. »Sie können mir mit Ihrem Verständnis gestohlen bleiben, Sie Arsch!«

»Setzen Sie sich hin!« schrie der Captain und funkelte Mills an.

Swarr wandte sich ungerührt an den Staatsanwalt. »Mein Mandant wünscht Sie außerdem darüber zu informieren, daß er, wenn Sie auf sein Angebot nicht eingehen, vor Gericht auf Geistesgestörtheit plädieren will.«

Talbot lachte noch einmal schnaufend. »Soll er es doch versuchen.« Aber auf seiner Oberlippe stand bereits wieder der feine Schweißfilm. »Nur damit das klar ist: Ich werde auf keinen Fall darauf eingehen. Die Anklage läuft normal. Da geht gar nichts.«

»Mein Mandant«, fuhr Swarr, auch davon unbeeindruckt, fort, »läßt Sie des weiteren wissen, daß er, wenn Sie sein Angebot unter diesen speziellen Bedingungen annehmen, gleich ein volles Geständnis unterschreiben und sich sämtlicher Morde schuldig bekennen wird.«

Es wurde still im Raum. Talbot und der Captain wichen einander mit ihren Blicken aus. Sie wollten beide nicht zu erkennen geben, daß sie sehr wohl wußten, was da vor sich ging. Swarr hatte seine Trumpfkarte ausgespielt und obendrein gar nicht schlecht. Mills sah Somerset an, doch der war intensiv damit beschäftigt, eine Zigarette herauszuholen und anzustecken. In Somersets Augen stank die ganze Geschichte. Von Anfang an beherrschte Doe die Szene, und das galt auch für sein jetziges »Angebot«. Falls Doe zwei weitere Opfer in petto hatte, na und? Sie waren bereits tot. Warum also den Kerl nicht eine Weile schmoren lassen? Kein Grund zur Eile mehr.

Aber Somerset sah, wie Mills darauf brannte, die Sache zu erledigen. Seine Körpersprache schrie es heraus. Ein großer Fehler. Oberstes Gebot, niemals den anderen sehen lassen, wie sehr man sich etwas wünscht. Somerset war enttäuscht. Mills hatte immer noch eine Menge zu lernen.

Der Captain sah Mills an. »Was meinen Sie?«

»Daß wir es tun.«

Somerset zog heftig an seiner Zigarette. Einfach nicht clever, der Bursche, dachte er.

Swarr wandte sich zu ihm um. »Mein Mandant hat ausdrücklich darauf hingewiesen, daß Sie beide dabei sind.«

Somerset antwortete nicht gleich. »Wenn Ihr Mandant auf Geistesgestörtheit plädierte, wäre dieses Gespräch hier zulässig. Aber daß er uns erpressen will, spricht gegen ihn.«

»Das mag schon sein«, sagte Swarr. »Aber mein Mandant möchte Sie daran erinnern, daß es zwei weitere Tote gibt. Und ich muß Ihnen ja wohl nicht ausdrücklich vor Augen halten, was passieren wird, sollte die Presse Wind davon bekommen, daß die Polizei kein besonderes Interesse daran zeigt, diese beiden Leichen zu finden und zu identifizieren, so daß deren Angehörige sie anständig bestatten können.«

»Das klingt, als hätten Sie die entsprechende Pressemitteilung bereits fertig in der Tasche«, sagte Somerset.

»Und wenn?« erklärte ihm der Anwalt. »Wie ich bereits sagte, vertrete ich als Anwalt nur pflichtgemäß die Interessen meines Mandanten.«

Somerset musterte ihn eingehend und blies den Zigarettenrauch durch die Nase. »Das alles gilt unter der Voraussetzung, daß es diese beiden neuen Leichen wirklich gibt.«

Staatsanwalt Talbot griff ärgerlich in seine Tasche und zog ein zusammengefaltetes Blatt heraus. »Ich habe hier den vorläufigen Laborbefund, den ich vorhin erst erhalten habe. Es ist der erste Schnellbefund von Does Kleidung und Fingernägeln. Sie haben sein eigenes Blut gefunden. Es stammt von den beschnittenen Fingerspitzen.« Er unterbrach und seufzte. »Außerdem wurde Blut von Linda Abernathy gefunden, von dieser Frau, der er das Gesicht verstümmelt hat. Und von noch einer Person, die bislang nicht identifiziert ist.« Er wandte sich an Somerset. »Sie wären ja nur mit einem unbewaffneten Mann unterwegs.«

Somerset hätte am liebsten ausgespuckt. Talbot kriegte also tatsächlich kalte Füße. Er hätte mehr von ihm erwartet.

Mills ging zur Tür. »Na los, kommen Sie. Bringen wir es hinter uns.«

Doch Somerset rührte sich nicht. Er verschränkte die Arme und sah zu Boden. Die Zigarette qualmte zwischen seinen Fingern. Er konnte die Tapetenrose in seiner Hemdtasche spüren. »Ich bin seit gestern offiziell in Pension«, sagte er dann plötzlich. »Ich habe mit alldem nichts mehr zu tun.«

Mills fauchte ihn wütend an. »Was reden Sie da für Quatsch?«

»Mein Mandant«, bekräftigte Swarr, »hat keinen Zweifel daran gelassen, daß es Mills und Somerset gemeinsam sein müssen. Nicht nur einer, und keine Ersatzleute.«

Alle sahen Somerset an.

Der Captain fuhr innerlich hoch. Dies alles fiel ziemlich aus dem Rahmen des Üblichen, aber Swarr hatte sie an der Gurgel.

Jetzt zeigten sich auch auf Talbots Stirn Schweißperlen. Kein Zweifel, dachte Somerset, er stellte sich diese Pressekonferenz vor, auf der Swarr aller Welt verkündete, daß den Staatsanwalt zwei tote Menschen einen Dreck kümmerten. Natürlich war Talbot klar, was das für Folgen hatte. Seine Wiederwahl im Amt wäre damit gestorben.

Mills war außer sich, weil er nach Somersets Ansicht fürchtete, den Fall nicht so abwickeln zu können, wie er sich das vorstellte. Dem Mann war einfach nicht klar, daß es im wirklichen Leben nur höchst selten die schöne Ordnung von Anfang, Mitte und Ende gab. Wenn du einen schönen Schluß willst, Junge, dachte er, mußt du schon einen Roman lesen.

Zugegeben, gegen einen netten Schluß hätte er selbst auch nichts einzuwenden. Zumindest die Hauptfäden hätte er gerne noch zusammengeknotet, um anschließend in Ruhe und Frieden in Pension gehen zu können. Ließ er die ganze Scheiße, wie sie war, hätte Mills recht – es wäre ein Rückzug.

Somerset sog wieder heftig an seiner Zigarette. So ging es nicht. John Doe das Kommando zu überlassen, war einfach ein Fehler. Das sagte ihm sein Bauch.

Der Captain schreckte ihn auf. »Also, was nun, William?«

Somerset sah einen nach dem anderen im Raum an. Mills konnte sich kaum mehr halten und es kaum mehr erwarten, bis er diesem Irrsinn endlich zustimmte. Und wieder spürte er die Tapetenrose in seiner Tasche.

»William?« drängte der Captain.

Aber Somerset sah zu Boden und gab keine Antwort.

Sie standen nebeneinander ohne Hemd an den beiden Waschbecken im Umkleideraum, Rasierschaum auf der Brust. Vor Mills lag ein aufgerissenes Päckchen Einmalrasierklingen am Waschbeckenrand. Er betrachtete sich im Spiegel, hielt den Rasierer in der Hand und riß sich zusammen. Schließlich fuhr er mit der Klinge mitten über die Brust.

Somerset stand da mit einer brennenden Zigarette zwischen den Lippen und zögerte noch. Ihm gefiel die ganze Geschichte, bei der Doe alle Fäden zog, immer noch nicht. Auch Mills verhielt sich falsch. Er war zu begierig bei der Sache. Warum er, zum Teufel, selbst mitmachte, begriff er nicht. War er etwa auch zu begierig?

Ihre Blicke trafen sich im Spiegel. »Wenn John Does Kopf aufplatzt und ein UFO herausgeflogen kommt, sollten Sie auch damit rechnen. Bei dem sollte Sie nichts mehr überraschen, gar nichts.«

Mills legte die Hand auf die rechte Brustseite, um sie zu rasieren. »Wovon reden Sie da, verdammt?«

»Rechnen Sie mit allem mein Freund. Denn ob es Ihnen paßt

oder nicht, John Doe hat hier das Sagen. Er bestimmt, wo es langgeht und wohin. Wenn Ihnen das keine Bauchschmerzen macht, sind Sie ein noch größerer Esel, als ich ohnehin schon vermutete.«

Mills deutete auf seine teilrasierte Brust. »Was reden Sie dauernd von Fädenziehen? Glauben Sie, ich mache das hier, weil es mir gefällt? Wir kriegen Körpermikrophone, und California folgt uns im Hubschrauber. Er hört jedes Wort mit. Dieser Doe muß nur einen Furz tun, und schon ist er mit einer Wäscheklammer für Ihre Nase zur Stelle. Außerdem scheiße ich drauf, was passiert, Doe bleibt auf alle Fälle in Handschellen. Da mag dieser beschissene E.T. aus dem Weltraum anfliegen und ihn holen wollen, Doe kommt nicht los.«

»Nehmen Sie das nicht auf die leichte Schulter, Mills, das sage ich Ihnen.«

»Und behandeln Sie mich, zum Donnerwetter, nicht dauernd wie Ihren kleinen Sohn«, schnappte Mills. »Ich bin kein Kind, und dies ist auch nicht mein erster Fall.«

Somerset beherrschte sich und sagte nichts. In dem ganzen Durcheinander hatte er völlig vergessen, daß Tracy schwanger war und Mills es immer noch nicht wußte. Verdammt, wenn nun etwas schieflief? Wenn Doe ihnen da kunstvoll eine Falle gebaut hatte? Und Mills etwas zustieß? Dann war Tracy Witwe und mußte ein Kind ohne Vater aufziehen.

Er warf die Zigarette quer durch den Raum. Sie landete in einem Urinal auf der anderen Seite. Die Sache war klar. Selbst wenn Doe es zulassen würde, konnte er diesen Idioten Mills nicht allein losziehen lassen. Er mußte ihn beschützen.

Mills hielt einen Finger auf die Brustwarze und rasierte vorsichtig um sie herum. »Würde die Berufsunfallversicherung zahlen, wenn ich mir unabsichtlich die Brustwarze abschnitte?«

»Nehme ich an«, sagte Somerset. Er rasierte sich vorsichtig

mit kurzen Strichen und spülte immer den Schaum in das Wasser im Waschbecken. »Wenn Sie dann Manns genug wären, das wirklich zu beantragen, würde ich Ihnen persönlich eine neue kaufen. Aus der eigenen Tasche.«

Mills grinste und schabte rund um seine andere Brustwarze. »Sie müssen mich wirklich mögen.«

Somerset sah ihn finster im Spiegel an. »Strapazieren Sie das nur nicht.«

24

Den Rest ihrer Vorbereitungen erledigten Mills und Somerset im Verhörraum der Mordkommission. Die schwarze Tafel auf dem Podium mit den sieben Todsünden stand noch immer da. Fünf waren jetzt durchgestrichen. Inzwischen hatte man noch einen Fernsehmonitor hereingerollt, damit sie verfolgen konnten, was draußen vor sich ging. Das Bild war da, aber der Ton abgestellt.

Somerset sah auf den Bildschirm, während er sich das Hemd zuknöpfte. Er zuckte mit den Schultern, um sich an das Mikrophon auf seiner Brust zu gewöhnen. Das Monitorbild zeigte die Vorderfront ihres Polizeigebäudes. Staatsanwalt Martin Talbot würde gleich einer Reportermeute die Festnahme John Does verkünden. Er war noch nicht da, weil Somerset und Mills nicht fertig waren. Sie sollten Bescheid sagen, sobald sie soweit waren. Der Staatsanwalt würde die Reporter dann ablenken.

Als Somerset endlich sein Hemd in die Hose gesteckt hatte, suchte er in der Hosentasche nach seinen Magensäuretabletten. Er schob sich zwei in den Mund und hielt Mills die Rolle hin.

Mills, der kaum noch erwarten konnte, daß es losging, nahm sich zwei und gab Somerset die Rolle zurück. Somerset kaute die kalkigen Tabletten, während er sich die Krawatte band, in eine hellbraune kugelsichere Weste schlüpfte und die Gurte an den Schultern festband, nicht zu fest und nicht zu locker.

Mills hatte seine schon an. Er stand an einem Schreibtisch und füllte Patronen in ein Magazin. Dann schob er es in den Griff seiner Neun-Millimeter, ließ es einschnappen und checkte die Waffe noch einmal durch.

Somersets Waffe hing noch im Halfter über einem Stuhl. Er legte das Halfter an, zog die Pistole heraus und prüfte sorgfältig das Magazin. Zufrieden stellte er fest, daß sie funktionierte. Also legte er sie weg und zog sein graues Tweedsportjackett über. Er sah Mills an: »Fertig?«

»Ja«, sagte Mills und zog den Kragen seiner Lederjacke zurecht.

Somerset schaute noch einmal kurz auf den Monitor und dann zum Fenster hinaus. Die untergehende Sonne vergoldete die aufragende Skyline. Er griff zum Telefon und wählte die Nummer des Captain. »Wir gehen jetzt los, Captain«, sagte er. »Geben Sie uns fünf Minuten Zeit und schicken Sie dann Talbot raus.«

Eine Meile entfernt stand auf dem Dach des Polizeipräsidiums ein schnittiger schwarzer Hubschrauber. Der Pilot wartete auf seine Anweisungen. Zwei Polizeischarfschützen saßen mit zwei gleichen Gewehren in der offenen Tür. Die Gewehre waren mit starken Zielfernrohren ausgerüstet. Ein stetiger trockener Wüstenwind wehte und ließ den Helikopter schaukeln. Er pfiff auch leise durch das Cockpit.

Ein Mann in schwarzer Kampfmontur trat aus der Dachtür des Gebäudes und ging zum wartenden Hubschrauber. Er stieg ein und setzte sich neben den Piloten. Es war California. »Wir haben grünes Licht«, sagte er. »Starten Sie.«

Der Pilot nickte und reichte California einen Sturzhelm, wie er selbst einen trug.

»Wird uns dieser Wind zu schaffen machen?« fragte California, bevor er ihn aufsetzte.

Der Pilot schüttelte den Kopf. »Im Gegenteil, macht den Flug lustiger«, meinte er trocken und startete den Motor. California sah durch die Scheibe nach oben zu den Rotorblättern, als sie sich zu drehen begannen.

In der Tiefgarage ihres Reviers saß Somerset am Steuer eines metallblauen zivilen Streifenwagens. Auf dem Rücksitz saß hinter Maschendraht Mills mit John Doe.

Doe trug einen khakifarbenen Monturanzug aus Polizeibeständen. Er war mit Handschellen und Fußeisen gefesselt. Die Fußeisen hielt ein zweites Paar Handschellen zusammen. Und noch ein drittes Paar fesselte John Does linke Hand an das Trenngitter. Unter den Achseln seines Overalls hatte Doe bereits Schweißflecken, aber äußerlich wirkte er trotz seiner Fesseln gelassen, fast verträumt.

Draußen am Ende der Rampe stand ein Polizist in der Sonne Wache. Er hatte ein Walkie-talkie in der Hand. Somerset behielt ihn im Auge und wartete auf sein Zeichen. Sobald Staatsanwalt Talbot oben mit seiner Pressekonferenz begonnen hatte, würde der Polizist es über sein Walkie-talkie erfahren.

John Doe summte leise vor sich hin. Somersets Aufmerksamkeit blieb auf den Polizisten gerichtet. Wenige Augenblicke später erfolgte sein Zeichen.

Als Somerset den Gang einlegte, sah er Mills' Blick im Rückspiegel. Keiner sprach ein Wort. Das war auch nicht nötig. Somerset trat aufs Gaspedal und fuhr langsam die Rampe hinauf.

Der Polizist achtete auf den Verkehr auf der Straße und winkte ihn ein. Mills drückte John Does Kopf nach unten, als sie ans Tageslicht kamen. Doe durfte nicht gesehen werden.

Somerset bog nach rechts ab und fuhr bis zum Ende des Blocks, dann noch einmal nach rechts in den Freeway. Vor der Kreuzung warf er einen schnellen Blick nach rechts, wo die Reporter Talbot ihre Fragen zuriefen, ihm ihre Recorder entgegenstreckten und ihre Blitzlichter ins Gesicht schossen. Somerset fuhr zügig weiter. Auch wenn Doe ebenfalls eine kugelsichere Weste trug, wollten sie kein Risiko eingehen. Die ganze Stadt war wegen dieser Morde in Waffen. Und es gab eine Menge aufgebrachter Bürger, die ein schnelles Gericht für das Beste hielten und das Monster bedenkenlos abknallen würden. Somerset war sich nicht sicher, ob er nicht auch einer von ihnen war. John Doe jedenfalls glaubte an die Todesstrafe. Warum sollte er dagegen immun sein?

Als die Innenstadtstraßen in die breiteren Ausfallstraßen übergingen, beschleunigte Somerset. Wenn sie erst mal auf dem Freeway und aus der Stadt wären, würde er sich sehr viel besser fühlen. Er spürte, wie ihm Schweiß das Rückgrat hinunterrann. Der an seine Brust geklebte Sender sollte zwar wasserdicht sein, aber er sorgte sich trotzdem, daß er naß wurde. Er hatte das Gefühl, daß er, bevor dieser Tag zu Ende war, noch sehr viel mehr Schweiß vergießen würde.

Auf dem Lincoln Boulevard runzelte er plötzlich die Stirn. Da stand ein gelber Schulbus mit blinkenden Warnlichtern. Kinder stiegen aus, am Straßenrand warteten die Eltern. Auch Väter. Er überlegte, ob er, statt anzuhalten, einfach weiterfahren sollte. Es waren zu viele Leute da. Jemand könnte zu ihnen hereinschauen und John Doe mit seinen Fesseln auf dem Rücksitz sehen. Irgendein gereizter Vater könnte eine Waffe bei sich haben.

Aber wenn er vorbeifuhr und dabei ein Kind anfuhr? Selbst wenn es dann um ein Haar nicht passierte, es würde Unruhe geben und die Aufmerksamkeit auf sie lenken.

Er bremste herunter und hoffte, daß der Bus bereits weiterführe, bevor er ganz anhalten mußte. Aber noch immer stiegen Kinder aus. Also blieb er im Abstand von fünfundzwanzig Metern stehen und behielt die Hand am Schalthebel, um beim kleinsten Anzeichen, daß jemand sich für sie interessierte, den Rückwärtsgang einzulegen und schnellstens zu machen, daß er davonkam.

Die Eltern nahmen ihre Kinder in Empfang, küßten und umarmten sie, nahmen ihnen ihre Schulranzen und Pausenbrotbehälter ab. Es dauerte und dauerte. Das würde auch Tracy in ein paar Jahren so machen, dachte Somerset. Und Mills selbst auch, wenn er klug war. Er sollte sich auch um die Erziehung seines Kindes kümmern, auf jede nur mögliche Weise zum Leben des Kindes gehören.

Im Rückspiegel sah er Mills, der wieder Does Kopf nach unten drückte. Er muß nur den heutigen Tag überstehen, dachte er.

Endlich blinkte das Warnlicht vor ihnen nicht mehr, und der Schulbus fuhr wieder los. Somerset wartete, bis der Bus am Ende des Blocks war, ehe er selbst weiterfuhr. Er wollte, wenn nötig, Platz haben. Der Bus bog nach links ab. Somerset gab Gas. Nach ein paar Minuten blinkte er und nahm die Auffahrt nach rechts zum Freeway.

Als er sich dort in den fließenden Verkehr eingeordnet hatte, atmete er auf. Mills ließ Doe aufrecht sitzen, und Doe begann wieder, kaum hörbar vor sich hinzusummen. Somerset versuchte, sich auf die Straße zu konzentrieren, aber das war schwierig. Doe hinter sich sitzen zu haben, war, als jucke es einen am Rücken, wo man nicht hinkam. Er mußte immer wieder in den Rückspiegel sehen und ihn beobachten.

»Wer sind Sie eigentlich, John?« fragte er schließlich. »Wer sind Sie wirklich?«

Does gelassener Gesichtsausdruck wurde scharf, als er Somersets Blick im Rückspiegel suchte. »Wie meinen Sie das?«

»Ich meine, daß es jetzt nichts mehr schaden würde, wenn Sie uns ein wenig über sich erzählen würden.«

Doe rollte den Kopf auf die eine Schulter. Sein Blick ging ins Leere, während er für einen Augenblick nachdachte. »Es spielt doch keine Rolle, wer ich bin. Wer ich bin, hat absolut nichts zu bedeuten.« Dann reckte er sich plötzlich. »Sie müssen bei der nächsten Ausfahrt raus zum Highway Richtung Norden.«

Somerset blinkte und reihte sich rechts ein.

»Wo fahren wir hin?« fragte Mills.

Doe sah angestrengt durch das Maschendrahtgitter auf die Straße. »Warten Sie's ab.«

»Wir holen doch nicht nur zwei weitere Leichen ab, oder?« fragte Mills »Das wäre nicht ... was weiß ich, nicht schockierend genug. Für Sie nicht. Und für die Zeitungen nicht.«

»Detective«, sagte John Doe, »wenn Sie wollen, daß die Leute Sie zur Kenntnis nehmen, können Sie ihnen nicht nur auf die Schulter tippen. Sie müssen ihnen mit dem Vorschlaghammer auf den Kopf hauen. Dann erst haben Sie die volle Aufmerksamkeit.«

»Und was macht Sie nun so besonders, daß die Leute Sie unbedingt zur Kenntnis nehmen sollen?«

»Nicht mich. Ich bin nichts Besonderes. Ich bin nicht außergewöhnlich. Nur das hier. Das, was ich tue.«

»Ich persönlich kann an diesen netten Morden gar nichts Ungewöhnliches erkennen«, sagte Mills. »Wenn Sie mich fragen, sind Sie nichts weiter als noch so ein ausgeflippter Irrer.«

Doe lachte. »Das stimmt nicht. Und das wissen Sie auch ganz genau. Sie versuchen nur, mich auf die Palme zu bringen.«

»Sehen Sie mal, Johnny, in zwei Monaten erinnert sich kein Mensch mehr, daß das hier überhaupt passiert ist. Da bringen die Zeitungen schon längst ganz andere Geschichten, über die die Leute reden. Bedenken Sie das. In Washington kann jetzt eben etwas passieren, daß Sie und Ihre schöne Story wie nichts von den Titelseiten weht. Und nächste Woche interessiert sich keine Menschenseele mehr dafür.«

Doe schloß die Augen und seufzte. »Sie überblicken die Sache nicht ganz, Detective. Aber wenn das hier vorbei ist, dann wird es ... so ... so ...«

»Spucken Sie's aus, Johnny.«

»... so makellos sein. Die Menschen werden es kaum verstehen, aber sie werden nicht leugnen können, daß es Größe hat.«

Mills schüttelte den Kopf und grinste. »Ich kann's kaum erwarten.«

Doe leckte sich die Lippen. Mit einemmal stand ihm Verzweiflung im Gesicht. »Es wird etwas sein, das man nicht vergessen wird. Niemals. Glauben Sie mir, Detective.«

»Also, ich bleibe die ganze Zeit über neben Ihnen, Johnny. Und sagen Sie mir ganz sicher Bescheid, wenn es losgeht. Ich möchte absolut nichts davon versäumen.«

»Keine Sorge, Detective. Sie werden nichts versäumen.«

Die Stimmen kamen in Californias Kopfhörer unter seinem Helm laut und klar durch. Beide Körpermikrophone der Detectives funktionierten einwandfrei. Unter ihm zog sich die Autobahn endlos hin wie ein in die Wüste gerolltes Klopapier. Er sah durch sein Fernglas auf den metallicblauen Wagen etwa eine halbe Meile voraus und dann nach hinten zu den Scharfschützen in der offenen Tür. Sie hatten ihre Gewehre mit der Mündung nach oben zwischen den Beinen.

Er tippte dem Piloten auf den Arm. »Nicht zu nah ran«, sagte er ihm über sein Helmmikrophon. »Wenn Doe uns hört, schöpft er vielleicht Verdacht.«

Der Pilot nickte und nahm etwas Gas weg.

Doe beobachtete die Leute in den vorbeifahrenden Autos. Er wurde allmählich unruhig, nagte an seiner Unterlippe, benahm sich wie ein Kind, das auf eine Überraschung wartet.

»Was gibt es so Aufregendes?« fragte ihn Somerset und suchte seinen Blick im Rückspiegel.

»Wir sind bald da«, sagte Doe. »Es ist jetzt nicht mehr weit.«

»Ich frage mich das schon die ganze Zeit«, sagte Mills. »Vielleicht können Sie mich da ein wenig aufklären: Weiß man es eigentlich selber, wenn man verrückt ist? Sagen wir, Sie liegen abends im Bett und sind kurz vor dem Einschlafen, kommt Ihnen da jemals der Gedanke: Mann, Mann, ich bin ganz schön irre, ich bin tatsächlich total wahnsinnig? Ist Ihnen das jemals passiert, Johnny, daß Sie sich das gedacht haben?«

Das traf Doe nicht. »Wenn es für Sie tröstlicher ist, Detective, mich für geistesgestört zu halten, habe ich nichts dagegen.«

»Scheint mir eine ziemlich genaue Diagnose, Johnny«, sagte Mills.

»Was ich bin, ist etwas, das Sie wohl nicht so einfach zu akzeptieren bereit sind. Aber ich habe mir das natürlich auch nicht ausgesucht. Ich bin erwählt worden.«

»Ja, sicher.«

Somerset mischte sich ein. »Ich habe gar keinen Zweifel, John, daß Sie sich für auserwählt halten. Aber Sie übersehen dabei einen eklatanten Widerspruch.«

Doe rückte vor und sah stirnrunzelnd in den Rückspiegel. »Was meinen Sie mit Widerspruch?«

»Na ja, wenn Sie also tatsächlich auserwählt wurden, sagen

wir, durch eine höhere Macht, dann wurde Ihnen die Hand geführt. Würden Sie das nicht auch so sehen?«

Doe war auf der Hut. »Nun ja ... vielleicht ...«

»Ist es dann nicht seltsam, daß Sie an alldem so großen Gefallen finden, wo Sie doch nur ein einfaches Instrument Gottes sind?« Somerset fixierte ihn so lange wie möglich und sah dann wieder auf die Straße. »Es hat Ihnen Spaß gemacht, diese Menschen zu quälen, John. Aber wie geht das mit einem göttlichen Auftrag zusammen?«

Doe wich seinem Blick aus. Sein Gesicht war rot. Zum ersten Mal, seit er sich selbst ergeben hatte, schien er sich zu schämen. Dann sagte er aber: »Ich bezweifle, daß ich mehr Spaß daran fand, als Detective Mills ihn gehabt hätte, wenn er einige Zeit mit mir in einem Raum ohne Fenster hätte sein können.« Er sah zu Mills hinüber. »Stimmt's, Detective? Wie glücklich wären Sie, mich so richtig hernehmen zu können, ohne daß Sie Konsequenzen fürchten müßten?«

Mills spielte den Gekränkten. »Aber Johnny, wie kommen Sie denn darauf, zu glauben, daß ich so etwas täte? Ich mag Sie doch. Ich mag Sie sehr.«

»Sie würden es nur deshalb nicht tun, weil Sie die Konsequenzen fürchten würden. Aber Ihre Augen, Detective, sagen etwas anderes. Es ist doch nicht verkehrt, wenn einer in seinem Beruf für ein wenig Spaß sorgt. Oder?« Er schüttelte langsam den Kopf und sah Mills durchbohrend an. »Ich leugne gar nicht meinen persönlichen Wunsch, jede Sünde gegen den Sünder zu kehren. Aber alles, was ich getan habe, war lediglich, die Sünden dieser Leute logisch zu Ende zu führen.«

»Sie haben unschuldige Menschen zu Tode gequält«, sagte Mills, »damit Sie Ihre eigenen Verklemmungen loswerden. So sieht's aus.«

»Unschuldig? Soll das ein Witz sein, Detective? Sehen Sie

sich doch die Leute an, die ich getötet habe. Ein übergewichtiger Mensch, ekelerregend und so fett, daß er kaum noch aufstehen konnte. Wären Sie ihm auf der Straße begegnet, hätten Sie mit dem Finger auf ihn gezeigt und sich zusammen mit Ihren Freunden über ihn mokiert. Hätten Sie ihn beim Essen gesehen, wäre es Ihnen hochgekommen.«

»Nach ihm habe ich mir einen Anwalt geschnappt«, fuhr er fort. »Und insgeheim müssen Sie mir dafür dankbar gewesen sein, meine Herren. Der ganze Lebensinhalt dieses Mannes bestand darin, Geld zu machen, indem er mit jedem Atemzug Lügen verbreitete. Indem er dafür sorgte, daß Vergewaltiger, Gangster und Mörder weiter unsere Straßen unsicher machen können.«

»Mörder?« sagte Mills. »Wer schmeißt denn da im Glashaus mit Steinen?«

Aber Doe ignorierte ihn. »Und eine Frau, die ...«

»Mörder wie Sie selbst, meinen Sie?« setzte Mills nach.

Doe wurde lauter, um ihn zu übertönen: »Eine Frau, die innerlich so häßlich war, daß sie das Leben nur ertragen konnte, wenn sie sich ein schöneres Äußeres zulegte. Dann dieser nichtsnutzige Drogendealer – oder genauer gesagt, dieser faule drogendealende Päderast.« Er lachte abschätzig. »Nicht zu vergessen die Krankheiten verbreitende Hure. Nur in einer so verkommenen Welt wie der unseren kann jemand wie Sie überhaupt auf den Gedanken kommen, solche Kreaturen für ›unschuldig‹ zu halten, ohne daß Ihnen die Schamröte ins Gesicht steigt.« Er wurde laut. »Buchstäblich an jeder Straßenecke, in jedem Haus geschieht täglich eine Todsünde. Aber wir nehmen das hin, jeden Tag morgens, mittags, abends. Von nun an nicht mehr. Was ich getan habe: Ich habe ein Exempel statuiert, und über das wird nachgedacht werden, man wird es studieren und von jetzt an Folgerungen ziehen.«

Mills lachte ihm ins Gesicht. »Aber an Größenwahn leiden Sie nicht, wie? Lieber Freund!«

»Danken sollten Sie mir.«

»Und warum und wofür, Johnny?«

»Durch mich werden Sie den Leuten in Erinnerung bleiben. Vergessen Sie nicht, der einzige Grund, warum ich hier sitze, ist, daß ich es selbst so wollte. Sie haben mich nicht gefangen. Ich habe mich gestellt.«

Mills schnaubte. »Wir hätten Sie schon selbst geschnappt.«

»Ach, wirklich? Sie haben sich nur Zeit gelassen, nicht wahr? Ein Weilchen Katz und Maus mit mir spielen, ja? Meinen Sie das? Sie haben also fünf ›unschuldige‹ Menschen sterben lassen und nur auf den richtigen Augenblick gewartet, die Falle zuschnappen zu lassen?« Sein Gesicht war jetzt ganz nah an Mills'. »Dann sagen Sie mir doch mal, was Sie auf meine Spur gebracht hat? Was war denn das für ein schlauer Beweis? Die rauchende Pistole, die Sie auf mich anlegen wollten, ehe ich Ihnen das kaputtmachte, indem ich mit erhobenen Händen zu Ihnen ins Revier kam? Sagen Sie es mir, Detective. Ich wüßte es gerne.«

»Wenn mich nicht alles täuscht, Johnny, haben wir zuvor schon mal direkt an Ihre Tür geklopft.«

»Und wenn mich nicht alles täuscht, Detective, dann habe ich Ihnen schon mal ein Brett ins Gesicht geschlagen. Sie leben nur noch, weil ich Sie verschont habe!«

»Setzen Sie sich wieder zurück«, befahl ihm Mills.

Aber John Doe kümmerte sich nicht darum. »Ich habe Sie verschont, Detective Mills«, flüsterte er ihm ins Gesicht. »Denken Sie daran, sooft Sie im Leben noch in den Spiegel sehen, genauer gesagt, für den Rest des Lebens, den ich Ihnen noch geschenkt habe.«

Mills packte ihn an seinem Overall und schob ihn auf seinen

Sitz zurück. »Ich sagte, Sie sollen sich zurücksetzen, Sie Irrer! Zurücksetzen!«

Sie funkelten sich nur für einen kurzen Moment an, weil Doe dann die Augen schloß und tief durchatmete, um sich zu beruhigen. Als er die Augen wieder öffnete, begegnete er Somersets Blick im Rückspiegel. Ein Lächeln huschte über sein Gesicht. »Verlangen Sie nicht von mir, meine Herren Detectives, diese Leute zu bemitleiden. Ich bemitleide sie nicht mehr, als ich die Tausende bemitleide, die in Sodom und Gomorrha starben.«

»Sie Bestie!« schrie ihn Mills an. »Wollen Sie im Ernst behaupten, Sie hätten Gutes in Gottes Namen getan?«

Doe beugte den Kopf und drückte den Daumen heftig gegen die Stirn, bis frisches Blut durch den Fingerverband sickerte. »Die Wege des Herrn sind unerforschlich, Detective«, sagte er schließlich. Und als er den Kopf wieder hob, hatte er einen roten Fleck auf der Stirn.

Er lächelte wie ein Heiliger.

25

Der Himmel war mit roten Streifen durchzogen. Der Hubschrauber folgte dem Auto noch immer nordwärts. Die zweispurige Straße führte auf ein gesichtsloses Industriegelände am Rande der Wüste zu. In der Ferne kroch ein Eisenbahnzug am westlichen Horizont. Er sah aus wie ein Wurm. Hundert Meter östlich der Straße zog sich eine Kette riesiger Stromleitungsmasten bis zu den Bergen. Wie Riesen-Roboter auf der Wacht, die auf Anweisungen warteten. Der metallicblaue Wagen war etwa eine Meile voraus und fuhr auf das Fabrikgelände zu.

California schüttelte den Kopf. »Da gibt es nichts, was als

Hinterhalt dienen könnte«, sagte er zu dem Piloten über sein Helmmikrophon. »Hier draußen gibt es überhaupt nichts.«

Der Pilot deutete auf einen der Strommasten. »In der Nähe der Leitungen kann ich nirgends landen. Das wissen Sie doch, oder?«

»Weiß ich«, sagte California. Er blickte durch das Fernglas. Am Ende der Straße standen die Fabrikhallen. John Doe könnte Komplizen haben, die dort warteten. Aber wenn sie sahen, daß der Hubschrauber das Auto verfolgte, konnten sie gewarnt sein. »Gehen Sie höher«, sagte er dem Piloten. »Für alle Fälle. Falls jemand da unten auf sie wartet.«

Der Pilot nickte und zog den Hubschrauber hoch.

Abrupt legte sich die Maschine auf eine Seite. California hob es den Magen, während sie über die Strommasten wegzogen. Die beiden Scharfschützen in der offenen Tür hielten sich an ihren Handgriffen, bewegten sich aber sonst nicht, die Gewehre schußbereit zwischen den Beinen.

»Halten Sie hier«, sagte John Doe. »Gleich hier am besten.«

Somerset trat sanft auf die Bremse und sondierte das Terrain. Aber da war nichts, absolut nichts als Wüste. Das nächststehende Gebäude war ein langgestreckter Flachbau in mindestens noch hundert Metern Entfernung. »Gleich hier?« vergewisserte er sich noch einmal.

»Ja. Genau hier.«

Somerset hielt an, zögerte aber, bevor er den Motor abstellte. Als er es dann tat, war es im Wageninnern schlagartig still. Ein steifer Wüstenwind ließ den Wagen leicht schaukeln. Gelegentlich trieb er Sandwolken über die Windschutzscheibe.

Mills und Somerset sahen einander im Rückspiegel an. Somerset sah sich noch einmal die Umgebung an und nickte schließlich. »Aber lassen Sie ihm die Fußeisen dran.« Er reichte Mills die Handschellenschlüssel durch das Drahtgitter.

Mills schloß die Handschellen auf, mit denen Doe an das Gitter gefesselt war und die ihn mit seinen Fußfesseln verbanden. Er reichte die Schlüssel wieder nach vorn und wartete, daß Somerset ausstieg und ihnen die hintere Tür öffnete. Doe stieg zuerst aus, Mills folgte ihm. Er mußte sich sofort die Hand vor die Augen halten, um sie gegen den aufgewirbelten Sand zu schützen. Doe stand vom Wagen abgewandt und kicherte leise vor sich hin.

»Was gibt's denn da zu lachen?« fragte Mills.

Doe deutete mit seinen gefesselten Händen auf eine Stelle einige Meter neben der Straße, wo ein toter Hund lag. Der Wind zauste die kläglichen Reste seines räudigen Fells. »Das war ich aber nicht«, sagte er, immer noch kichernd.

»Und was jetzt, Johnny«, sagte Mills ungeduldig.

Doe machte eine Kopfbewegung in Richtung Industriegelände. »Da lang.«

»Warum fahren wir nicht?« fragte Somerset.

Does Gesicht wurde ernst. »So weit müssen wir nicht. Wir können zu Fuß gehen.«

Mills und Somerset wechselten wieder Blicke. Es war schwer zu sagen, ob hier ein Irrer sprach oder ob das alles Teil eines wohl kalkulierten Plans war. Somerset deutete mit dem Kinn nach vorn, und Mills nickte.

»Also, los, Johnny. Gehen wir.« Mills führte Doe auf das Industriegelände zu.

Somerset blieb ein Stück zurück. Er suchte den Himmel nach dem Hubschrauber ab. Er sah ihn nicht, aber das erwartete er auch nicht, die Verfolger sollten ja außer Sichtweite bleiben. Somerset wußte, daß sie notfalls schnell auftauchen würden. Aber er konnte sich nicht vorstellen, welche Karte Doe spielen wollte. Sie befanden sich hier mitten zwischen Nichts und Nirgends. Sollte jemand versuchen, ihnen ans Leder zu gehen, würde sich der Hubschrauber auf sie herabstürzen wie der Habicht auf die Feldmaus.

Hinter sich hörte er Mills zu Doe sagen: »Wonach suchen Sie denn?«

Doe blickte ständig zum Wagen zurück. »Wie spät ist es?« fragte er.

»Wieso wollen Sie das wissen?« fragte Somerset. Er sah auf die Uhr. Es war sieben vorbei.

»Ich will es eben wissen«, beharrte John Doe. »Wie spät ist es?«

»Machen Sie sich darüber mal keine Gedanken«, sagte Mills und zog ihn weiter. »Führen Sie uns einfach nur hin.«

Somerset blickte mit gerunzelter Stirn die Straße zurück, auf der sie gekommen waren. Was hatte Doe vor?

»Sie sind ganz nahe«, sagte Doe und sah über die Schulter zurück zu Somerset. »Da kommen sie!«

Somerset sah angestrengt die Straße hinunter. Da kam tatsächlich etwas vom Horizont auf sie zu. Ein Lieferwagen. Ein weißer Lieferwagen fuhr auf sie zu und zog eine Staubwolke hinter sich her.

»Mills!« rief er und zog seine Pistole.

Aber auch Mills hatte den weißen Lieferwagen bereits entdeckt. Er zog sofort, während er mit der anderen Hand John Doe noch fester hielt.

»Bleiben Sie bei ihm!« rief ihm Somerset zu und lief dem Lieferwagen entgegen, um ihn abzufangen.

»Warten Sie!« rief ihm Mills nach.

Aber Somerset lief weiter. »Keine Zeit für Diskussionen«.

Doe wollte hinter Somerset herrennen. »Ihm nach.«

Mills hielt ihm den Revolver unter die Nase.

»Stehenbleiben.«

In Californias Kopfhörer knackte es, als er mitzuhören versuchte, was Mills und Somerset miteinander sprachen. Der Pilot hatte den Hubschrauber weiter hinaus in die Wüste geflogen, damit sie nicht zu sehen waren.

»*Lieferwagen ...*« hörte er Somerset sagen, »*... südlich ...*«

Eine plötzliche Rückkopplung pfiff California ins Ohr. Er zuckte zusammen und klopfte an seinen Helm, um dem abzuhelfen, aber er bezweifelte, ob es etwas nützte. Offenbar waren die Überlandleitungen die Ursache. Sie störten den Empfang. Zu viele Interferenzen.

Dann tönte noch einmal Somersets Stimme durch das Knacken. »*... weiß nicht, was das bedeutet ...*«

»Scheiße«, fluchte California, als die Stimme wieder wegging. Rief Somerset sie nun um Hilfe oder nicht? Er bemühte sich, ihn wieder reinzukriegen, irgend etwas aufzufangen. Aber er hörte nur noch gottverdammtes Knacken und Rauschen.

Mills hielt weiter Doe mit der Pistole in Schach, während Somerset über die Straße rannte. Er warf einen kurzen Blick zum Himmel. Verdammt, wo blieb California?

Doe war geradezu unheimlich gelassen. »Gut«, sagte er, »daß wir etwas Zeit haben, uns zu unterhalten, Detective«, sagte er.

Mills packte ihn an der Schulter.

»Los, runter! Auf die Knie. Runter!« Er trat ihn von hinten in die Kniekehlen, so daß Doe die Beine einknickten.

Mills stellte sich hinter ihn, so daß er ihn weiter mit der Waffe in Schach hielt und dabei Somerset auf der Straße beobachten konnte.

Doe drehte sich um und sah zu Mills auf. Er lächelte wieder dieses Heiligenlächeln. »Wissen Sie, Detective, ich beneide Sie richtig.«

Somerest war von dem Laufen in der Hitze bereits außer Atem, aber er ging weiter auf den weißen Lieferwagen zu, der noch an die fünfzig Meter entfernt war. Er lockerte die Krawatte und knöpfte das Hemd auf, um das auf seine Brust geklebte Mikrophon freizulegen. »Stoppt den Lieferwagen!« rief er und hoffte, California hörte ihn. »Stoppt ihn!«

Aber der Hubschrauber war weit und breit nicht zu sehen und der Lieferwagen machte keine Anstalten anzuhalten. Somerset zog und feuerte einen Warnschuß in die Luft. Der Lieferwagen bremste abrupt, die Räder rutschten durch den Sand. Somerset rannte wieder los, die Waffe auf die Fahrerkabine gerichtet. Zehn Meter davor blieb er stehen, die Waffe mit beiden Händen vorgestreckt, der Lauf zielte auf die Windschutzscheibe. Weil sie spiegelte, konnte er nicht erkennen, wer am Steuer saß.

»Aussteigen!« rief er in den Wind. »Kommen Sie mit erhobenen Händen heraus! Sofort!«

Die Tür auf der Fahrerseite ging auf, ein Mann glitt heraus, die Hände hoch erhoben. Ein Weißer, durchschnittlich gebaut, schütteres Haar, kleines, sorgsam gestutztes Oberlippenbärtchen. Er hatte eine verspiegelte Sonnenbrille auf und trug eine dunkelbraune Uniform. »Jesus, Maria, schießen Sie nicht!« rief er ängstlich. »Was wollen Sie denn? Sagen Sie! Ich gebe Ihnen, was Sie wollen.«

»Umdrehen!« befahl Somerset. »Hände auf den Kopf.« Er trat näher und hielt die Pistole weiter im Anschlag auf den Rücken des Mannes.

»Was, zum Teufel, geht hier vor, Mann?« Der Auslieferer hatte das Herz in der Hose.

»Wer sind Sie? Was machen Sie hier draußen?«

Der Mann sah ihn über die Schulter an. »Ich arbeite, Mann. Ich liefere ein Paket aus.«

»An wen?«

California im Hubschrauber gab sich Mühe, zu verstehen, was gesprochen wurde. »... *ein Paket für einen gewissen ... David Soundso.*«

»*David wer?*«

»*Mein Gott ... lassen Sie mich nachdenken ... David ... David ... Mills, ja. David Mills. Detective David Mills.*«

»Arschloch!« fluchte California im Hubschrauber.

Die Scharfschützen beugten sich ins Cockpit zurück. Sie wollten mitbekommen, was vor sich ging.

Der Pilot sah California an. »Soll ich runter?«

»Nein. Wir warten. Somerset will, daß wir auf sein Zeichen warten, egal, was passiert.«

Und weiter schwankte der Empfang hin und her, während California sich bemühte, den Stimmen aus dem Nichts zu folgen.

Somerset hielt dem Mann weiter die Pistole an den Kopf, während sie zur Rückseite des Lieferwagens gingen, um das Paket herauszuholen. »Langsam«, mahnte er, als der Auslieferer die Tür öffnete.

Der Laderaum war voller Pakete, Schachteln, Kartons und großen Umschlägen.

»Das da ist es«, sagte der Mann und deutete auf einen braunen Karton vorn an der Fahrerkabine. »Das mit den vielen Klebstreifen.« Es war ein quadratischer Karton, dreißig mal dreißig Zentimeter und rundum völlig mit durchsichtiger Folie verklebt.

»Dieser ... dieser komische Kerl hat mir fünfhundert Dollar dafür gezahlt, daß ich es hier herausbringe. Er sagte, es müßte Punkt sieben hier sein. Ich weiß, ich bin ein wenig zu spät dran, aber ...«

»Holen Sie's raus und stellen Sie's auf den Boden«, befahl Somerset. »Langsam.«

»Okay, okay«, sagte der Bote. Er kletterte in den Laderaum und holte den Karton, stieg aus und stellte ihn vorsichtig auf die Fahrbahn. Dann trat er zurück, die Hände über dem Kopf.

Somerset musterte den Karton, ohne die Pistolenmündung auch nur eine Sekunde von dem Mann zu lassen. Oben stand mit Filzstift geschrieben: *An Detective David Mills – vorsichtig transportieren.*

»Legen Sie sich auf den Boden!« befahl Somerset. »Gesicht nach unten, und behalten Sie die Hände über dem Kopf.«

Der Mann gehorchte widerspruchslos. Seine bloßen Arme zitterten.

Somerset zog sein Hemd zurück und sprach direkt in das Mikrophon auf seiner Brust. »Wir haben ein Paket hier. Von John Doe.«

»Ich weiß nicht, was es ist, aber ...«

Der Rest wurde wieder verrauscht. California schlug frustriert gegen den Helm. Er wandte sich an den Piloten.

»Rufen Sie das Sprengkommando. Sie sollen sich beeilen.«

Der Pilot nickte. »Soll ich runter?«

»Warten Sie. Er hat uns nicht ausdrücklich gerufen.«

Der Empfang kam kurz wieder, und Somersets Stimme war bruchstückartig zu hören.

»... mache es auf.«

Mills zwinkerte in den Wind. Dort hinten zerrte Somerset den Mann gerade wieder auf die Beine, filzte ihn und sah sich seine Brieftasche an. Dann fing der Mann an zu laufen, aber offensichtlich schickte Somerset ihn weg.

Doe drehte unter Mills' festem Griff den Kopf herum. »Ich wäre gern ein normaler Mensch«, sagte er. »So einer wie Sie. Ich hätte gern ein einfaches Leben gehabt.«

Mills versuchte herauszufinden, was Somerset jetzt machte. Er kniete und beugte sich über etwas auf der Straße.
»Was macht der da, verdammt?« murmelte er.
Der Wind pfiff ihm um die Ohren.

»Ich habe den Auslieferer weggeschickt«, sagte Somerset laut und hoffte, daß California ihn hörte. »Sammelt ihn ein. Er ist auf der Straße südwärts unterwegs.«
Dann holte er sein Taschenmesser heraus und klappte es auf. »Ich mache das Paket jetzt auf.« Seine Hand zitterte, als er das Klebeband über der Deckelspalte aufschlitzte. Er klappte die Kartondeckel auf und riß das restliche Klebeband weg. Der Inhalt, was immer es war, war gut in Klarsichtfolie verpackt.
Und dann übertönte plötzlich der Hubschrauber das Heulen des Windes. Somerset sah auf und den Hubschrauber einfliegen. »Bleibt weg!« schrie er. »Ich weiß noch nicht, was es ist!«
Der Hubschrauber drehte ab, ging etwas höher und hielt seine Position in der Luft.
Somerset durchtrennte auch das Klebeband, das die Verpackungsfolie zusammenhielt, mit seiner Messerklinge und zog sie auf. Es war etwas Schweres. Es rollte, als er die Folie abzog. Geronnenes Blut klebt an ihr. Er sah hinein.
»Gott im Himmel!« Er bekam weiche Knie und fiel auf die Fahrbahn. Er wollte nicht hinsehen. Doch er konnte nicht anders. »Gütiger Himmel, nein ...«
Er rappelte sich hoch, doch seine Knie zitterten. Er taumelte zurück und hielt sich an dem Lieferwagen fest. Das Bild des gelben Schulbusses von heute nachmittag mit all den Kindern erschien vor seinem inneren Auge. Er spürte, daß ihm gleich schlecht wurde.
»Gütiger Himmel, nein ...!«

Mills beobachtete, wie Somerset von dem Karton auf der Straße zurücktaumelte. Da stimmte etwas nicht. Er packte Doe an seinem Overall an der Schulter. »Los, aufstehen! Marsch!«

Doe rappelte sich hoch und versuchte zu gehen, aber die Fußfesseln behinderten ihn. Er kam nicht so schnell voran, wie Mills wollte. »Sie haben sich ein gutes Leben gemacht, Detective ...«

»Maul halten und gehen!«

Doe versuchte, Schritt zu halten, stolperte aber und fiel.

Mills faßte ihn noch härter am Overall und begann, ihn hinter sich herzuschleifen. »Los, hoch, Arschloch! Bewegung!«

Somerset wischte sich die Tränen aus den Augen und den Speichel aus den Mundwinkeln. Er würgte immer noch und versuchte, tief durchzuatmen und sich wieder in die Gewalt zu bekommen. Dann blickte er hoch und sah, wie Mills Doe hinter sich herzerrte und auf ihn zukam. »O nein, Scheiße ...«, murmelte er. »Nein ...«

Er stieß sich mit der Hand, in der er die Pistole hielt, von dem Lieferwagen ab und beugte den Kopf zu seinem Brustmikrophon hinunter, während er Mills und John Doe entgegenging. »He, California, hören Sie ... Hören Sie zu. Kommen Sie unter keinen Umständen runter, verstanden? *Nicht landen!* Bleiben Sie weg! Was Sie auch hören oder sehen, *kommen Sie nicht her!* Doe hat die Oberhand!«

Der Hubschrauber drehte ab nach Westen, während Somerset alle Kraft zusammennahm und Mills und Doe entgegeneilte, so schnell ihn seine Füße trugen.

Die Sonne stand gerade noch über den Bergspitzen und warf deren lange Schatten über die Wüste. Mills knirschte mit den Zähnen und zerrte Doe auf die Füße. Irgend etwas stimmte nicht. Somerset war noch an die vierzig Meter entfernt und rannte auf sie zu.

»Los, Mensch, bewegen Sie sich, verflucht!«

Aber Doe blieb einfach stehen und beobachtete Somerset mit völlig gelassenem Gesichtsausdruck. »Da kommt er.«

»Somerset!« rief Mills dem Lieutenant entgegen. »Was ist hier los, zum Teufel?«

Doch der Wind blies zu heftig. Somerset konnte ihn nicht hören.

»Ich wünschte, ich hätte so leben können wie Sie, Detective«, sagte John Doe.

Somerset war noch dreißig Meter entfernt. »Tun Sie die Waffe weg, Mills!« schrie er. »Werfen Sie sie weg!«

»Was?« Mills ließ Doe los und ging auf Somerset zu. Seine Neun-Millimeter zeigte auf den Boden.

»Werfen Sie sie weg, sofort!« rief Somerset.

»Was reden Sie denn da?« schrie Mills zurück.

Hinter sich hörte er Does Stimme. »Haben Sie mich gehört, Detective Mills? Ich versuche, Ihnen zu sagen, wie sehr ich Sie bewundere, Sie und Ihre hübsche Frau – Tracy.«

Mills fuhr herum und sah ihn an. »Was haben Sie da gesagt?«

Doe lächelte.

Somerset kam außer Atem angerannt. »Werfen Sie die Waffe weg, Mills ... Das ist ein Befehl!«

»Sie können mich mal!« schnappte Mills. »Sie sind in Pension. Sie haben mir gar nichts zu befehlen!«

»Hören Sie, Mills ...«

Aber Mills hörte nicht. Er ging auf Doe los und zielte unbewußt auf dessen Brust.

Doe aber lächelte weiter. »Es ist irritierend, wie leicht Presseleute von den Beamten auf Ihrem Revier Informationen kaufen können, Detective.«

»David ... bitte ...!« flehte Somerset. Er rang noch immer nach Atem.

»Ich habe heute früh Ihre Wohnung aufgesucht, Detective. Sie waren leider nicht da. Ich habe versucht, Ehemann zu spielen. Versucht, das Leben eines einfachen Mannes zu schmecken. Es hat leider nicht geklappt. Aber ich habe ein Souvenir mitgenommen.«

Mills starrte ihn an, Angst verzerrte sein Gesicht. Verwirrt drehte er sich zu Somerset um.

Somerset streckte ihm die Hand hin. Tränen stiegen ihm in die Augen. »Geben Sie mir die Waffe«, keuchte er.

»Ich nahm etwas mit, das mich an sie erinnert«, sagte Doe. »Ihren hübschen Kopf.«

Mills preßte die Hand auf den Magen und sah Somerset bittend an. Er wollte die Wahrheit wissen.

»Ich habe ihn mir mitgenommen, weil ich Sie um Ihr normales Leben beneide, Detective. Der *Neid* scheint *meine* Todsünde zu sein.«

Mills sprang Doe an, packte ihn vorn an der Kleidung und rammte ihm den Lauf seines Revolvers in die Augenhöhle. »Das ist nicht wahr!« brüllte er. »Sag, daß es nicht wahr ist ...«

Da spürte er kaltes Metall im Genick. Es war der Lauf von Somersets Automatik. »Ich kann nicht zulassen, daß Sie das tun, Mills.«

»Was ist in dem verdammten Karton, Somerset? Sagen Sie es mir!«

Somersets Hand zitterte. Die Tränen rannen ihm aus den Augen. Sprechen konnte er kein Wort.

»Ich habe es Ihnen doch gerade gesagt, Detective«, sagte Doe ruhig.

»Das ist nicht wahr!«

»O doch, Detective.«

Somerset rang nach Luft. »Genau das ist es doch, was er will, Mills, ist Ihnen das nicht klar?«

»Werden Sie zum Rächer, David«, forderte John Doe ihn auf.

»Halten Sie den Mund!« schrie Mills.

»Werden Sie der große *Zorn*!«

»Sie sollen Ihr verdammtes Maul halten!« Mills peitschte ihm den Pistolenknauf über das Gesicht und schlug ihm krachend auf seine Schulter.

John Doe richtete sich langsam wieder auf, wie eine Schildkröte, so bedächtig, als habe ihm der Hieb gar nichts ausgemacht. Er kam auf die Knie. Von seinem Gesicht rann Blut. Er senkte den Kopf, bereit zum Märtyrertod. »Töten Sie mich, Detective!«

Mills setzte ihm den Revolver mit beiden Händen an die Stirn. Er atmete schwer und schluchzte hemmungslos. Er war wie rasend und doch unsicher. Er spannte den Hahn.

»Er will doch nur, daß Sie das tun!« flehte ihn Somerset an, der seinerseits noch immer die Waffe auf ihn gerichtet hielt. »Tun Sie nicht das, was *er* will!«

Mills preßte seinen Revolver nur noch stärker an Does Stirn und drückte ihm den Kopf zurück.

»Sie ermorden einen Tatverdächtigen, Mills, und werfen alles weg. Ich lasse das nicht zu, hören Sie?«

»Scheren Sie sich zum Teufel!« schluchzte Mills. »Sie liefern mich schon nicht aus. Wir sagen, er machte einen Fluchtversuch, und dabei erschoß ich ihn. Die Einzelheiten können wir später besprechen.« Er öffnete die kugelsichere Weste, riß das Hemd darunter auf und das Mikrophon von seiner Brust und schleuderte es hinaus in die Wüste. »Niemand erfährt etwas.« Und er krümmte den Finger am Abzug.

»Sie werden geteert und gefedert, Mills! Niemand fragt, wer er war. Ein Bulle, der einen hilflosen Verdächtigen abknallt?

Schlagen Sie sich das aus dem Kopf! Dann sind Sie geliefert. Sie hocken den Rest Ihres Lebens in der Zelle ab!«

»Und wenn schon.«

»Wenn Sie nicht mehr da sind, wer kämpft dann den Kampf weiter?«

»Kämpft den Kampf für was, Somerset? Für was? Sie geben ihn doch auf. Also halten Sie mir keine verdammten Moralpredigten, an die Sie nicht mal selbst glauben!«

»Hören Sie nicht auf ihn«, zischte Doe. »Töten Sie mich!«

»David!« beschwor ihn Somerset, »Sie irren sich. Wer soll denn meinen Platz einnehmen, wenn nicht Sie? Wer sonst?«

Somerset stieß Mills den Lauf ins Genick. »Lassen Sie jetzt die Waffe fallen, David!«

»Es war echt rührend, Detective. Sie bettelte um ihr eigenes Leben – und um das ihres Babys, das sie unter dem Herzen trug.«

Mills erstarrte. Dann dämmerte ihm die entsetzliche Wahrheit.

John Doe gab sich schockiert. »Wußten Sie das nicht?«

Mills' Lippen zitterten, dann seine beiden Hände, die noch immer die Pistole gegen John Does Stirn gepreßt hielten.

Somerset fühlte mit einemmal, wie die Erschöpfung ihn überkam. Seine Arme waren so müde, daß sie ihm kraftlos herabfielen. »Wenn Sie ihn töten, David, hat er gewonnen.«

John Doe schloß die Augen und hatte die Hände zum Gebet gefaltet.

Die Pistole in Mills' Hand zitterte. »Na schön«, murmelte er, »dann gewinnt er eben.«

Der Schuß krachte, und Does Schädeldecke flog davon, während er hintenüber fiel. Blut regnete auf die staubige Straße. Der Knall des Schusses hallte über die Wüste hin, wo er sich allmählich verlor. Dann pfiff wieder nur der Wind.

Mills ließ die Pistole auf den Boden fallen. Er drehte sich um und wollte davongehen. Aber er schaffte nur ein paar Schritte, ehe er auf die Knie sank und das Gesicht in den Händen verbarg.

Somerset starrte reglos auf den Toten. Sein Mund war strohtrocken. Aus dem, was von John Does Kopf noch übrig war, floß ein Blutrinnsal auf die Fahrbahn, absurd und sinnlos. Es rann unter Mills' Pistole, die bald wie eine silberne Insel in einem roten See lag. Somerset schloß die Augen. Er wollte nichts mehr sehen.

Zwei Stunden später stand Somerset noch immer an der Stelle, wo es geschehen war. Er lehnte müde an dem metallicblauen Wagen, mit dem sie gekommen waren, und hielt einen längst kalten Becher Kaffee in der Hand. Um ihn herum bildeten Polizeiautos mit blinkenden Lichtern einen vollen Kreis, ihr Scheinwerferlicht dorthin gerichtet, wo sich das Drama vollzogen hatte. Does Leiche lag in einem schwarzen Kunststoffsack einen halben Meter neben dem Blutfleck. Zwei Leute von der Gerichtsmedizin hoben ihn wie ein besonders schweres Gepäckstück auf, legten ihn auf eine Rollbahre und rollten ihn zu ihrem Transporter. Kriminalbeamte in Zivil und Spurensicherer waren überall am Werk. Draußen in der Wüste, fünfzig Meter neben der Straße, stand der Hubschrauber. Die Rotoren standen still. Mills war schon vor über einer Stunde weggeschafft worden.

Somerset starrte auf die Tapetenrose in seiner Hand und dachte nach.

Der Captain wandte sich von einer Gruppe Detectives an ihn. »Es ist vorbei, William. Fahren Sie heim.«

Somerset seufzte. »Was passiert jetzt mit Mills?«

Der Captain zuckte hilflos mit den Achseln. »Er kommt vor

Gericht. Die Polizeigewerkschaft sorgt für einen guten Anwalt. Die Höchststrafe wird er wegen der mildernden Umstände sicher nicht bekommen. Aber er wird eine Weile sitzen müssen. Zweifellos.«

»Und seine Karriere?«

Der Captain schüttelte den Kopf. »Die ist zu Ende.«

»Also hat John Doe gewonnen. Alle sieben auf seiner Liste geschafft. Sieben Leben zerstört. Acht, wenn man Mills mitzählt. Tatsächlich neun, wenn man ... das Baby dazunimmt.« Somerset brachte es kaum heraus.

»Gehen Sie nach Hause«, sagte der Captain noch einmal. »Sie sind jetzt in Pension. Bringen Sie das hier bald hinter sich.«

Somerset zerrieb die Tapetenrose in seiner Hand und schüttelte langsam den Kopf. »Ich habe es mir anders überlegt.«

»Was?«

»Ich bleibe. Ich gehe nicht in Pension.«

»Ist das Ihr Ernst?«

»Mein voller.« Er stieß sich vom Wagen und ging auf die andere Seite zum Fahrersitz. »Bis Montag dann«, sagte er.

Als er die Tür öffnete, ließ er die Reste seiner Tapetenrose in den Wüstensand fallen, wo sie der Wind sofort hochwirbelte und davontrug wie welkes Laub.

Kein Gedanke, daß er jetzt aufhören konnte. Mills war nicht mehr da, und einer mußte schließlich bleiben und den Kampf kämpfen.

GOLDMANN

Menschen auf Abwegen

Lorenzo Carcaterra,
Mein Vater, der Mörder   42403

Eunice Chapman,
Spur ins Nichts   42401

Mike Gallagher,
Ein eiskalter Engel   42456

Isaak Jones,
»Ich bin der Fänger im Roggen«   42402

Goldmann · Der Taschenbuch-Verlag

GOLDMANN TASCHENBÜCHER

Das Goldmann Gesamtverzeichnis erhalten Sie im Buchhandel oder direkt beim Verlag.

Literatur · Unterhaltung · Thriller · Frauen heute
Lesetip · FrauenLeben · Filmbücher · Horror
Pop-Biographien · Lesebücher · Krimi · True Life
Piccolo Young Collection · Schicksale · Fantasy
Science-Fiction · Abenteuer · Spielebücher
Bestseller in Großschrift · Cartoon · Werkausgaben
Klassiker mit Erläuterungen

∗ ∗ ∗ ∗ ∗ ∗ ∗ ∗ ∗ ∗

Sachbücher und Ratgeber:
Gesellschaft / Politik / Zeitgeschichte
Natur, Wissenschaft und Umwelt
Kirche und Gesellschaft · Psychologie und Lebenshilfe
Recht / Beruf / Geld · Hobby / Freizeit
Gesundheit / Schönheit / Ernährung
Brigitte bei Goldmann · Sexualität und Partnerschaft
Ganzheitlich Heilen · Spiritualität · Esoterik

∗ ∗ ∗ ∗ ∗ ∗ ∗ ∗ ∗ ∗

Ein SIEDLER-BUCH bei Goldmann
Magisch Reisen
ErlebnisReisen
Handbücher und Nachschlagewerke

Goldmann Verlag · Neumarkter Str. 18 · 81664 München

Bitte senden Sie mir das neue kostenlose Gesamtverzeichnis

Name: _____

Straße: _____

PLZ / Ort: _____